教室に雨は降らない

伊岡 瞬

角川文庫 17583

目次

第一話　ミスファイア

1

父親が森島巧《もりしまたくみ》に残したものは、棚いっぱいに並んだレコードとCD、ビスの一本まで手入れされた一九七八年製のドゥカティ900SS、そして男にしては華奢《きゃしゃ》で長い指だった。

晴れた朝はガンズ・アンド・ローゼズと決めていた。

それもデビューアルバム。今朝も彼らの曲を口ずさみながら、最後の直線でスロットルをふかした。ただ、家を出るときに最初からはじめると、いつも四曲目あたりで目的地についてしまう。明日は終わりから歌い始めようと決めた。

偶然見つけた裏門近くに抜ける細い直線道路は、交差点も障害物もないうえに通学路ですらないのが取り柄だが、たった三百メートルしかない。加速しはじめると同時にスピードダウンしなければならない。わずか十キロほどの速度オーバーだが、違反は違反。教頭や主任に見つかればいやみのひとつも言われるだろう。

森島巧はドゥカティのエンジンを止め、惰性で十メートルほど進んだ。この時刻に裏門は開いていない。正門までの百メートル、バイクを押しながら校庭に沿ってスクールゾーンを進む。

早めに登校してきた児童の列から挨拶《あいさつ》の声がかかる。

「おはようございまあす」

「おはよう」

ヘルメットのシールドをあげて答える。安物のスーツ姿にフルフェイスのヘルメットをかぶり、クラシックな大型バイクを押す教師。怪しげな姿にも、子どもたちはもう慣れたようだ。正門を入ってすぐ、彫像のある小さな池を囲むようにロータリーがある。森島巧は、冷えていくエンジンがたてる金属音を聞きながらバイクを押して左に曲がった。屋根付きの駐輪場にスタンドを立てる。

「先生おはようございます」

背中から声がかかる。この小学校に臨時講師として雇われてから三カ月あまり、先生と呼ばれることにようやく慣れてはきたが、二十三歳の身にはまだどこかこそばゆい。

「おはよう」

答えながらふりむくと、六年生の女子がふたり、腕を組んでふざけ合いながら笑っている。ひとりは二組の学級委員、田上舞《たがみまい》だ。歌の得意な彼女は森島になついている児童のひとりだ。

「バイクかっこいいですね」

「触るなよ。倒れたら起こせないぞ」

「こんど後ろに乗せてくださあい」

小学生も高学年になると、とくに女の子はませた口をきく。どこまでお世辞でどこまで本気なのか、「先生、約束ね」と叫びながら校舎へ吸い込まれていった。

「さてと、それではこちらも行きますか」

一度深呼吸をして校舎を見上げる。今週の五日間を務めれば一学期も無事に終了する。ロータリーから二階の職員室前へと延びた階段を、ひと息に駆け上がる。殺風景なバルコニー様の空間を横切り、職員室のドアを開ける。本来は非常口なのかもしれないが、あてがわれた席が窓際の末席なので、ここから入るのが一番近い。

「おはようございます」

「おはよう」

すでに半分ほど出勤している教諭たちから挨拶が返る。自分の席にヘルメットとメッセンジャーバッグを置いて、出勤簿に印を押す。

今日は一時限目から授業がある。ゆっくりコーヒーを飲んでいる暇はない。キーボックスから音楽室の鍵《かぎ》をはずし、脇のホワイトボードに自分の名前を書いた。

朝のミーティングの前に、一度音楽室へ行こうと席を立ちかけたときだった。坂巻《さかまき》という六年生の学年主任に電話がかかった。

「だれからですか」

電話を取り次いだ事務の職員に不機嫌そうな顔を向ける。

「六年二組の津田《つだ》さんです」

「わたしを指名なんですね」

「はい。学年主任の坂巻先生を、と」

坂巻が小さく舌打ちしながら、視線の端で六年二組の担任、安西久野《あんざいひさの》教諭を睨《にら》んだのが見えた。彼女の席は森島の左隣にあり、その三つ向こうの上座に島を見渡す形で坂巻の机がある。森島がそっとうかがうと、安西はこわばった顔を坂巻に向け、すぐに自分の机に視線を落とした。肩のあたりで切りそろえた髪を、一度だけ指先でかき上げた。

坂巻が保留を解除したとたんに、電話口で怒鳴る女の声が森島のところまで響いてきた。一分ほど言わせておいてから坂巻が口を開いた。

「ご趣旨はよくわかりました。担任には伝えておきますから」

どこか開き直った匂いのする返答がさらに怒りをあおったようで、おもわず坂巻が耳元から離した受話器を通して、大きな怒声が響き渡った。また少し言わせてから答える。

「いえいえ、教頭も校長も本当に留守なんですよ。ですからその件はもういちど職員会議でも議題にさせていただきますから」

その後は、右手でなにかのファイルをめくりながら適当に返事をしている。ようやく会話を終えた坂巻が、たたきつけるように受話器を置いた。机ふたつほど離れた席から同年配の教諭が声をかける。

「ご苦労さま。しぶとかったですね。またあれですか」

「またあれですよ。安西先生、ちょっと」

自分の椅子に腰を下ろしたまま坂巻が呼んだ。

「はい」

小柄な安西がすっと立ち、坂巻の机に向かった。森島はなんとなく気になって、探し物をするふりをしながらぐずぐずしていた。

「昨日、津田雄大《ゆうだい》をトイレに行かせなかったそうですね」

「はい、授業中でしたし、あと十分で休み時間でしたから」

「授業中でも、基本的にトイレの希望があれば行かせてやると申し合わせたはずです。聞こえたと思いますが母親がえらく怒ってます。これは虐待だと。毎度おきまりの『市教委に訴える』とも言ってました」

「ですけど、津田君はいつもなんです。自分の指名される順番が来そうになると急にトイレと言い出すんです」

「行かせてやったらいいじゃないですか。そういう病気なのかもしれないし」

「そんなこと認めたら、みんなトイレに行って収拾がつかなくなります」

坂巻は自分のあごをひねって、顔をしかめた。

「ならばなおさら、あの手のクレームは安西先生のところで対処してくださいよ。仮にも担任なんですから。いくら私が学年主任だからって、苦情のたびに電話を替わられても困りますよ」

「はい。ですけど、むこうが坂巻先生を……」

「そ、れ、は」一語ずつ区切るように言って、手にした赤ボールペンを振った。「安西先生が頼りないと思われているからですよ。そもそもそんな事案が頻発すること自体、子どもに舐《な》められている証拠です。とにかく、こんど津田雄大がトイレに行きたいと言ったら、行かせてやってください」

安西が小さく「わかりました」と答えたのが聞こえた。

「昔は、授業中のトイレなんていうのは恐縮しながら行ったもんだけどな」

離れた席で年配の教諭がため息をついた。

「津田さんは普段大人しいのに、豹変《ひょうへん》して激高するようになりましたね。あきらかに『M』が来てから変わった気がしますよ」

『M』の名を引き金に、ぼやきや嘆息が職員室内に広がった。

「そういえば五月ごろに大阪でいやな事件があったよね」

「教師が、執拗《しつよう》にクレームをつけた相手の家に火をつけた事件でしょ」

「まだ若い教師だったよね。放火するなんて、よっぽど思い詰めたんだろうなあ」

「まあ、気持ちもわからなくはないけど、職を棒に振ってまで仕返しするっていうのはねえ。我慢してりゃ何年かで卒業していくんだから」

自嘲《じちよう》気味な結論を出した年配者を中心に、笑いが起きた。そのうち何人かは、あからさまに安西に視線を向けている。

「さあ、そろそろミーティングをはじめますよ」

坂巻が電話で留守だと言っていた石倉《いしくら》教頭が手を叩《たた》いた。森島は、こんなことならピアノの指慣らしに行けばよかったと思った。

2

「さっきから、同じところで音を外しているのが何人かいるぞ。四小節目のレラだ」

森島がレとラの鍵盤《けんばん》を三回ずつ叩く。

「そこんとこに注意して、最初からもう一度いくぞ」

ええーという声がいくつかあがったが、みな素直に歌いはじめた。

「夢をー信じてー、今こそー飛びたとうー」

今月は、冒頭の十五分間、課題曲を練習することにしていた。森島が弾くピアノの伴奏が始まると、意外にほとんどの生徒は口をあけ真面目に発声する。講義しているあいだは落書きしたり鼻をほじったりしている児童が、急に目を輝かせ歌い出すのが面白かった。

上谷東《かみやひがし》小学校、音楽担当非常勤講師。それが森島巧の現在の肩書きだ。

専門教科である音楽を担当していた女性教諭が、切迫流産のため急に産休に入った。そこで代替の臨時職員をさがしたらしいが、うまく条件に合う音楽の講師がいなかった。そこで、青木《あおき》校長の遠縁に当たる森島に打診があった。音楽大学のピアノ学科を、そこそこの成績で出ただけでは思うような就職先が見つからず、学生時代から世話になった馴染《なじ》みのジャズバーでアルバイトを続けようかと思っていた矢先だった。三日悩んで受けた。

もともと教員に特別な夢や憧《あこが》れを抱いていたわけではない。職場では決して口にだせないが、学生時代に付き合っていた女の子に誘われて取得した教員免許だった。

「なにかの時に役に立つかもしれないでしょ。おなじ学校の先生になったりしたら楽しいじゃん」

結局彼女は、関西を拠点にするそこそこ名の知れたオーケストラへ、バイオリン奏者として雇われることになった。森島もせめて音楽に関係のある仕事をと思ったが、ようやく内定をもらったのは中堅レコード会社の営業職だった。態度を決めかねているうちに自宅待機となり、そのまま内定取り消しになった。なんとなく疎遠になった彼女との関係も、卒業と同時に自然消滅した。

臨時講師の話を受けようと思ったのは、急に教育への使命感に目覚めたからではない。小学生相手というのも不安がある。だが、どうせ畑違いの世界に行くなら、おもいきり違った環境が面白いかもしれないと考えたからだ。それに、音楽にかかわる仕事であることに変わりはない。

なんども聞かされた話では、森島の父親は大学卒業ぎりぎりまでロックミュージシャンとして食っていくことを目標にしていたそうだ。卒業後もサラリーマンの職に就いたものの、仲間とバンド活動はしていた。二十五歳のときにコンサート会場で知り合ったクラシック畑の母と恋愛結婚をし、生まれたのが巧だった。巧が誕生してすぐ、音楽の途《みち》はあきらめたらしい。いまから五年前、森島が大学に入学した直後にその父親が脳梗塞《のうこうそく》であっけなく死んだ。森島は大学を辞めるつもりでいたが、自宅でピアノ教師をしていた母に「保険金なんて使うためにあるんだから」と説得され、一年休学しただけで無事卒業することができた。

いつもはにかんだような笑顔を浮かべていた父が、生前によく言っていた。

――明日《あした》の雨は、明日にならなければ降らない。

真意はいまだによくわからないが、くよくよしてみてもしかたないという意味だと思っている。生来が楽天家の母も、人生にはいろいろな空模様があるから面白いのだと後押しをしてくれた。

たしかに想像もしなかった空模様が待ち受けていた。

春休み中に急ごしらえの講習を受け、一か八かの勤務が始まってみると、そう悪い感触ではなかった。最初が肝心ですよ、と職員室で向かいの席に座る長浜《ながはま》という教諭が教えてくれた。たしか森島より十歳ほど年上だ。

――今の子どもたちは、大人よりも複雑な人間関係を渡り歩いています。なまじ迎合する態度をとると、一発で舐められます。収拾がつかなくなるのに一週間はかかりません。

それにこれは言いにくいんですが、とわずかに声のトーンを下げた。

「主要四科目以外は、総じて荒れる傾向があります」

もともとこびるつもりもなかったが、だからといって子どもを相手にすごんでみせる気にもなれない。荒れたらそのときに考えようと暢気《のんき》に構えていたが、いまのところ平穏に過ぎている。最初の授業で、挨拶《あいさつ》代わりに『天空の城ラピュタ』のテーマソングをロック風にアレンジして弾き語りしたのが効いたのだろうか。演奏のあとに湧き上がった拍手は、まんざらでもなかったと思っている。特に六年二組の学級委員、田上舞の感動ぶりはひとしおで、それ以来自主的に手伝いなどをしてくれる。

森島は上級生を中心に音楽だけを教えているが、安西が受け持つこの六年二組は、彼女以外にも個性的な児童がそろっていて、なんとなく気にかかった。男子の宮永洸一《みやながこういち》と大柴賢太《おおしばけんた》のふたりが、学力も運動神経もトップクラスで覇を競っている印象だ。それこそ「主要科目でない」音楽の授業でさえも、ライバル意識を感じる。クラシックの曲名をたずねたときなどは、この二人しか挙手せず、どちらを指名しようか迷うことが多い。ところがその二人でも、クラスの決めごとはなんとなく田上舞に押し切られるように感じる。普段は妙に威張っているくせに、いざとなると女子に頭のあがらなかった小学生時代を思い出して、微笑むこともあった。

3

今朝は最後の曲から口ずさみ始めたので、機嫌良く裏門前の直線に入ることができた。夏休みまであと四日だ。梅雨もあけ、朝から突き刺さるような日差しを受けながらバイクを押して歩く。子どもたちが元気に挨拶していくのに答える。この時刻に聞き慣れない声がしたのでそちらを見ると、宮永洸一が急ぎ足で通り抜けるところだった。

「おはよう、早いな」

「はい、ちょっと」

いつもとかわらず少し大人びた返事をして、行ってしまった。

とにかく夏休みまで残りもわずか、今日も無事に過ぎることを祈る。

一時限目を終えて職員室に戻った。今日は二時限連続で授業がある。のんびり休憩をとる時間はない。次の授業の準備をしていると、応接室から声が漏れ聞こえてくるのに気づいた。ふたりの中年らしき女性の声が交互になにかを主張している。当然ながら森島には顔も名前もわからない。応対している声は石倉教頭と坂巻主任のものらしい。

職員室にいあわせた教員たちは、それぞれの作業をしながら聞き耳をたてているようだ。向かいの席に座る長浜が、身を乗り出し声をひそめて教えてくれた。

「六年二組の『M』さん登場ですよ。もうひとりは大柴さんらしいですね」

『M』と聞いて、背中のあたりが落ち着かない気分になった。噂には何度も聞いていたが、生の声を聞くのははじめてだ。幸いなことに、これまで『M』から直接クレームを受けたことはない。さっき、急ぎ足で去った洸一の後ろ姿を思い出した。

隣に座る安西久野のようすをうかがった。顔をこわばらせてうつむいている。ほおのあたりに赤みが差している。担任が同席しないということは、クラス内のできごとに対するクレームではないのだろうか。

「大柴さんのところで、ぼや騒ぎがあったらしいんです。うちの児童がからんでいるんでしょうかね」

長浜の問いかけに、しかたなくどうなんでしょうかと答えた。それなら『M』が来ているのはなぜだろう。長浜が続ける。

「それとも学校関係者の犯行ですかね」

花山《はなやま》という体育専門の教師が、隣から長浜を睨《にら》んでいた。長浜のほうでもそれに気づき、咳払《せきばら》いを残して席を立った。花山は「気にすることはありませんよ」と安西に声をかけ部屋を出て行った。まだ応接室のヒステリックな声は聞こえていたが、森島は次の授業に行くため職員室を出た。

廊下を歩きながら、このところ笑顔の減ってきた安西久野の顔を思い浮かべる。

彼女は、森島よりも一年先輩の正規職員だった。一年留年している森島とは同い年にあたる。新参者の指定席らしい窓際で並んだ縁もあって、不案内な森島にあれこれ親切に教えてくれた。時給で雇われている非常勤講師のことを、単なるアルバイトと見下すベテラン教諭もいるが、安西にはそういう差別の雰囲気は感じられなかった。ほかの女性教諭とおなじように、化粧は薄めで髪も肩のあたりで切りそろえている。身長は森島よりも頭ひとつ低い。童顔のこともあって、まだ大学生のようにも見える。

安西は音楽と体育以外の全教科を教えている。初年は比較的扱いやすいといわれる五年生を受け持った。とくに問題がありそうな児童は見当たらないと、教頭や学年主任は判断した。名簿を見て、少々口うるさい保護者が固まっているのではないか、と指摘したベテラン教員もいたが、話はそこで終わった。

安西は、若くはつらつとした雰囲気もあって、児童たちからの評判はそこそこに良かった。ませた男子のなかには、ファンクラブを作ろうとかいう話もあったらしい。

ところが、想定外のことがおきた。

この年の転入生の中に宮永洸一がいた。洸一も目立つ児童だったが、その母、敏美《としみ》はそれ以上に存在感を発揮した。彼女は新学期そうそう自発的にPTAの役員に就任し、これまでおざなりだった会合の雰囲気を変えた。「おかしいと思ったらクレームをつけるべき、埒《らち》が明かないなら市教委に申し立てるべき。泣き寝入りは憲法に保障された権利の放棄である」という発言を繰り返し、交渉ごとが苦手だという保護者に代わって、苦情を申し立てたりもした。彼女の啓蒙《けいもう》活動はある程度の成果をあげ、全校レベルで、すくなくとも十組近くの保護者が彼女と歩調を合わせるようになった。その顔ぶれはもともと口うるさい保護者が多かったが、あのおとなしい人が、と意外に感じる例もあった。

象徴的な事件がある。安西がはじめて受け持った五年生が、林間学校に行ったときのことだった。ひとりの男子児童が寝小便をしてしまった。帰宅後、三日ほど過ぎてから親が猛烈な抗議をしてきた。

――夜尿症のことは旅行の前に相談したはずだ。寝る前に水分を摂《と》らせないようにするとか、夜中に一度声をかけるとか、そういう方法を全くとらなかった学校に落ち度がある。楽しみを台無しにされたのだから、旅行代金を返還するのはもちろんのこと、心の傷を負ったことをどうケアしてくれるのか。

そう主張して引き下がらなかった。この親は、これまで一度も学校に対してクレームをつけたことがなかった。寝小便事件を聞いた宮永敏美が「それは断固抗議したほうがいい。さもないと、ただおねしょをしたという事実だけが残っていじめにもつながる」とたきつけたことが、あとになってわかった。注目を浴びた当の児童が休みがちになったため、さらに問題がこじれた。途中からなぜか「保護者を代表して」宮永敏美が交渉の表に立った。市の教育委員会や市役所まで巻き込んで、かなり長く尾を引く騒動となった。

　担任の安西は、この対応による疲労で体調をくずし三日ほど休んだ。

　このころから、宮永敏美は『M』と呼ばれるようになったらしい。語源については、諸説ある。ミヤナガのイニシャルと語呂《ごろ》を合わせて、ミセスMだのマッドMだとか呼ばれたものが略された。あるいは、そのものずばりモンスターを指す、など。いずれにしても、教師たちがあだ名で呼ぶほどの特別な存在であることに違いはない。

　その後どうにか学年末まで過ごしたが、持ちあがりで六年生になって同じメンバーを担任させることに、主任会議で異論も出た。ただ、クレームが多いという理由でクラス替えをした前例はないため、賛否が分かれた。最後は、教頭の「これを乗り越えてこそ教師も成長する。わたしが全面的にバックアップする」の声が決め手になった。

　着任わずか四ヵ月に満たない森島も、すでにそういった事情は知っていた。

　夜尿症の児童は親の転勤で春先に転校していった。安西も心機一転頑張るつもりだったらしい。四月のはじめに長浜が、「三月までに比べるとずいぶん明るくなった」と教えてくれたからだ。親切にしてもらった礼に、沈みがちな安西の力になってやりたいとは思うのだが、なんのキャリアもなく実態はアルバイトでしかない森島に、はげましようもなかった。

　それに、森島には不思議でならないことがあった。

新米の教師が、心身症の一歩手前――あるいはすでに一歩踏み入っているかもしれないというのに、周りの同僚たちの反応が冷めているように感じられてならない。心配していそうなのは花山を含めたほんの数人で、あとはさわらぬ神にたたりなし、といった雰囲気である。「うちのクラスじゃなくてよかった」という表情にしか見えない。教育の現場が荒れていると聞いてはいたが、予想していたのとは違った形で歪《ゆが》んでいるのではないかと感じ始めていた。

4

三時限目は緊急職員会議になった。宮永と大柴、両母親のクレームを受けてのことだ。五、六年生はすべて自習となり、それぞれの担任と各主任も全員呼び出された。授業のない森島も同席することになった。

「みなさん、お忙しいところもうしわけない」

石倉教頭が説明をはじめた。

「さっき聞こえたかも知れませんが、苦情を言いに見えていたのは、六年二組の大柴さんと宮永さんです」

『M』かあ、という声を皮切りに私語が広がる。幾人かが安西に視線を向けたのを森島は見た。教頭が続ける。

「昨夜、大柴さんのお宅のすぐ前にあるゴミ集積所で、ぼやが発生しました。区画整理の都合で、大柴さんの敷地に食い込む形になっています。当局の見解では、夜のうちに出した燃えるゴミに、だれかが放火したらしいとのこと。幸い、大柴さんのお宅は庭木が多少焦げた程度で、大きな被害はありません。ちなみにそのゴミは大柴さん自身が出したもので、発火物などはなかったそうです。ところがここで問題なのは」

教頭は、いったんことばを切って職員一同を見回した。とくに発言するものはない。

「現場に、新聞のコピーが一枚残されていました。風に飛ばされないよう石が置いてあったそうなので、犯人が意図的に残したのでしょう。現物は警察にあるそうですがさっき複製をもらいました。これです」

教頭がひらひらと振ったが、森島のところからはなんの記事かわからなかった。

「例の、保護者から執拗《しつよう》なクレームを受けた教員が相手の家に放火した事件です。あの記事のコピーです」

急にざわめきが広がった。森島は、となりの安西に視線がいくつも集まるのを感じた。

教頭の声が大きくなる。

「大柴さんの主張は『こんなものがある以上、教育方針に注文をつけたことに対する教員の仕返しではないか』というものです」

教頭の発言が終了するまえから、大半の職員が勝手にしゃべりはじめた。横顔を見つめる森島の視線に気づいて、安西がこちらを見た。うろたえたのは森島のほうで、安西の瞳《ひとみ》の色に悪びれた気配はなかった。

「静かにしてください」

教頭が手を二度鳴らした。ざわついているが、だれも安西本人の意見を聞こうとはしない。安西は口を固く結んだまま、机を見ている。

「それで、『M』……宮永さんはなにをしに来たんです？　またクレームの尻馬《しりうま》に乗ったんですか」

質問が飛ぶ。

「宮永さんは『我が家も不安だから、なにかされる前に担任を替えてほしい』と」

あきれかえる声と笑いが半々だった。

「いったいどういう神経なんだ。そんな話が通ると思っているのか」

「何様のつもりだ」

教頭がなだめる。

「もちろん、そんなことはできないと言いましたよ。でも『万一なにか起きたら責任がとれるのか』とえらい剣幕でした」

教員たちがてんでに発言しはじめて、しばらく収拾がつかなくなった。

5

その日最後の受け持ちは六年二組だった。

今日もはじめに合唱の練習をする。暗譜で弾きながら、児童たちの顔を見渡していく。ほとんどの児童は真面目に歌っている。どうしても、さっき話題になったばかりのふたりに目が行く。

まず宮永洸一、『M』の息子。小柄だが負けん気が強い。一年前に転校してきたばかりにもかかわらず、投票で選ばれて学級委員をしている。母親の強烈な個性にもかかわらず、洸一はクラスでつまはじきにされている様子はない。むしろ、目もとはきついが甘いマスクをしていて、クラスの女子にも人気がある。自分の母親が教師に『M』などと呼ばれ忌み嫌われていることを、彼はどう思っているのだろう。

大柴賢太、彼の母親ももともとうるさ型ではあった。『M』グループが形成されてからはナンバー2的存在だそうだ。賢太の成績はクラスどころか学年でもトップクラスで、洸一をしのいでいると聞いた。親子揃《そろ》って宮永家に対抗意識を燃やしているらしい。たしかに、授業中の態度などでわかる。ふたりが同時に手をあげたときに洸一を指名すると、あきらかに悔しそうな顔をする。休み時間などに、ときどきふたりが口論しているのを見かける。

「……先生」

田上舞の呼ぶ声でわれに返った。

「なにか」

「ピアノが」

いつのまにか指が止まっていた。

「あ、失礼。もういちど最初からいくぞ」

えー、という声がいくつかあがった。

練習のあとは、楽譜の空いたスペースに好きな絵を描かせる自習にした。ほとんどの生徒は大喜びだ。何人かはここぞとばかりに塾のドリルをやるだろうが、べつにかまわない。この時間を使って少し会話がしてみたかった。

黒板の脇にある教員用の机に座り、大柴賢太を呼んだ。

「はい」探るような視線を森島に向けている。

「きみの家ではぼや騒ぎがあったらしいけど、たいへんだったな」

「少し燃えただけですから」

わずかに顔を赤らめて口をとがらせた。

「ゆうべ、きみは不審な車とか人物とか見かけなかったか」

「見ませんでした。うちの母親は大げさなんですよ、ゴミが燃えただけなのに」

「しかし、新聞のコピーがおいてあったんだろう」

「はい。そういうふうに聞きました」

「よく風で飛ばなかったな」

「石が載っていたって母親が言ってました」

「そうか。とにかく行きずりじゃなくて、きみの家を狙ったのだとしたらきみの身にも危険が及ぶ可能性がある。気をつけろよ」

「わかりました」

つぎに、学級委員の宮永洸一と田上舞を呼んだ。

「ぼくはあまり遠回しに言うのは嫌いだからストレートに言うよ。大柴君のところの放火犯がうちの学校の関係者じゃないかという噂があるらしい。どう思う」

「えっ」

洸一と舞が同時に声をあげた。

「それって、安西先生のことですか」

田上舞が驚きながらも、さらりと名前をあげる。

「信じられません、そんなこと」

洸一の顔が悔しそうに歪んだのを見た。

「そうだよな。ぼくも、ほかの先生方もそんなことは信じていない。だからきみらも変な噂は立てるな。それと、きみら自身も行動を慎んだ方がいい。夜遊びなんかしてこれ以上安西先生に心配かけるなよ」

二人そろって力強くうなずいた。

6

大柴家の放火に関するさわぎがあったすぐ翌日のことだった。

一学期も残すところ三日。ごく最近まで学生だった森島巧は、成績表の渡される時期が近づくとなんとなく落ち着かない気分になる。

突然、廊下側のドアを勢いよく開けて、やせ気味でやや上背のある女が職員室に侵入してきた。

「あ、ちょっと宮永さん。勝手に入られたらこまります」

彼女は呼び止めた若い教諭の声を無視し、だれに挨拶《あいさつ》をするでもなく、一直線に安西久野のところを目指している。安西の顔が一瞬で強《こわ》ばった。声を聞く機会はあったが、はじめて見る『M』こと宮永敏美の実物だった。彼女は机の向かいから、いきなり安西の目先に指をつきつけた。

「あなたでしょう。わかってるんだから」

「なんのことですか」

安西も逃げることなく、敏美にしっかり視線を向けていた。敏美の勢いは、間に机がなかったらつかみかからんばかりだ。

「ちゃんと見た人がいるんですから。警察にも通報しましたから」

「どうしました、安西先生」

花山教諭が、安西をかばうような姿勢で割り込んだ。安西は宮永敏美を見返したまま反論していない。ようやく、ほかの教師たちがまわりを取り囲むように集まり始めた。

「宮永さん、とにかく落ち着かれて、事情を説明していただけませんか」

最近、安西に代わって対応する機会が増えた学年主任の坂巻が代表してなだめた。

「夜中です」

よほど急いで来たのか興奮が収まらないのか、呼吸を荒らげたまま、敏美が説明をはじめた。

深夜一時をまわったころ、宮永家の敷地内で火事が発生した。近所の高校生が自室の窓から炎を見つけ、その親が通報した。消防車がかけつけ消火したが、置いてあった木材のほか外壁の一部が焼け焦げた。詳しいことは検証中だが、放火と見られる。近所の知人が見舞いに来てくれたときに「そういえば、夜の八時ごろ安西先生が近くの路上に停めた車の中にいるのを見かけた。塾帰りの洸一君が挨拶していたから、間違いない」と証言した。

「もちろん、警察には連絡してあります。だけど、逮捕されてそれで終わりじゃないですからね」

席に戻って来た教頭が、安西にたずねる。

「安西先生、いまの話は本当ですか」

「はい」うつむいたまま、消え入るような声で答える。「近くにいたのは本当です。でも放火なんてしていません」

「じゃあ、なにしに行ったんです」

隣で坂巻が詰問する。

「それは……」

唇を嚙《か》んで言葉を吞《の》んだ。

「ほらごらんなさい。やってないなら正々堂々と言えるでしょ。とにかく、壁の焦げた家になんて気持ち悪くて住めないから、建て替えの費用を払っていただきます。安西先生個人には無理でしょうから、学校でも市でも連帯責任をとっていただきます」

「なにか証拠でもあるんですか、その……大柴さんのときのような遺留品とか」

「きっと風にでも飛ばされたんじゃないの。そんなものなくてもわかってます」

どよめきが抑えられないほどになった。教頭が野次馬を見渡した。

「みなさんは、授業に入ってください。安西先生は一緒に来てください」

どなりちらす敏美を、教頭と坂巻主任が両側から挟むようにして、応接室へ連れて行った。安西は伏し目がちであとについていった。

7

一学期も残り二日となった翌朝、職員室に安西久野の姿は見当たらなかった。

「安西先生は？」

どことなく晴れない表情の花山に聞く。考え事をしていたのか、はっと顔をあげて、ああ、と答えた。

「体調不良でお休みです。昨夜は警察もきましてね。まあ、巡査が様子を見にきた程度ですがね。とにかくあの騒ぎがあったんじゃ、体調も崩しますよ」

「こまったなあ、私はこれから出かけないといけない。だれか二組を見られないかな」

坂巻が大声をあげた。クラスを担任しない教師の数は限られている。少し迷って森島は手をあげた。

「わたしでよかったら」

「森島先生が？」

「ええ、短縮授業ですから、自習主体でよろしければなんとかなると思いますけど」

「そうかあ」天井を睨《にら》んでうなずいている。「そういう手もあるな。緊急事態ということで。教頭に相談してこよう」

そうだ、そうだと言いながらどこかへ出て行った。

定刻よりも十分ほど遅れて教室に行った。いつもとおなじく静かな教室だったが、いつもと違って本当に空気が沈んでいるように感じた。

「安西先生はお休みなので、今日一日わたしが代行します」

ほとんどの児童は知っていたようで、あまり驚きの声はあがらなかった。一時限目は国語だったので、書き取りの練習をさせることにした。しばらく様子を見たあとで宮永洸一を呼んだ。

「こんどはきみのところらしいな」

「はい」

やはり不満そうにうなずいている。

「昨日、お母さんがすごい勢いで苦情を言ってきた」

「知ってます」

「安西先生がやったとは思えないんだけどな」

「ぼくも、そう思います」

「安西先生に会ったことは本当なの？」

「はい、帰り道なので通りかかっただけだと思います」

「お母さんにそう言ってみたか」

「あの人は自分で考えたことしか信じません」

「なあ、ほかになにか知ってることはないか。なにか心当たりでもないか」

森島がのぞき込むように聞くが、口を尖《とが》らせたまま頭を横に振る。これ以上追及しても、口を閉ざしたままだろう。

「そうか、ところで相談があるんだけど」

洸一が疑い深そうな視線をあげた。

「安西先生の家を知っているか？　わりと近いらしいな」

どう答えたものか迷っているらしい。

「知らないなら田上にでも聞いてみるか」

「知ってます」

ほおを紅潮させて口を尖らせる洸一に笑いかけた。

「じゃあ、わかりやすく地図を描いてもらえないかな」


ほとんどの残務処理を明日回しにして、職員室を後にした。

だれに相談したわけではないが、安西久野をたずねてみようと思った。事前に連絡はしていない。断られたらしかたがないと気楽な気持ちでいた。

ドゥカティのキックレバーを蹴《け》りこむ。ふた蹴り目で、下腹に響く音をさせてエンジンがうなりはじめた。公道ではほとんど目にする機会のない、クラシックバイクにまたがったスーツ姿に、車の運転手も歩行者もふり返る。フルフェイスのヘルメットを被《かぶ》るのは、照れ隠しもあった。早くこのバイクにまたがって絵になる男になりたい。

洸一の描いた地図は、古い技法で描かれた世界地図のように歪《ゆが》んでいたが、意外なことにわかりやすかった。古くからありそうな家並みに交じって安西宅はあった。広めのカースペースに学校でもよく見かける安西の青い軽自動車が停まっている。安定した場所にスタンドを立て、ヘルメットをシートに載せた。髪をミラーに映して手でさっと直す。メッセンジャーバッグの中から途中で買ってきたメロンを取り出した。鉄門脇のインターフォンを押し、応対に出た女性に用件を伝えた。

すぐに声の主が玄関から出てきた。どことなく安西久野に雰囲気が似ている。母親なのだろう。門は開けたが、敷地内に招き入れるつもりはなさそうだった。

「せっかくおいでいただいたのですが、あの子は昨日から寝込んでしまって、ろくにご飯もたべていないんです。今日のところは、そっとしておいてやっていただけませんか」

握りしめたハンカチで目頭を押さえた。

「そういうことでしたら……。どうかお大事に」

メロンを渡して帰ろうとすると、母親が固辞した。二、三度押し問答をしているところに、当の安西久野が出て来た。膝丈《ひざたけ》のゆったりとしたパンツに、黒いTシャツを着ている。

「あなた、なにしてるの。出てきて大丈夫なの」

押し戻そうとする母親に「大丈夫だから」と短くことばをかけて、森島の前に立った。

「わざわざお越しいただいてすみません。ご用件はどんな？」

西日を受け、まぶしそうに細めた眼で森島を見る。ふだんとおなじように、ほとんど化粧をしていない。やや青ざめた顔で森島を見上げている。

「僭越《せんえつ》ながら、本日わたくしが担任の代行をさせていただきました」

いくぶんおどけながら言うと、安西は森島が提げているメロンを見、つぎに門の外に停めてあるバイクを見た。

「お母さんは、もう家に戻っていて」

母親に言い渡してから、視線を森島にもどす。

「お手数をおかけして、申し訳ありません」

深く頭を下げ、森島の目を正面から見た。いつになく他人行儀な印象を持った。

「通知表は完成しているみたいですので、明日もぼくのほうで代行しますから、どうぞご心配なく」

「ありがとうございます」また丁寧に頭を下げる。

「それとは別に、ちょっとお話ができませんか」

「はい……」安西は、あたりをさっと見回した。「それではこちらへお願いします」

敷地内の、外から見えにくい場所へ招いた。

「わたしが放火の犯人かどうか、確かめに来たんですか？」ふり返るなり、安西のほうから切り出した。「坂巻先生の指示ですか、教頭ですか」

青ざめた眼の下にうっすら隈《くま》が浮いているが、おびえたり悔いているような印象は受けない。

「とんでもないです。主任だって教頭だって先生のこと信じてますよ」

「そうでしょうか」

ふっと息を吐いて笑った。

「ぼくなんて気軽なアルバイト教師ですけど、担任になるといろいろ大変そうですね」

「ある程度は予想していたのですが、それ以上でした」

「保護者のクレーム？」

「ええ」

「見ていて思ったんですけど、坂巻さんとか教頭とかは、小言を言うばっかりじゃなくて相談には乗ってくれないんですか」

「大丈夫か、とは何度か聞かれました。はじめのうちは真剣に相談していましたが、中身のある対応はしてもらえませんでした。『いちおう、相談には乗った』という実績を残すために聞いているのだとわかってからは、相談していません」

下唇を嚙《か》んだ。

「でも、一番悔しいのは……」

森島がぶらさげた、メロンのあたりを睨んでいる。

「ただ、若いからとか女だからという理由で片付けられてしまうことです」

森島が返答に困っていると、「子どもたちにはごめんなさいと伝えて下さい」ともう一度頭を下げ、家に戻って行ってしまった。メロンを渡し損ねたことと、放火犯の心当たりを聞きそびれたことに気づいた。

帰路、バイクを運転しながらどんな曲をイメージしようかと迷っているうちに、ひとりでに怒りに満ちた歌声が頭に響きだした。これはいったいなんだったろうと考えて、ニルヴァーナというグループの曲だと思い出した。アルバムジャケットのデザインが浮かぶ。プールの中で釣り針についた札を追って泳ぐ赤ん坊の写真だった。

「なあ、どんだけ最低なんだ」という意味あいの歌詞が延々と続く。

世界のすべてをぶち壊してしまいたそうなシャウトが、頭の中をぐるぐると回る。スロットルを回しすぎないように、あえて法定速度ぎりぎりでゆっくりと走った。

8

家を出るとき、嫌な予感がした。ドゥカティのエンジンがかかりづらかったからだ。この勘はよく当たる。

朝の会議が始まる前に予感は的中した。さっきから、学年主任の坂巻が電話の応対をしている。ようすからするとまたクレームへの対応らしい。不良品を出したメーカーの苦情相談室でも、これほど毎日クレームの電話は来ないだろう。

ようやく切り上げた坂巻が、石倉教頭に報告しはじめた。声の大きさからすると、室内にいるすべての職員に聞かせたいらしい。

「電話は、また宮永さんからでした。放火の犯人が捕まらないかぎり、不安で自宅に子どもはおけないと。今日から宮永洸一を親戚《しんせき》にあずけることにした。だから公休扱いにして欲しいとのことです」

「また始まったぞ」だれかが、茶化した。

教員たちから一斉に不満の色が濃いざわめきがもれた。しばらく好きにしゃべらせておいて教頭が声をあげた。

「今回はそのようにしてください。ただし、例外扱いで」

職員室を出て、教室に向かおうとしたところで背中から声がかかった。

「森島先生」

坂巻の声だ。胸のあたりがいくぶん重くなるのを抑えて、はい、と返事をする。

「授業を代行していただいたついでに、帰りに宮永洸一の通知表を届けていただけませんか」

「え」眼をむく。「わたしがですか」

「午後はめいっぱいつまってましてね。ほかの先生方も同様なんです。お願いできませんか。なんでしたら、校長に頼んで時給を加算してもらいます」

「わかりました、持って行きます。でも、時給はいりません」

描いてもらった地図をたよりに走った。迷うことなくたどりつけた。私道に折れて三軒目、百日紅《さるすべり》の枝が茂っているあの家だろう。

玄関先にバイクを停め、額の汗をぬぐった。メッセンジャーバッグからクリアファイルに挟んだ通知表を取り出す。インターフォンごしに用件を伝え、出てきた敏美にもう一度名乗った。

「上谷東小の森島と申します。宮永洸一くんのお母様ですね」

　敏美がはいと答えた。

「今日は、洸一君がお休みだったので、これをお持ちしました」

　差し出した通知表をむずかしい顔をして受け取った。すぐにそっと通知表を開き、口元がほころんだのが見えた。思ったより成績が良かったのかもしれない。このタイミングに、と思った。

「じつはひとつお願いがあるのですが」

「なんでしょう」いぶかしげに見返す。

「唐突なお願いなんですけど、放火されたというのはどのあたりですか。見たところそれらしい形跡が見あたらないようなのですが、よかったら見せていただけませんか」

「燃えたところ？」敏美の表情がわずかに険しくなった。「そんなものどうしてごらんになりたいの」

「いえ」頭を掻《か》いた。「親戚に消防署の署長をしているものがいて、火事というと気になってしかたないんです」

「そうなの」

「大柴さんのところも拝見しました」

いま思いついた嘘だったが、敏美は信用したらしかった。あまり気乗りはしないようすながらも、「まあ、そうおっしゃるなら」とうなずいた。

「でも、ちょっと奥まったところですから」

玄関から北側の狭い通路を通る。使っていない植木鉢だとかブロックやスチロールの箱などが積んであってほとんどズボンをこするように通り抜ける。北西の角を曲がると、西側の空間に出た。設計上は庭なのかもしれないが、幅は一メートルほど。いまは整理されているが、ここにもいろいろなものが乱雑に積んであった形跡がある。

「ここです」

指差したあたりの壁が、たしかに焼け焦げていた。炎は壁を伝ってひさしまで届いたらしい。

「ここにおいてあった材木に、灯油をかけて火をつけたらしい、って警察の人が言ってました」

「たしかにこれはひどいですね。まわりに人の眼がないから、もう少し発見が遅れたら全焼でしたね」

塀から向こう側をのぞこうとした。身長百七十六センチの森島が、ジャンプをしなければ見えないほどに塀の高さがあった。住人の猜疑心《さいぎしん》を象徴しているようにも思えた。どうにか見える西側は休耕地になっていて、荒れた土地にクズ野菜のようなものが放り出してあるだけだった。

「あそこに見える家の高校生が火を見つけてくれたんです。そうじゃなかったら、いまごろは……」

火事を思いだしたのか、敏美は軽く身震いした。

「どうも、いやなことを思い出させて、申し訳ありませんでした」

軽く頭を下げた。

「そういえば気になったんですけど、お怪我ですか？」

手に巻かれた包帯を目で示した。手首から肘《ひじ》のあたりにかけて、わりと広範囲に巻いてある。

「これ？」

敏美は不思議なものでも見るように、自分の腕を見た。みるみる不機嫌な顔つきになった。

「これは、火を消そうとしてあわてていたので火傷《やけど》したんです」

「でも、たしか学校におしかけ……じゃない、お見えのときは巻いてませんでしたよね」

「あたりまえじゃない。家に火をつけられて動転してたら、少しくらいの火傷なんて気がつかないわよ。そんなことより、犯人が確定したら当然治療費も慰謝料ももらいます」

確定したら、という言いかたに、断固安西を犯人と信じて疑わない姿勢を感じた。

ふたたび狭い通路を抜けて、玄関先にもどった。敏美は服についた蜘蛛《くも》の巣を落とすのに気をとられ、それではこれでと挨拶《あいさつ》する森島を見ようともしなかった。

キックは一回で点火した。時速二百キロで飛ばしたくなるような曲を探った。

9

「森島先生、こんなのご存じ？」

向かいの席の長浜が、開いたノートパソコンを机の脇からこちらに向けている。森島は、資料整理の手を休めて画面を見た。

夏休みになったというのに、ほぼ全教諭が出勤している。それぞれ机に向かい、資料整理や計画書の作成に忙しそうだ。二学期は行事の目白押しだ。その準備だけでたいへんな作業だと聞いた。さらに研修会と称した教師の集まりがしょっちゅう開かれている。そもそも彼らに「夏休み」という休暇システムは存在しないのだ。一般のサラリーマンと同じように、数日の夏期休暇があるだけ。あとは溜《た》まった休日出勤の代休などをあてて、せいぜい十日も休めればよいほうだと長浜がなげいていた。

アルバイトの森島でさえ、一週間ほど出勤することになっていた。

森島がノートパソコンの画面をのぞきこむと、それはインターネットでよく見かける、いわゆるブログだった。

『新米教師の泣き笑い奮戦記』というタイトル。日記のような形式で書いてある内容に目を移す。《……熱意をもってあたったつもりだったが、すべてが空回りしている》《まるで、クレームのためのクレーム。わたしにどうしろというのか。自分は教師であってあの人たちの僕《しもべ》ではない。加えていうなら神様でもなければ苦情処理係でもない》

「なんですかこれ」

「安西先生のブログと言われているやつです」

「安西先生の？」

坂巻はいないが、その後ろに席のある教頭が咳払《せきばら》いをした。長浜が唇に人差し指を立てて、笑った。いっそう声をひそめる。

「となりで花山さんがときどき見てるので気がついたんです。どこにも名前は書いてないですけど、安西先生が書いてると思って読むと辻褄《つじつま》の合うことが多いので、たぶんそうだと思いますよ」

「ちょっと見せてもらえませんか」

長浜は、どうぞといってパソコンごと森島に渡した。

「最近の書き込みは、保護者からのクレームのことばかりです」

もういちどゆっくり画面に目を通す。最初のうちは通勤途中に咲いていた花の写真などが載っていたが、しだいに不安と不満が増えていく。

《苦情への対応について主任や先輩に相談してみた。聞いてはくれるが具体的な指導はない。『頑張ればきっと報われる』って、そんなことホントに信じてます？》《思い詰めた教師が教え子の家に放火する事件があった。他人ごとではないなあなんて思ったりする。わたしも、夜中にとつぜん罵《ば》倒《とう》の声が聞こえて、どこかへ行っておもいきり叫びたくなることがある》《学生時代の友人が勤める予備校の講師に来ないかと誘われている。真剣に考えている。近いうちに身の振り方を決めるつもり》《最近、ぼんやりしていることが多くなった。昨日、母が買ってきてくれたプリンがあんまり甘くてなんだか涙が出そうになった……》《このブログが知られたのかな？　なんだかそんな感じがする》

それが最後の書き込みだった。数えてみると、大柴家でゴミが燃える前日の日付になっている。ためいきをついてからパソコンを返した。

「このブログ、学校で有名なんですか？」

「知っている人は知っている、っていう感じかな。ほら、安西先生って、ボーイッシュでかわいらしい感じでしょ。ファンは花山先生ばっかりじゃないんですよ。六年生の男子のあいだでファンクラブもあるらしいです」

たしかにそんな話を聞いたが、まさか好意を抱く同僚やファンクラブの児童が、本人に代わって恨みを晴らしたというのだろうか。そんなことではなんの解決にもならないだろう。頭を小さく振ったときに、その考えが転がり出た。

――本人に代わって？

バイクにもまたがっていないのに、つぎつぎとロックの曲が浮かぶ。水底からわきあがってくる無数の泡のようなそれらをかき分けて、その向こうに見えそうな景色をしっかり確かめようとした。

10

門を出てきた安西久野は、身体にフィットした白いTシャツの上に、チェック柄のコットンシャツを羽織っていた。かかとがフラットな靴を履いているせいか、いっそう小柄に見えた。

「すみません、無理を言いまして」森島が頭を下げた。

「無理じゃなくて、脅しじゃないですか。警察がどうとか」

「いや、脅しなんて言わないでください。警察が本格的に介入する前に、なるべく穏便にすませたいと思っただけです。もしよかったらこれを」

予備のヘルメットを差し出す。

不機嫌そうな顔をして受け取った安西がそれをかぶり、森島に言われるままドゥカティの後部座席にまたがった。父が母を乗せるために改造したタンデムシートだ。

「シートの前にベルトがありますから、しっかり摑《つか》まっていてください」

すなおにベルトを握る感触が伝わった。

「じゃあ、いきますね」

声をかけてレバーを勢いよくキックした。

走りはじめてすぐ、エンジンからバスンバスンという不協和音が聞こえだした。まただ。

ミスファイア——不完全着火だ。この旧型バイクは、少し手入れをサボると、すぐにご機嫌が悪くなる。交差点の真ん中でエンストしたことさえある。こんな日に、途中で動かなくなったら目もあてられない。

しかし、その後はどうにか持ち直し、待ち合わせ場所のシーフードレストランまで無事にたどり着けた。大きなロブスターの看板が目印だ。ウインカーを出して駐車場に乗り入れる。入り口のわきに子どもが三人立っているのが見えた。バイクを停め、安西をうながしてそちらに向かう。

「先生こんにちは」

田上舞が真っ先に声をあげて手を振った。残るふたり、宮永洸一と大柴賢太は、仏頂面のまま軽く頭をさげただけだった。全員の視線が説明を求めるように森島に注がれている。森島は少し照れたように首のあたりをかいた。

「夏休み中に悪かったな」男子ふたりに声をかけてから、安西を見た。「バラバラに話を聞くのも面倒だとおもいましてね」

皆をうながして店内に入った。シート側に教師ふたり、椅子席に子どもたち三人が座った。真っ先にメニューを開いた田上舞が、ランチではなく単品でいろいろ頼みたいと言い出した。

「まあ、いいよ」

森島がメニューをぱらぱらとめくってうなずく。時給で雇われている身としてはこの出費は痛いが、男子ふたりの招集を彼女に頼んだのだから、それくらいの報酬はしかたない。

「宮永と大柴もそうふくれっ面してないで、なにか頼んでくれ」

舞が親切にふたりの前にメニューを並べてやったが、ただ憮然《ぶぜん》とした表情でながめている。しかたなく、安西のぶんも含めてランチを注文した。

「今日はご足労いただいてすみません。宮永が避難している親戚《しんせき》の近所に集まるのが一番妥当だと思ったので、田上にここを探してもらいました。それにしても、素直に呼び出しに応じてもらえるなんて、二組の男子は全員田上に頭が上がらないってのは本当なのかな」

「違うと思いますよお」すかさず舞が口を尖《とが》らせる。「安西先生が来るって言ったからじゃないですかあ」

妙に間延びしたイントネーションに、皮肉が込められている。森島が咳払いをした。

「……ええと本題に入る前にちょっと聞くけど、田上は同席したままでいいかな」

舞が、なんですかそれ、とこんどはほおを膨らませた。賢太がつまらなそうに言った。

「べつにいいです。仲間はずれにすると、かえって言いふらすし」

「なによ、それ」

ふくれている舞に笑いかけて、先を続けた。

「ええ、それじゃ、さっそく本題にはいりましょうか。今回の二件の放火事件、正確には三件のようだけど……」

「三件？」

安西が不思議そうな表情を浮かべ、探るような視線を森島に向けている。

「ちょっと気になったのは、二ヵ所の火事に相違点がけっこうあるんですよ。検証してみましょうか。まずは大柴家。事件はどことなく天誅《てんちゅう》じみていますよね。天誅って知ってるか？」

舞だけが頭を横に振った。

「天に代わって悪を討つ、ってやつだよ。前日に出したルール違反のゴミへの放火。もしかすると犯人は、大柴さんがこっそり出すところを見ていたのかもしれない。それに、新聞のコピー。あんまり学校へクレームをつけるからだぞ、という警告であり声明でもあるように見える。それに、ゴミ集積所だから、燃えても被害はたかが知れてる。犯人はそこまで見越していたのではないか。どことなくゲーム性すら感じる。僕はそう思ったわけです。……ここまでに反論ありますか」

四人とも黙っている。

「つぎに宮永家の放火です。こっちは悪意というか憎悪が感じられます。新聞の切りぬきを残す、みたいな愉快犯的な印象もない。きっちり家の壁が燃やされている。それと不思議なのは、放火された場所がやけに奥まっていること。嫌がらせに放火して逃げるなら、もっと逃げやすい場所で火をつけると思う。だから犯人は本当に燃やしたかったんじゃないか。と、そんな感じです」

それぞれのスープが届いた。田上舞が、さっそく口をつける。

洸一のポケットで携帯電話が鳴った。あわてて取りだした洸一は、表示を見て小さく舌打ちした。マナーモードに切り替えたらしく、電子音が鳴りやんだ。

「ところで昨日、安西先生に場所を聞いて、近くの図書館に行ってきた」

唐突に話題が変わったので、皆がけげんそうに森島を見た。安西が口を開きかけたのを制して続ける。

「実は、大柴家の前におかれていた新聞のコピーが気になっていたんだ。あれは二カ月前の記事だった。自分でも読み返そうと思って、うちの母親に聞いたら、すぐ溜《た》まってしまうからそんな前の新聞は取り置いてない、と言われた。犯人はずっと持っていたんだろうか。それとも、今回のことを思いついてどこかからコピーしてきたのだろうか。そこで、とりあえず図書館に行って聞いてみた。この一週間ほどのあいだに新聞のコピーをとりに来た子どもがいないかと。あそこは新聞のコピーには許可が必要だからね。少し考えるところもあって、六年二組の集合写真を見せたら、すぐに『ああ、この子だ』って教えてくれたよ」

全員が息をのんだ。はじめに口を開いたのは大柴賢太だった。

「そうです、僕がやりました」

「ええっ、ケンタが」舞の驚く声が店内に響く。客の何人かがこちらを見た。「ほんとにケンタが犯人なの？」

「うん……でも、ぼくが行ったのは、もっと遠い図書館ですけど」

森島が、わるいわるいと笑いながら頭を掻《か》いた。

「実は、図書館で聞いたというのは嘘なんだ」

賢太が大人じみた苦笑いを浮かべた。

「そうじゃないかと思いました。でも、どうせばれてるみたいだから」

「理由はこれから説明するけど、犯人の目星はついていた。でも証拠がなくてさ。こういうのを『かまをかける』って言うんだ。悪かった」

料理が並びはじめた。舞は驚きながらもさっそくフォークを握った。

「実は真相の糸がほどけはじめたのは、宮永のお母さんがしていた火傷《やけど》の包帯からでした。放火の翌日、職員室に押しかけてきたとき、彼女は包帯をしていなかった。その理由をたずねたら、当日は動転して気がつかなかった、と言っています。しかし三十分や一時間ならともかく、学校へクレームを言いにくる余裕があって火傷に気づかないとは納得できません。考えられるのは、放火騒ぎのあとで火傷をしたという可能性です。でも、宮永家がもう一度放火されたという話は聞きませんね。だとすると、二度目は家の中が燃えたのではないか」

「ちょっと待ってください。二度も燃えたんですか？」安西もはじめて知ったようだ。

「ええ、おそらくは」

「ケンタがそんなに火をつけたの？」

舞があわててサラダを飲み込んだ。

「まあ、順番に説明するよ。……宮永家ではなぜ隠したのか。僕はもう一度現場を思い出してみた。あんな奥まったところで見つかったら逃げようがない。犯人は外へ逃げるつもりがなかった、もしくは逃げる必要がなかったのではないか。しかも二度目は家の中らしい。そう考えると宮永を親戚にあずけた理由もわかってくる」

一度言葉を切って、長めのため息をついた。

「避難させたんじゃない。自分の息子が犯人だとわかって、あわてて隠した」

「ええっ、あっちはコウイチ君が犯人だったの？」

料理をほおばりかけていた舞が声を上げた。ふたたびまわりの視線を集める中、洸一がかすかにうなずいたように見えた。しかし、一番驚いているのは安西のようだ。

「まあそんなわけで、実は先に宮永家の犯人の目星がついたんだ。僕には二件の犯人が同一とは思えなかった。かといって無関係とも考えられない。そこで宮永のライバルである大柴自身だと考えたってわけ」

どこかぼんやりとした表情の安西にたずねた。

「安西先生はどこまでご存じだったんですか。宮永の家まで行ったのは止めさせようと思ったからですか」

「いえ……、あのときはそこまで具体的には考えていませんでした。ただ、最近はなんだかわたしを避けるようになっていたし、大柴君の家でぼやがあった翌朝、わたしから目をそらしたのでなにかあるとは感じました。だから、宮永君になにか知らないか聞いてみようと思って、仕事帰りに寄りました。でも、お母さんのことを考えたら拒絶反応が出て……。宮永君とばったり顔を合わせて、なんだかあわててしまって結局は帰りました。まさかそんなことを計画していたなんて……」

森島が、短く二度うなずいた。

「まさかね。……ところで、まだ動機の問題が残っています。どうだ大柴、先生を苦しめたんだ、自分の口からその理由を言うか？」

賢太は洸一と顔を見合わせていたが、ふたりとも申し合わせたようにうつむいてしまった。

洸一のポケットで、マナーモードにした携帯電話が、しきりにブルブル震えている。

「出なくていいのか」

洸一が不機嫌そうにうなずき、電源を落とした。

「じゃあ、僕の考えを言ってみます。大柴家への放火は嫌がらせ目的ではないと思います。生徒に好かれている教師が、クレームをつけてくる親たちに対する悩みをブログに書き、それを読んだ生徒が代わりに恨みを晴らす、というのはなんとなくありそうです。しかし、一度や二度ゴミを燃やしたくらいで本当の仕返しにはならないし、問題解決になるとは思えない。このふたりが計画したなら、その程度の理屈はわかっているはずです」

「それならなぜ？」

「警告でしょう」

「なんの警告」

「万一早まったことをすれば、こんな騒ぎになるぞ、ばからしいぞ、やめたほうがいいぞ、という安西先生に対する警告です」

安西が「あっ」と声を上げた。これまでで一番多くの客がこちらを見た。

「安西先生のものだといわれているブログを、わたしも拝見しました。本人にとってはガス抜きもあるのでしょうが、とても思い詰めたことが書いてあります。例の放火事件にも触れている。おそらくあれを読んだ彼らは、思いあまった安西先生がとんでもないことをしないようにと、わざと先に騒ぎを起こしたんです」

「わたしのために……」

「騒動が持ちあがれば、放火なんてばからしいことだと気づくかもしれない。それに、地域で警戒の目が強くなれば、犯行に着手しづらくなる。そんなふうに考えたんじゃないんですかね。さすがに面と向かって、放火するなとは言えない。ほかに手が思いつかなかった。彼らふたりの安西先生に対するせいいっぱいの思慕の表れだと思いますよ」

森島もすっかり冷めたスープをすすった。

「だから、計画では放火するのは一回だけだったんじゃないか。じゃんけんかくじ引きかしらないが、どっちの家にしても、あとくされがないように自分で火をつけることにしていた。な、そうだろう？」

うなだれた二人が同時にうなずいた。

「そんな理由で放火を……。宮永君の家もなの」

「そこです。それがわからない。なぜ宮永まで自宅に火をつけたんだ。放火が続けば安西先生の立場が悪くなるとは考えなかったのか。事実、きみらの母親は安西先生が復讐《ふくしゅう》していると思いこんだ。状況証拠から犯人の目星はついたけど、動機だけがどうしてもわからなかった」

森島はのぞき込むように洸一を見つめ、返事を待った。

「だから、うちだけって約束したのに」賢太が洸一をにらんだ。

「僕の家でゴミを燃やしたあと、もしも騒ぎが大きくなったら、『花火をやろうとした』って名乗り出るつもりでした。でも、宮永が火をつけたので言い出せなくなりました。そのあとも、何度か言おうと思ったんですけど、宮永が絶対しゃべるなって言うから」

もう一度賢太が睨《にら》んだが、洸一は口を開こうとしなかった。森島はグラスの水をひとくち含んだ。

「なあ、宮永。いま気づいたんだけど、ちょっと不思議なことがある。きみの家が火事になった翌朝のことだ」

洸一は顔をあげない。

「普通、家が燃えて消防だの警察だのが来たら、てんてこ舞いだよな。学校へ乗り込んでくるとしても、一段落ついてからだろう。ところがきみのお母さんは、証拠もないのに朝一番で来たな。ほかのことよりもクレームを優先させたのには、なにか理由があったんじゃないか？」

あきらかに洸一の表情がこわばった。森島がすかさず、身を乗り出す。

「もしかするとお母さんは、一度目から本当のことを知っていたんじゃないか」

洸一のほおがさっと赤くなった。

「つまり、安西先生が訪ねて来た夜、きみはお母さんに大柴家の放火の真実を話した。これ以上安西先生を責めるのをやめさせようと思って」

洸一が嚙《か》みしめている下唇が白く変色してきた。

「だけどお母さんは信じなかった。それで信用させるために、夜中に自分の家にも火をつけた。そうじゃないか？」

洸一が深くうなずいた。

「それって、ひどい」舞が勢いよく割り込んだ。「知ってたのに、どうしてお母さんは安西先生のせいにしたの？」

「僕がやったとしても先生のせいなんだ」洸一がはじめて口を開いた。喉《のど》にからみつくような声だった。「大柴のこともうすうす気づいていたみたい。だけど、あの人の理屈だと、子どもがそんなことをするのは全部先生の責任なんだ」

「摑《つか》みかからんばかりのあの激しさは、演技も入っていたわけだ」

森島が天井に息を吐き、ソファに身体をあずけた。洸一がうなずいた拍子に、その目から滴がたれた。

「だから、母に文句を言おうと思って家に帰ると、めずらしく父親が早く帰ってきていました。二時間くらい話し合いました。今後のことは家族でよく話し合って決めよう、夏休みになったら先生に本当のことを言って謝ろう、って」

「お母さんも納得した？」

「その時は。でも次の日、安西先生が休んだと聞いて、母がすごく嬉《うれ》しそうに言ったんです。『このまま辞めちゃえばいいのに』って。それを聞いたらなにがなんだかわからないくらい猛烈に腹が立って、母親が見ている前で、残っていた灯油をかけてカーテンを燃やそうとしました。あわてて帰ってきた父親に殴られて、次の日から親戚《しんせき》にあずけられました」

「目の前で火をつけたのか」森島が、自分の首の後ろを軽く揉《も》んだ。「そうか」

「ずっと黙っていてごめんなさい」

「せめて、わたしに相談してくれればよかったのに」

安西が目もとをぬぐった。

「まあ、これだけ迷惑をかけてしまっては、言い出すきっかけがむずかしいかもしれませんね」

しばらくだれも口を開かなかった。森島は、一度手にしかけたスプーンを、乱暴に戻した。呼吸が荒くなった。みぞおちのあたりに点《とも》った炎が急速に温度をあげた。いつも頭の中に登場するミュージシャンたちのように、声の限り叫びたくなった。

――世の中の仕組みなんて、全部いかれてるぜ。

そんなせりふをどうにか呑《の》み込んで、大きく深呼吸した。

「……だけど、新参の教師がそこまで追い詰められているのに、本気で心配したのが子どもたちだけだったなんて、皮肉な話だ」

「わたしが全部悪いんです。あんなブログを書いたりしたから」

安西が料理の皿に触れんばかりに頭を下げた。

「ごめんなさいね」

水のお代わりを注ぎに来た店員が、沈みきった雰囲気に声をかけそこなって帰っていった。森島の中の炎は、目の前に座る三人の児童が、みな同じしぐさで泣いているのを見て急速に静まった。

「おい、ふたりとも」ソファにもたれかかっていた森島が身体を起こした。「理由はともあれ、こんな騒ぎを起こしてただで済むと思うなよ」

ふたりそろってうなずいた。

「事実がわかった以上、見過ごすわけにはいかないぜ。かといっておれから警察に通報するつもりはない。大柴、きみは自分で親に言えるか？」

「言えます」

「それから、宮永の携帯に何度もかけてきているのは、お母さんだろう？」

洸一が、そうです、と答えた。

「お母さんにはこう言ってあげればいい。『森島先生に全部話してしまった。親戚に警察署長がいるらしい』って」

「それ、本当ですか」

安西が驚いて、赤く腫《は》らした目を森島に向けた。森島はゆっくりと微笑んだ。

「僕には、都合のいい親戚がいっぱいいるんです」

店を出るなり、洸一はポケットから携帯電話を取り出した。

電源を入れ、森島たちに背を向ける。相手は母親らしく、しだいに興奮していくようすが伝わってきた。五分ほど話してこちらを向いたとき、先ほどまでとは別人のような晴れやかな表情が浮いていた。洸一なりのけじめをつけたのだろうと思ったが、詳しくは聞かなかった。

洸一は親戚の家まで歩いて帰るというので、あとのふたりには金を渡してタクシーを呼んでやった。

「それじゃ、僕はこれで」

バイクにまたがろうとした森島に安西が声をかけた。

「帰りも乗せていただけませんか」

「え」閉じかけたヘルメットのシールドをもう一度あげた。

「だって、生徒達も見ているし。また、噂になりますよ」

そうは言ったが、子どもたちはとてもそんなことを言いふらしそうな表情ではなかった。

「もう、これ以上悪い噂もたちようがないですから。ご迷惑でなかったら乗せてください」

「まあ、そういうことでしたら」

安西が渡されたヘルメットをかぶりタンデムシートにまたがった。べそをかきながらも料理はすべてたいらげた田上舞が「わあ、いいなあ」と鼻を鳴らした。

タクシーが進入してくるのが見えた。気をつけてな、と手を振った。キックレバーに足をかける。帰りはトラブルなく走りそうな予感がした。

今回の事件は、起きなくてもいいミスファイアだったかもしれない——。

ふと、そんな考えが湧いた。

「森島先生」安西がシャツを引いた。

「はい」不自由な姿勢のまま振り向く。

「ランチ、ごちそうさまでした」

腹のあたりに力を入れて待ち構えたが、それ以上はなにごともおきず、安西久野はシートのベルトをしっかり握っただけだった。森島はシールドの中で苦笑いを浮かべた。

「ま、そうそううまくはいかないよな」

レバーを蹴《け》りこむとエンジンの振動が脳髄まで伝わってきた。とびきり明るい曲はないかと探しはじめた。

第二話　やわらかい甲羅

1

昨夜から降り続いた雨で、小さな彫像もそれをとり囲む池も静かに濡《ぬ》れている。

森島巧は、雨雲を吹き飛ばすような明るい桜色のマーチを、校舎の東側へ進めた。出入り口に近い職員用の駐車場は満杯で、空いているのは、校舎をぐるっと回ったこの砂利敷きの臨時駐車場だけだった。

母親に借りた派手な小型車は、色を失った雨の朝にそこだけ陽が差したように映えているが、やはり気は晴れない。愛車の〝ドカ〟ことドゥカティ900SSのエンジン音を、朝から聞かない日は気分の乗りがまったく違う。

ロータリーから、二階の職員室へと続くコンクリートの外階段を、小走りに登る。あやうく滑って転びそうになる。雨の日にこんな場所から出入りする職員はいない。森島は、せめて挨拶《あいさつ》くらいは元気にしようと、勢いよくドアをあけた。

「おはようございます」

何人かと挨拶をかわしながら、濡れたメッセンジャーバッグを自分の机におろす。

滴をぬぐう間もなく、自分の名を呼ぶ声を聞いた。見れば五年生学年主任の塚田守《つかだまもる》が手をあげている。

「ちょっとこちらに来ていただいてよろしいですか」

塚田は童顔だが、首から下は縦も横も森島の倍ほどある。国立大学理学部数学科出身のわりに、中身は体育会系熱血漢だ。彼が招き入れたのは、通称『密談部屋』と呼ばれる第二応接室だった。この小さな部屋にあまりいい記憶はない。今日もまた叱責《しっせき》か訓示か、などと考えながら、塚田に続いてドアを抜けた。案の定、すでに上座に教頭が座っている。整髪料の匂いがきついときは、機嫌のよくないことが多い。そしてなぜか、六年生の学年主任である坂巻も同席している。間違っても表彰状をくれそうな顔には見えない。最悪の雨の朝になりそうだ。

「おととい行った、自然公園の責任者から連絡がありましてね。カメがいなくなったそうなんです」

腰をおろすなり塚田が言った。あまりに唐突な話題だったので、すぐには意味が理解できなかった。

「カメ？」声がうわずる。「自然公園の？」

たしかに二日前、校外実習で自然公園に行ったが、カメなど触った覚えもない。首をかしげながら、濡れた袖口《そでぐち》にハンカチをあてた。

「森島先生」

「そうです。なんとかリクガメ……」塚田が、筋肉で張ったワイシャツの胸ポケットから、メモ用紙を取り出した。「ああ、あった、これだ」

　ふくれたウインナーのような指でつまんだメモを、読み上げる。

「ビルマリクガメ。そういう名のカメがいなくなったそうです。市場価格にすると三十万円前後らしいですが……」

「三十万円！」

　さっきから、素《す》っ頓狂《とんきょう》な声をたててばかりだ。坂巻が醒《さ》めた視線を向けている。塚田が続ける。

「値段だけなら、もっともっと高いのもいるそうですよ。それよりも、友好関係にある中国の動物園から譲り受けたものなので金銭には換えがたい、なんとか返却してもらえないだろうかという申し入れが……」

「返却って、ちょっと待ってください」森島が話をさえぎった。「ぼくはリクガメなんて盗んでませんけど」

「そんなことは誰も言ってない」

　坂巻が、不機嫌そうな声で割り込んだ。『M』家の放火事件以来、なんとなく森島をうとんじているように感じるのは、気のせいばかりではないだろう。反抗心が顔色に出ないよう、注意しながら坂巻を見返す。

「でも、いまの言い方は……」

「まあ、まあ」塚田が、子ども用のグローブほどもある手のひらで制した。「校外実習のときのことは覚えていますか」

わずか二日前のことだ、当然覚えている。森島巧がアルバイト教師として勤める上谷東小では、毎年十月に校外実習を行っている。今年は、電車で二駅のところにある市立自然公園へ行った。テーマは『動物ふれあい体験』『自然観察』『木工教室』の三つ。五年生の三クラスがローテーションで入れ替わり、昼食を挟んで三つすべてを体験した。

「五年一組が『ふれあい体験』をすませたあと、昼食になりました。このとき担当していた飼育員は問題のリクガメが見えないことに気づいた。しかし、本部へ行く急ぎの用事があったので、どこか物陰にでもいるのだろうと思って熱心には捜さなかった。ほんの数分で本部から戻ったあと——正直なところカメのことは忘れていたのでしょうが、畜舎に隣接した休憩室で昼食をとったそうです。そして午後になって、二組が『ふれあい体験』をしようとすると、やはりカメがいないことがはっきりしました。休憩室からはふれあいサークルが見渡せるので、だれか侵入すればすぐにわかる。つまり一組の生徒が持ち出したとしか考えられないというのです。念のためきのう一日園内を捜してみたもののやはり見つからないと」

それでようやく話の流れが理解できた。あの日、五年一組を引率していたのは森島だった。一組の生徒がなにか悪さをしたなら、それは森島の監督責任というわけだ。

「たしか、ふれあいサークルとかいうのは、囲われていましたよね。腰の高さくらいの柵《さく》で」

「そう、だから逃げ出したとは考えられない」

「一組が『ふれあい体験』をしているあいだ、カメがいたことは間違いないんですか」

「飼育員は『一組の子どもに名前を教えたから間違いない』と言っているそうです」

「じゃあ、その数分の間に消えた……。どのくらいの大きさなんでしょう」

「甲羅の大きさで二十二センチというから、このくらいでしょう」

塚田が両手で、大きめの弁当箱ほどの楕円《だえん》を作った。たしかに持ち出せないことはないだろう。しかしいったいだれがそんなことを。あのとき全員のリュックは柵の外のベンチに置いてあった。抱えて持ち出せば目立ったはずだ。仮に持ち出すことに成功しても、その後ずっと気づかれずにいられるだろうか。声はたてないし動きも緩慢だが、カメは石ではない。その後には昼食の時間もあり、一組は午後、木工教室に参加した。リュックの中でもぞもぞ動くものがあれば誰か気づくだろう。

「子どもが盗んだ、というのはなんだか信じられませんけど」

「信じる信じないの問題ではないんですよ」

教頭が左手の指を何本かぽきりと鳴らした。いらいらしているときの癖だ。教頭がもっとも嫌うことは、外部とのトラブルなのだと、最近わかってきた。

「自然公園側では『すぐに返してもらえるなら穏便にすませる』と言ってくださっています」

「でも、いったいどうしたら」

「実は……」教頭が上半身をわずかにかがめた。湿度の高い部屋に、整髪料の匂いがいっそうきつく漂った。「犯人の目星はついているんです」

「犯人の目星？」

「塚田先生のところに、報告があったそうなんです」

急に、窓を叩《たた》く雨の音が強くなったような気がした。いやな予感がした。いままでも、雨の日のいやな予感はよく当たった。

「カメを持ち出したらしい人物を見たと、報告してきた児童がいるんです。報告者の名前は伏せますが、怪しいのは五年一組の菊池《きくち》紗江《さえ》」

菊池紗江が？　思わず飛び出しそうになったことばを呑《の》み込んだ。彼女のあまり笑わない、やや下から相手の顔色をうかがうような視線を思い出す。よりによって彼女じゃないと思いますよ。だって……。

「しかも、彼女は昼食のあと具合が悪いと言って、ひとりで園内のレストランで待ってたそうですね」教頭が続ける。「どうでしょう、森島先生。たしかめてみてくれませんか。あまり厳しく本人を問い詰めるとあとで問題になります。『だれかが変わった行動をとったのを、見た人はいないかな』そんな聞き方で、菊池紗江をあぶりだしてもらえませんか」

「あぶりだすって……。だいたい、どうして僕なんですか」

「あの日、引率していたのが森島先生だからに決まってるでしょう」

坂巻がとどめを刺した。ふと塚田と目があった。なぜか微笑んで「大丈夫ですよ」という顔つきでうなずいている。なにがどうなっているのだ。とにかくよろしくお願いしますね、と教頭にもう一度強い口調で言われ、自分の机に戻った。三人に一方的にしゃべられて、菊池紗江が連れ出したのではないはずだ、と説明し忘れていることに気づいた。

まあ、すぐに真相はわかるだろう——。

気軽に考えていた。

本来、五年一組の担任は野間《のま》という四十代前半の男性教師だ。

先週末に、自宅で米袋を持ち上げた拍子にぎっくり腰になった。自然公園に行く三日前のことだ。秋は行事が詰まっていて延期はできない。職員会議で、代理の付き添いをだれにするか、という議論になったときに、森島の名があがった。坂巻を含めた一部の教員は反対したようだが、『M』家放火事件で多少株を上げた、森島で大丈夫だろうという意見が通った。

森島も喜んで引き受けた。そして思った以上に楽しい校外実習だった。子どもたちは、ときおり悲鳴をあげながら山羊《やぎ》やアヒルに餌をやったり、枯れ枝の輪切りでペンダントヘッドを作ったり、葉っぱの名前あてクイズなどに目を輝かせていた。少し腹は減ったが楽しい一日だったと思っていたところだった。

野間教諭が休みのあいだ、五年一組の朝夕ホームルームは教頭が代理でやっていた。しかし今日の帰りは、森島が受け持たされることになった。森島が逃げだすとでも思ったのか、教頭が教室の前までついてきて「よろしくお願いしますよ」と肩を叩いた。その歪《ゆが》んだ笑顔を見たときに、さっきの教頭のことばを思い出した。

——あまり厳しく本人を問い詰めると、あとで問題になります。

そういうことだったのか。自分に尋ねさせるのは、問題になったときの捨て駒にするつもりか、なるほど。腹が立たないわけではなかったが、人は年を重ねると、いちいちそこまで計算して動くのかと感心もしてしまった。

「みんな、ちょっと聞きたいことがある」

教壇に立って切り出したとたん、えー、なんですかー、いやらしいー、という声があちらこちらからあがった。

「ちょっと待ってくれよ。どうしていやらしいんだ」

真顔でたずねると、どっと笑いがおきた。真剣に怒るほどのからかいではないのだろう。ひょうきんな児童がそろっているのかもしれない。

「それよりみんな、おとといの校外実習覚えているよな。自然公園の」

はーいとかほーいといった、こんどは気の抜けたような返事があちこちであがる。

「じゃあ『ふれあい体験サークル』にいたカメを覚えているかな。先生は見ていないんだけど、このくらいの大きさで、甲羅にチェック模様が入ったカメらしい。なんとかリクガメというそうだ」

「ビルマリクガメ」

勉強は得意だがふだんあまり目立たない高沢慎次《たかさわしんじ》が、間髪を容《い》れずに発言した。それに触発されたように、見た、触った、という発言が続いた。

「じつは、そのカメがいなくなったそうだ」

室内が一斉にざわついた。不自然にならないよう気をつかいながら、菊池紗江を見る。うつむいたまま、ほとんど無表情だ。突然、及川《おいかわ》という名の身体の大きな生徒がなにか短く叫んだ。森島には、それが「キクガメ」と聞こえた。いままでとはあきらかに違う、どこか冷たい雰囲気の笑いが起こった。半分ほどの児童の視線が菊池紗江に集まった。

――菊池紗江をあぶりだしてもらえませんか。

一度、わざと大きな咳払《せきばら》いをしてから先を続ける。

「そこでみんなに相談だ。あの日カメが逃げ出すところを見たか、それとも逃げる手伝いをした人間を知っていたら、あとで先生に教えてくれないかな」

「ええー」

反応を無視して、黒板に携帯電話の番号を書いていく。

「それって、このクラスの誰かが盗んだっていうことですか」

ざわついた空気にくさびを打ち込むような声。その真剣な響きに、番号を書く手が一瞬とまったが、最後まで書ききってから振り向いた。

「今の声は坂口《さかぐち》かな」

坂口美帆《みほ》がこちらを見据えたままうなずく。みなが冗談を言うときでも、彼女はほとんど冷静だ。森島自身、つい子どもたちとはしゃいでしまい、彼女の冷ややかな視線で我に返ったことが幾度となくあった。

「そうは言ってない。なにか情報を知らないかということだ。さあ、みんな連絡帳ノートにこれを書き写してくれ」

「だって、僕はなんにも見てませーん」

「うちもー」

菊池紗江のうつむき加減が、ますます深くなったように感じる。

「見てなくても全員書き写してくれ。ひとりだけ書いてたら、その子がなにかいいつけたように見えるからな。さあ、坂口も書いてくれ」

たかが電話番号ひとつ書くのに、ああだこうだと騒ぎながら三分近くかかった。

「今日の夜でも、明日の朝でもいい。どんなことでもいいから思い出したことがあったら教えてくれ。もちろん誰からどんな話があったのかは絶対に秘密にする」

「もし盗まれたんだとしたら、犯人はわかってるような気がするけどな」

テレビドラマから聞こえてきそうな、もったいぶった発言をしたのは塩谷麗華《しおたにれいか》だった。父親の転勤で二年前に越してきたらしい。興味がないので忘れたが、どこかの大手銀行につとめていると聞いた覚えがある。彼女が、さらさらの長い髪をかきあげながら芝居気たっぷりに顔を向けた先で、菊池紗江がうつむいていた。

2

「菊池紗江になにかあるんですか？　それと『キクガメ』ってなんだか知ってますか」

たまたますれちがったふりをして、ひとけの少ない廊下で安西久野に声をかけた。そんなことを聞けるのは、まして話の中身を秘密にしてもらえるのは、彼女ぐらいしか思い当たらない。

「菊池さんのことですか」とまどったようすだ。「わたし、担任じゃないので噂くらいしか知りませんけど」

「それで、充分です。もしかして、いじめですか」森島が重ねてたずねる。

安西はわずかに首をかしげて考えている。短めの髪が揺れた。

「わたしが知っているかぎり、いじめというほどではないと思いますけど……。からかっているんですよ。あのクラスはちょっと元気のいい子が揃《そろ》っているみたいですから。それと『キクガメ』というのは彼女のあだ名だと思います」

「そのあだ名に理由があるんですか」

安西は、思い出そうとするように、視線を宙に泳がせたり床に落としたりしている。

「彼女、三年生のときに転校してきたんですけど、一度もプールに入らないそうです」

「泳げないんですか」

「ええ。水が嫌いらしいんです。一度、当時の担任が無理にプールまで連れだそうとしたら、手に噛《か》みついたそうです。そのことで電話連絡をしたら、逆にすごい剣幕で母親に怒鳴られたそうです。なんでも、彼女が小さいころに溺《おぼ》れたことがあって、膝《ひざ》より深いところではパニックをおこすとか。

しかも、それだけじゃ済まなくて、翌日父親が乗り込んできたらしいですよ。なんだかやくざっぽい感じの人だそうで……。若い男性の担任だったのが、その年度いっぱいで辞めたらしいですね」

「そのクレームが原因で？」

「わかりません」眉《まゆ》を寄せて首を振った。「でも、無関係ではないかも……」

表情が曇った。『M』の一件を思い出しているのかもしれない。

「それでその『キクガメ』の由来は？」すでになんとなく予想はついていた。

「ちょうどそのプール問題のあったころ、テレビの動物番組でリクガメの特集をやったらしいんです。何人かの児童がそれを見て『菊池は動作がのろいし、水がきらいで噛みつくからリクガメにそっくりだ』と言い出して、キクチにごろをあわせてキクガメになったそうです。いつか聞いたことがあります」

菊池紗江に向けられていた、半分さげすんだような視線には、そんな事情があったのか。

「だけど……」

森島はもう少し尋ねたかったが、安西はあまり時間がないらしく、こんどまた説明しますと言い残して去った。

森島は記憶をたぐってみる。そういえば、動物ふれあい体験の時間、輪になった一部の児童がやけに盛り上がっていた。ひょっとするとあの中にリクガメがいたのかもしれない。

「キクガメか」

そんなあだ名があると知っていれば、予防策もとれたかもしれない。少なくとも、こんな騒ぎは回避できた気がする。

森島は小学生のとき、兎に嚙まれた経験があった。それ以来、全身に毛が生えていて生温かく、しかも嚙んだりひっかいたり息をしたりする動物は、どんなに小さくとも苦手だった。

だからあのときは少し離れた場所にいて、ぼんやりと子どもたちが遊ぶ様を見ていた。紗江をキクガメと名づけてからかっていた連中が実際のリクガメを見せられて「リクガメだ。キクガメだ」と興奮し、はしゃいだのは想像に難くない。そこまでなら、いじめというほど大げさなものではないのかもしれない。しかし、公園内からカメを無断で連れ出したのだとしたら、それはふざけたでは済まされない。

「だけど、持ち出したのは彼女じゃあない」

つぶやいたときに、下校合図のチャイムが鳴った。

母から車を借りたのと引き替えに、帰宅の途中で買い物をしなければならない。《大根（葉っぱつき）、納豆（国産）》などと細かく書かれたメモを見てため息をついた。

単調に動くワイパーを見ていると、つい、いろいろなことを考えてしまう。

教師っていうのは、行方不明のカメの心配までしなければならないのか――。

思わず苦笑が浮かぶ。アルバイト教員の仕事に就いて半年が経った。教師という種族の表や裏を、わずかながら知ることができたと思っている。そして、たしかに世間で思っているよりきつい仕事であることも。

いつだったか、職員室で雑談中に休日の話題になったことがある。

「休みが取れないといっても、それでもサラリーマンよりは多く休めるんじゃないんですか」

森島がそんな発言をした。

その場にいた数人の表情がさっと変わった。安西も、仲の良い明石《あかし》宏恵《ひろえ》という同僚と顔を見あわせている。

「どういう意味ですか？」ひとりが聞き返した。

「たしかに、夏休みに出勤されている先生もいましたけど、たとえば、土日に行事があると、必ず振り替え休校になるじゃないですか」

「ええー、そんなことないですよ」明石が、とんでもないという表情で顔を左右に振った。

「森島先生。教員の平均残業時間をご存じですか？」五年生を持つ塚田が割り込んだ。

「ええと、一時間か二時間くらい？」

教員たちが顔を見あわせた。どう説明したものかと悩んでいるふうにも見えた。

「まあ、そういう学校もあるかもしれないけど」すぐわきで、釣りの話でもりあがっていたグループの一人が割り込んだ。仰木《おおぎ》という名の一年生を受け持つ三十代の男性教諭だ。

「我が校の場合、平均残業時間は楽に三、四時間。そのほか、休日出勤もあるから月にすると八十時間いってる人もいますよ」

「八十時間！」

「ええ、労基法上限の倍。過労死の分岐点ともいわれている時間数です」

「でも、どうしてそんなに――そんなに仕事があるんですか？」

たしかに、書類仕事は多いと聞いていた。だが、学校の授業は午後四時ごろには終わる。それほど延々と書類作業があるのだろうか。

「仕事はいくらでもあります」安西が、宣言するように切り出した。「明日の授業の下準備。テスト問題の作成」指を折っていく。「答案採点。研修会の予習。おなじくレポート作成。教育委員会からはしょっちゅう、アンケートや実態調査の資料提出を求められる。予算が厳しくなっているので、教材を手作りもします。それ以外にも、課外活動やら個々の児童の問題に対応、保護者との面談や個別の連絡——。身体がいくつあってもたりません。特に不思議なのは、なんであんなに研修会ばっかりあるのか。子どもを教える時間はどこでつくればいいですかね」

安西にはめずらしく、熱を帯びた口調だった。

「最近、心身症になる教員が増えてるって、このまえニュースでやっていたけど、これだけ忙しいんじゃ、無理ないかも」明石がためいきをついた。

「病院にかかる時間もないから、なにも考えないで、そっと歩くだけです」仰木の自嘲《じちよう》気味な冗談に、何人かが、寂しそうに笑った。

そっと歩くだけか——。

いつのまにか、スーパーの駐車場に着いていた。サイドブレーキをかけたのに、まだワイパーが動いたままだった。

危ない、ぼんやりしていたらしい。催眠効果でもあるのだろうか。帰りは気をつけよう。

エンジンを切ろうとしたとき、FMラジオからジャズのピアノソロが流れて来た。そのままの姿勢で、しばらく耳を傾けた。自分の指を見る。このところ、ピアノの練習がすっかりおろそかになっている。正職員たちほど忙しくはないが、やはり慣れない仕事で気疲れするのかもしれない。先日、坪井《つぼい》という同窓生に電話でそのことを話したところ、「気疲れっておまえ、二十三歳の吐くせりふじゃねえだろう」と笑われた。昔から、口ぶりや考え方がオヤジ臭いとよく笑われる。

ピアノの練習に気が乗らない本当の理由はわかっている。仕事の気疲れだけではない。モラトリアム年間の半分は過ぎた。十一月には二十四歳になる。そろそろ本気で職のことを考えなければならない。そう思うと、かえってピアノを気楽に練習する気にはなれない。

教師という選択肢――？

考えかけて、あわてて首を左右に振った。まさか、柄じゃない。

ポケットの携帯電話が震えた。なぜかあわてて、床に落としてしまった。拾い上げ、表示を見ると見慣れない携帯電話の番号だった。五年一組の生徒だろうか。教えてくれと言いながら、小学生に密告をそそのかしたようで気が重い。解決するのは嬉《うれ》しいが、犯人がみつかるのは嫌な気分だ。通話ボタンを押すまでの短い時間に、そんなことを考えた。

「はい、森島です」

――いきなりすみません。今、大丈夫ですか？

聞き覚えのある太い声が響いた。相手は塚田だった。

「ああ、どうも。なんでしょう」

——じつは、例の目撃の報告には続きがあったんです。

「続き？」

——ええ、わたしの一存で、教頭にはまだ言っていません。まずは森島先生にお話ししようと思って。

塚田のどことなく遠回しな言い方がひっかかった。

——あの日、ふれあい体験のあと、菊池紗江がある先生と林の奥に入っていって、そこでこそこそしていたのを見たそうです。ちょうどカメがいなくなったころに。

「ある先生？」

話の流れで聞き返してみたが、答えはわかっていた。

——それがね、森島先生。あなたなんですよ。森島先生が、まわりを気にしながら菊池のリュックになにかしまっていたと。

「いえ、あれは違うんです。ぜんぜん違うんです」

——もちろん違うと思います。だからこそ、一度菊池の家に行って、ちゃんと確かめることをお勧めしますよ。

「わかりました」

つい、そう答えた。あのとき、菊池のリュックにカメが入っていなかったのをこの目で見たんです、とまた言いそびれた。

教師には、もうひとつ重要な仕事があります、と安西に教えてあげたくなった。

「放課後のカメ捜し」

だれも見ていない運転席で、つい笑ってしまった。

3

翌日、五年一組の授業時間に、菊池紗江の姿がなかった。聞けば朝からいないそうだ。まずは話し合ってみようと考えていたのに、あてが外れた。今日から野間教諭が職場復帰している。無理をしなければ動いていいと、医者のお墨付きをもらったそうだ。同時に、森島の臨時担任も解任された。朝、野間教諭が礼を言いに来たが、紗江の話題は出なかった。したがって、彼女が休んでいることは受け持ちの音楽の時間まで気づかなかった。

休んだ理由が気になる。自然公園での体調不良がぶりかえしたのだろうか。カメのことで教師たちに疑われていることは、彼女はまだ知らないはずだ。

「菊池君はどうして休みなんだ?」

授業の合間に聞いてみても、ほとんどの児童が首を左右にかしげている。しりませーん、と何人かが声をあげた。

「きのうから具合が悪そうでした」

坂口美帆の冷ややかな声が響く。森島は、まるで自分のせいだと責められているように感じた。

「カメでも食べて、おなか、こわしたんじゃないの」

こんどは塩谷麗華だ。笑いが広がる。

「こらこら、いいかげんなことは言うなよ。さあ、授業だ。静かに。静かに」

ほかの職員に聞かれないよう、職員室の入り口で野間をつかまえた。

「菊池君が休んだ理由はなんですか」

「菊池？　ああ、菊池紗江ね」

野間ははじめ、いきなり何を言い出すのかと身構えた感じだったが、森島には一週間の代役をまかせた借りがあるせいか、すなおに答えた。ただ、野間は坂巻と仲のよいグループだと聞いている。当然、カメの一件も耳にしているだろう。

「熱があるそうです」

——親の都合でずる休みさせるときの言い訳ベスト2は、急な発熱と親戚《しんせき》の不幸です。

そう教えてくれたのは長浜だ。派閥のことも彼が教えてくれた。長浜は目から下が異様に長く、向かいの席に座る彼の顔を見るたびにモアイ像を想像してしまう。親切心からばかりではないのだろうが、貴重な情報源ではある。

「ようすは見に行かれますか？」野間にたずねる。

「ようす？」野間が不思議そうな顔をした。「いいえ。一日休んだ程度では自宅までは行きませんね。特別な届け物でもあれば別ですけど」

「でしたら」森島は頭の後ろをかいた。「今日、午後から暇なので、わたしが行っても
いいでしょうか」

「菊池紗江の家に？」彼女の休みにこだわることが、どうしても不思議なようすだ。

「カメを捜しに？」

「それもありますが、『元気か』ってひと声かけてやろうと思って」

「それはもちろんお好きにしていただいて結構ですが、あまり踏み込んで面倒をみすぎ
ると、跳ね返ってきますよ」

「跳ね返る？　どういう意味ですか」

野間がしゃべったものかどうか、と悩んでいるのがよくわかった。助け船を出そうと
思った。

「たとえば、無理矢理プールに入れるとか？」

ほお、と感心したような表情を浮かべた。

「ご存じでしたか。あの子が三年生のとき、当時の担任が無理に入れようとしてひと悶《もん》
着《ちゃく》あったんです。とてもいやがって、とうとう噛《か》みついたんですよ。それで親に連絡を
したら、謝罪どころか逆にねじこんできましてね」

「そうらしいですね」

野間が、憮然《ぶぜん》とした表情でうなずく。

「小さいころ、溺《おぼ》れたことがあって、それ以来プールに入るとパニックを起こすそうです。それでも無理矢理入れる権利があるのか、溺れたら責任とれるのかってすごまれたそうですよ」

「そんなに水が嫌いなんですか」

「あのね、森島先生」野間は笑みを浮かべた。「さわらぬ神にたたりなし、っていうでしょ。子どもだって同じですよ。ほかの先生がたは〝小さい悪魔〟なんて呼んでますけど、そんな可愛いもんじゃない。問題児童は疫病神《やくびょうがみ》みたいなものです。プールがいやなら放っておけばいいんです。溺れると言うなら、漢字の書き取りでもさせておけばいいんです。現に、彼女がわたしの受け持ちになってから、そういう問題はおきていませんから」

したり顔に笑みが浮いたので「それは違うのではないか」と抗議しかけた。

「森島先生を見てると、当時の担任だった小宮山《こみやま》さんを思い出しますよ。若い正義感を抱いた気持ちのやさしい教師でね。児童と一緒に花壇を作る計画たてたりね」

「花壇を？」

「そう、子どもらと空いた土地を耕して、大きな花壇を作ろうとしてましたよ。結局その話は流れて、臨時駐車場になりましたけど。森島さんが雨の日にピンク色の車を停めているあそこです」

あれは桜色なのだと説明したものか考えていると、脇で聞いていた長浜が口を挟んだ。

「彼女の家が給食費を払わなくなったのは、あのプール事件からですよね」

振り向いた野間の顔がみるみる不機嫌な色に変わっていく。『ノープロブレム』を宣言したばかりなのに、間違いを指摘されたような気になったのだろう。代わりに長浜が説明した。

「もう一年以上払っていませんよね。給食費は家庭負担ということになっていますから、払わない児童には本来給食を出せないんですけどねえ。じゃ、失礼」

長浜は、問題提起だけしておいて、さっさと自分の机に戻っていった。

「じゃあ、彼女はお昼はなにを？」

しかたなく野間が代わって答える。

「いまのところは、校長の判断で学校の予備費で立て替えて食べさせています。職員会議でもずいぶん紛糾して、一部の先生は最後まで反対してましたけどね。わたしの責任みたいなことを言う先生もいますが、教師の仕事に、給食費の取り立てなんて入っていませんよ」

野間がはじめから菊池に対して好意的でない理由が、これでわかったと思った。もうすこし詳しく聞きたかったが、くるりと背を向けて歩き去った。その後ろ姿を見送りながら、立て替えに反対した中に野間が入っていただろうと思った。

たずねあてたのは、路地の行き止まりにある古びたアパートだった。

チャイムを押して待つと、チェーンをつけたままドアが数センチ開いた。小さな子どもの目が隙間からのぞく。未就学児のようだ。

「こんにちは」つぶらな瞳《ひとみ》に向かって声をかけた。どたどたと去って行く音がする。しばらくして、がちゃがちゃとチェーンを外す音がしてドアがあいた。

菊池紗江が立っていた。すぐ脇に弟だろうか、四、五歳かと思われる男の子が興味深げな視線をこちらに向けて指をくわえている。

「熱が出たって聞いたから、ちょっと気になってようすを見に来た」洋菓子店で買ってきたプリンを差し出す。弟が手を差し出す。

「やめなさい。弘樹《ひろき》」

「ヒロキ君ていうのか。いいんだよ、遠慮しないでどうぞ」

もう一度差し出すと、弟は奪い取るようにして奥へ走っていった。

「すみません」紗江が頭を下げた。

「熱はどう？」

「もう、平気です。あしたは学校へ行けると思います」

「そうか。菊池のソプラノは合唱に不可欠だからな」

紗江が、恥ずかしさと嬉《うれ》しさの混じった表情でうなずいた。きっとだぜ、と声をかけようとしたとき、背中に人の気配がした。

「あら、どなた」

ふりかえると、三十代後半に見える女が立っている。膝《ひざ》の出たジーンズに目がさめるようなピンク色のトレーナーを着て、右手にスーパーのビニール袋をひとつ提げている。左手には有名なブランドロゴがかすれかけたバッグ。身につけたものから強烈に煙草の匂いがした。紗江の母親だろう。

「紗江君のお母さんですか」

薄い眉《まゆ》を寄せてにらむ母親に、名前と身分を名乗ってから簡単に事情を説明した。話し終える前から、母親は森島を押しのけるようにキッチンにあがりこみ、袋を乱暴に置いた。尻《しり》のポケットからぶらさがった携帯のストラップ類がじゃらじゃらと揺れる。

「あんた、また学校休んだの？」

うつむいてうなずく紗江の表情がこわばっている。

「うるさく言ってくるから、学校へ行けって言ってるだろう」

止める間もなく、紗江の頭をはたいた。

「あ、お母さん暴力は」

「これはうちのしつけですから。明日は学校行かせますから」

そう言って、森島をなかば押し出すようにドアを閉めてしまった。なにか言い忘れたことがあるような気がしてドアの前にしばらく立っていた。母親の毒気に当てられてすっかり思い出せなくなっていた。

バイクにまたがり気持ちよくクラッチが入った瞬間、ようやく思い出した。

ヘンな噂が聞こえても気にするな。菊池が連れ出したんじゃないことは知っている——。

4

「それで、カメのことはちゃんと本人に確かめたのですか」

教頭が口火を切った。すっかりなじみになった感のある、『リクガメ捜査本部』だ。

教頭の言い分を聞いて、森島は腹が立った。あまり露骨に聞くなと言っていたのは自分ではなかったか。それに、紗江とその両親が、過去に問題を起こしたことを隠していたじゃないか。反論したかったが、今日も整髪料の匂いがきついので思いとどまった。

「お母さんのじゃまが入って……」

坂巻が、子どもの使いじゃあるまいし、と鼻で笑った。

「まあ、森島さんみたいな若い先生に、あの母親はちょっと荷が重いかもしれない」

今日から会合に加わった野間が、森島の肩を持った。ようやく、言いそびれていたことを言うチャンスだと思った。

「持ち出したのは菊池紗江ではないと思うんです」

「なぜ」教頭が親指の爪で口のわきを掻《か》いた。

「実はあの日、菊池のリュックを持ってやったんです」

目撃された点についても、説明してしまおうと思った。塚田の表情をうかがう。塚田が聖職者のような笑みを浮かべてうなずいた。

「ぼくと菊池が、こそこそしていたという噂があるみたいなのですが、それはそのときのことだと思います」

「そんな噂があったんですか？」

教頭がまわりにたしかめる。塚田がもごもごとことばを濁した。

「それで、菊池となにをしていたんです」教頭の声がいらついている。

「その少し前に、彼女がぬかるみで転んだんです。僕はたまたまそばにいて見ていました。手が泥だらけだったから、洗っているあいだ、リュックを持ってやりました」

「リュックを持ってやった」

「ええ。泥だらけの姿を見られたら恥ずかしいだろうと思って、林のほうへ入りました。そんなことより、そのとき彼女のリュックに、二十センチもあるカメは入っていませんでした。そのことだけははっきり言えます」

一同そろって驚いたような表情を浮かべ、何人かは怒りに変わったようだ。沈黙を破ったのは坂巻だった。

「どうしてそれを早く言わなかった？」

ぜんぜんしゃべらせてくれなかったじゃないか――。

「なんとなく、言いそびれて。なにかを入れているように見えたのは、タオルでふいてやっているところだと思います」

リュックに入れたもののことは彼らに話したくなかった。四人は、それぞれ低くうなったり、ため息をついたりしている。

「そのあとに、忍び込んだ可能性もある」

どうしても紗江を犯人にしたいようだ。森島が反論しかけたとき、場をとりまとめるように教頭が発言した。

「まあ、結論を急がず、もう少しようすを見ますか」

坂巻はまだ不服そうだったが、そこでお開きになった。

「しかたない。もう一回たずねてみるか」

紗江の母親の不機嫌そうな顔が浮かんだ。

菊池のアパート近くで、ドカのエンジンを切った。

考えごとをしながら、大型バイクを押して歩く。路地をまがるとアパートが見えた。行き止まりになった私道で、小さな子どもが三人で遊んでいる。その中のひとりが紗江の弟、弘樹であることよりも、その手に持っているものが先に目にとまった。森島は、下半身の力が抜けていくのを感じた。バイクによりかかって、なんとか身体をささえた。

安全な場所にスタンドを立て、子どもたちに近づいていく。

間違いない。弟の腕のなかにいるのは、図書室の図鑑で見たリクガメに違いなかった。

しかもその甲羅には油性ペンらしきもので文字が書いてあった。赤くカタカナで四文字。かすれた感じにはなっているが、まだ読むことはできた。

「弘樹君、それは……」

手を伸ばしかけたとき、玄関のドアをあけて紗江が勢いよく飛び出してきた。様子をみていたのかもしれない。いきなり頭を下げた。

「すみません」

「だけど、どうして……」

開け放ったままのドアから、母親も出てきた。

「紗江、まだ買うものを全部言ってないでしょ……。あれ」

森島に気づいた。しきりに頭を下げている娘と、弘樹の抱えたカメに視線を走らせて、すぐに事情を察したらしい。

「弘樹。弘樹、来なさい」

カメを抱えて近寄る弘樹に、「そんなもの返しなさいって言ったでしょ」と命じる。

「やだ、やだ、やだ」

母親は、カメを抱えたままだだをこねる弘樹の頭を拳《こぶし》で殴りつけた。ぐずる程度だった泣き方が、本格的になった。

「お母さん、乱暴は……」

母親は、森島のことばに耳をかすつもりはないようで、もう一回殴りつけてからカメをひったくった。それを森島に突き出す。

「いいから、早く返しな。泥棒みたいに思われるじゃないか」

また頭を殴る。手加減はしているようだが、弘樹の泣き声は大きくなる一方だった。

「帰りますから、もう乱暴しないでください」

母親は、鼻から荒い息を吐いて家の中に消えた。大きな音をたてて勢いよくドアがしまる。森島の手にリクガメが残った。

「紗江、紗江」

小さな窓から母親の呼ぶ声が響く。紗江が森島にお辞儀をして背を向けた。

「きみ、大丈夫か？」その背中に声をかける。

「先生が帰ってくれたら、たぶん大丈夫です。本当にごめんなさい」

「わかった。だけどさ、このカメどうしたんだ。きみが持ち出したわけじゃないよな」

「ごめんなさい。本当にごめんなさい」何度も頭を下げながら、それしか言わない。

「ごめんなさいって、どうするんだ、これ」両手に持ったカメがもぞもぞと動いている。

大きく首をのけぞらせた。まさか噛《か》む気じゃないだろうな。

小窓を通して、再び母親の呼び声が聞こえてきた。弟もまだ激しく泣いている。

「先生から返しておいてもらえませんか。あとで、必ず謝りに行きますから」

「返すっていったって……」

「ごめんなさい」

最後にもういちど深々と頭を下げ、相変わらず泣きじゃくる弟の手を引いてドアの奥に消えた。

森島は小さな窓の下に立って、中の気配をうかがった。テレビが大音量になっているのか、タレントたちの馬鹿騒ぎが聞こえた。母親が何か命じている。さっきほどの怒りはなさそうだった。森島は、ひとまず帰ることにした。これ以上長居すれば子どもに乱暴するだけだろう。

森島は両手で摑《つか》んだカメをもう一度眺めた。生意気にあくびをしている。こいつが、はるばる中国から送られてきたカメか。たしかに背中の幾何学模様はめずらしいと思うが、こんなものに三十万円も払う気にはなれない。

それよりも、問題なのは甲羅に書いてある文字だった。

《キクガメ》

だいぶ薄くなって消えかけているが、もとは赤い油性ペンで書いたのだろう。あの日、だれかがいたずらで書いたのを見て、消そうと思って菊池が連れ出したのだろうか。しかしどうやって？　いや、いま最優先で考えなければならないことは、この事態の収拾だろう。深く長いため息が出た。

おれが行って謝るしかないのか――。

気が乗らないのはもちろんだが、かりに返したとしてそれで済むだろうか。犯人は誰かと聞かれたらどうする。道を歩いていてひょっこり見かけた、と言ったら信じるだろうか。まさか。

もうひとつの問題は、ここからの運搬方法だ。シートに縛りつけたのでは万一落ちたときにとりかえしのつかないことになる。しかたなく、お気に入りのメッセンジャーバッグにしまった。狭いところに閉じ込められたカメが真新しいバッグの内側を爪でひっかく気配がする。

「泣きたくなってきた」

キックレバーに力をこめた。

5

自然公園の園長は、はじめに甲羅の落書きを見たとき、熟れたトマトのような顔色になった。

あまりに逆上したため、ろれつがまわらなくなり、なにを言っているのか半分ほどしか理解できなかった。

――菊池、恨むからな。

頭を下げて台風の静まるのを待った。昨今の教育現場の抱える問題から、日本人の堕落論、はては遠い親戚《しんせき》が山本五十六《やまもといそろく》に謁見したときのエピソードまで登場して、一時間近く説教された。

「言い訳にはなりませんが、これには事情がありまして」

ひと息ついた園長が冷えた茶を口にしたところで切り出した。言いたいことを言い終えて気が済んだのか、意外にも森島の話に耳を傾けた。

「それはかわいそうな話だ」

菊池紗江の事情を二年前までさかのぼって説明し終えると、園長は目頭を押さえた。とにかく激情型の人物らしい。

「先ほどから何度も言うようにですね、人の心がこんなにすさんでしまったのは、子どもたちが命にふれる機会がなくなったからです。わたしはいつもそれを言ってるんです。あ、磯田《いそだ》さんコーヒーを二つ淹《い》れてもらえませんか」

もっと子どもたちに自然や動物に触れる機会を、という園長の持論展開に、さらにコーヒー二杯分つきあわされて、ようやく解放されることになった。

「まあ、カメも無事もどったことですし、甲羅の落書きはその少女が心に受けた傷よりも早く消えるでしょう」

森島は寛大な対応に礼を述べてから、園内を見せてもらうことにした。あたりを眺めながらぶらぶらとふれあいサークルをめざす。閉園の時刻も近づいて、動物たちはねぐらに収容されたらしい。いまはがらんとしている柵《さく》の中を眺め回す。ここからどうやって紗江はカメを持ち出したのか。しかも、リュックは空っぽだった。特別なひらめきもなく眺めていると、掃除道具をさげた若者が畜舎から出てきた。

「失礼ですが、ここの係の方ですか？」

彼のことは、あの日も見かけた気がする。

「ええ、そうですが」

竹箒《たけぼうき》と大きなちりとりを両手にさげて、少し困ったような表情で答えた。

「先日お世話になった上谷東小の森島と申します」

「ああ、どうも先生ですか」森島の素性がわかって安心したようだ。がたがたと音をさせながら、スチール製の道具入れに、箒やちりとりをしまった。

「リクガメの件では大変ご迷惑をおかけしました」

「ええ、まあ」どう答えていいのか迷っているようすだったが、結局笑顔になった。

「怪我もないようですし、背中の落書きもだんだん消えると思います」

森島はもういちど丁寧にわびてから、質問した。

「あの日、ほかの子どもの目もあったので、隠して連れ出すのは難しかったと思うんです。不自然にぐずぐず最後まで残っていた児童とか、いったん帰ってから戻ってきた児童とか、覚えがありませんか？」

森島の質問に、係の青年は首をかしげていた。ふと、思い当たることがあったようだ。

「そういえばあのとき、みんながここから出はじめたころ、なんだか向こうのほうで騒ぎがありましたね。僕もなんだか気になって見に行ったら、だれか転んだみたいでしたね」

紗江のことだ。そんなに目立っていたのか。「戻って来たあと、まだひとり柵の中に残っている子がいました。『もう閉めるから』と言うと素直に出てくれました。でも手にカメは持っていませんでしたよ」

「それは女の子ですか？」

「ええ」

胃のあたりが重い。さっきの、やけに濃いコーヒーがきいてきた。

「そのあと、あの事務所で食事されてたんですね？」

畜舎に隣接したログハウス風の小屋を指差す。こちらに向いて大きな窓があり、たしかに誰か侵入したら気づかないわけはなさそうだ。

「ええ……いや、そうだ、綺麗なハンカチが落ちていたので、さっきの子のだと思って追いかけました。すぐ追いついて、聞いたら自分のではないというので、その足で事務所に届けました」

「事務所へ。その間、ここにどなたか？」

「いえ、無人になりますが、動物は畜舎に入れたあとでしたし、柵に鍵をかけましたから」

「リクガメはいたんですか？」

「見当たらない、とは思ったんです」うつむいて、頭を掻か
いた。「でも、だれも連れ出したようすもないし、どこか物陰にでもいるんだろうと。あとで捜そうと思いました。

だから、連れ出したとしたら僕が事務所に行く前ですよ」

「もういちど確認しますけど、ここが無人になった時間帯があったんですね」

「でも、十分も経っていないですよ」いらいらしてきたのが、声にも表情にも表れた。「もういいじゃないですか。カメも帰ってきたんだし」

あまりしつこく聞いたので、自分が責められているような気がしたのかもしれない。

森島は笑ってそうですねと答えた。カメは戻っても、元にもどせないものがあると思ったが、彼に言ってみてもしかたない。彼に大きな落ち度があったわけではない。

「ところで、その最後まで残っていた女の子の特徴を教えてもらえませんか」

あの日の紗江の服装は覚えている。ところどころ染みが浮いた、ピンク色のジャンパーを着ていた。下はたしかジーンズだったろう。

「かわいい感じの子でした。髪が長くて、赤いパーカーを羽織っていました。お嬢様っぽい感じだったので、まさかあんな子がカメなんて持ち出すわけがないし、現に持っていなかったし……」

言い訳を続ける係員に適当に礼を言って、バイクのところに帰った。帰りの運転は慎重にしなければと自分に言い聞かせる。考えごとをしてトラックにでも激突したら、短い生涯が散ることになる。それでも、頭のなかがこんがらがっていた。

――いったい、どういうことなんだ。

赤いパーカーを着た髪の長いお嬢様。あの日、その姿をしていたのは、いつも冷静な坂口美帆に違いなかった。

・

6

翌日、朝のミーティング前に、教頭の机に向かった。

「カメを見つけたので、わたしの一存で返しておきました」

「ああそうか。ごくろうさん」で済むはずはなかった。いきなり大仰に上半身を反らし
「なんですって！　カメがいた」と叫んだ。その声を引き金に、職員室中が大騒ぎになった。

着火しておきながらその反響にあわてた教頭が、すっかり馴染《なじ》みになった顔ぶれを第二応接室に呼んだ。

森島は、昨日のコーヒーのせいでまだもたれている、胃のあたりをさすった。こんどはなにを叱られるのだろう。可哀想だが菊池の名をださないわけにはいかないだろう。いつまでもあれこれ詮索《せんさく》されるより、本当のことを話して誤解を解いたほうがいい。そう心が決まると、もたれていた胃がいくらか軽くなったような気がした。菊池家を訪ねたあとのことをかいつまんで説明した。

「それで菊池紗江は、動機についてなにか言っていましたか」

説明を聞いて、真っ先に口火を切ったのは坂巻だった。坂口美帆の件を話すべきか、

森島はまだ迷っていた。美帆が連れ出したという証拠はない。すくなくとも本人と話をしてみる必要がある。しかたなく、もういちどリュックの件をもちだして菊池紗江が犯人ではないという点を強調した。

「じゃあ、どうやって盗んだんだ」

真犯人が見つかるまで、納得しそうにない。

「とにかく、母親が怒っていて、詳しく聞けませんでした」

「常套《じょうとう》手段ですよ」担任の野間が、自分の発言にうなずいている。「彼女のところはいつもそうです。紗江が問題を起こす。親を呼び出しても来ないのでこちらからたずねる。するとこっちが見ている前で、母親が子どもを殴る。まあまあ、となだめて落着。それですまないときは、堅気に見えない父親が学校に乗り込んでくる。災厄みたいなもんです」

「ここしばらく、問題をおこさなかったんですけどねえ」

坂巻が大げさに顔をしかめて、森島を見た。今回のことも森島のせいにしたそうだった。

「菊池紗江は反省していますので、もう叱らないでやってください」

「仮に盗んだのではないとしても、持っていたことには変わりない」

「無事に返して、園でも丸く収めてくれたわけですし……」

「処分のことはこちらで決めます」

教頭がめずらしく声を荒くした。

そのあともいくつか小言を言われたが、もはや何も聞いていなかった。代わりに、ひどく巻き舌の歌声が耳の奥から響いてきた。

——I've no feeling, I've no feeling.

〝大人〟たちを挑発するように繰り返すフレーズ。セックス・ピストルズの『No Feelings』だ。日本語のタイトルが、そう、『分かってたまるか』。歪《ゆが》んだ笑みが浮かびそうになるのをどうにかこらえた。

気づかれないように身体を小刻みにゆすりながらも、目撃されたのがほんとうに坂口美帆だったのかそればかりを考えていた。

「先生、なにぼうっとしてるんですか」

職員室にいたくないので、休み時間のあいだ、校庭の隅に埋め込まれた古タイヤに腰を降ろしていた。笑いながら話しかけてきたのは田上舞だ。

「え、ああ、なんていうか、バロック音楽が日本の演歌に与えた影響について考えていた」

「ふうん」

疑わしそうな視線を向ける。まさかずぶずぶと心に刺さった坂巻や教頭の説教に、パンクロックの歌でガリガリにヤスリをかけていたとは言えない。

「先生、このあいだのクッキー食べた？」

「クッキー？　ああ、食べたよ。おいしかった」

「じゃあまた持ってくる」

「だけど、そんなもの学校に持ってきちゃいけないんじゃないか」

「へいき、みつからなけりゃ」

「でも、ときどき持ち物検査やってるだろう」

「ポケット検査のときはカバン、カバン検査のときはポケット。素早く入れ替えるから」

なるほどね、とためいきをつく。

「それより、聞きたいことがあるんだけど」

「なんですか」

「二年前にやめた小宮山先生って覚えてる？」

「覚えてるよ。紗江ちゃんが嚙《か》み付いた」

「へえ、記憶力がいいな。人気のある先生だったのかな」

「うーん」考え込んだ。「わからないけど、花壇を作ろうとしてた」

「花壇？　そういえば、そんな話を聞いたな」

「そう、先生がときどきピンク色の車を停めてるあたりに、花壇を作ろうとしてたみたい」

いや、あれは桜色なんだ。

「話は変わるけど、きみは菊池君とは仲がいいのか」

「うん。家が同じ方角で通学班も同じだから。ときどき一緒に帰ったりしてる」

「誰かにいじめられたりしてないか」

「うーん」また首をかしげている。「よくわかんない」

坂口美帆のことに、さりげなく触れてみようと思ったときに、舞の友人ふたりが通りかかった。同じクラスの細口《ほそぐち》香澄《かすみ》と高井《たかい》さやかだ。三人はいつも一緒にいる。森島に挨《あい》拶《さつ》をすると、はしゃぎながら行ってしまった。

菊池紗江は今日も休んだ。熱が引かないそうだ。見舞いに行きたい気持ちもあるが、母親に見られたら、また子どもたちが叱られるだろう。しばらくそっとしておいてやろう。カメも無事に戻ったことだし、時間がたてば、菊池もまた元気がわいてくるだろう。

教頭も坂巻もさすがに警察に通報するところまではしなかったが、いつのまにか森島の監督不行き届きに話題がすりかわっていた。森島も、それで落着するならと黙って聞いていた。

それにしても、授業中の坂口美帆の表情を思い出す。どこまで知っているのかわからなかったが、悪びれた様子はみじんもなかった。ほんとうに彼女が連れ出して、あんな落書きをしたのか。そして、紗江に押しつけたのか。子どものころに読んだ、シャーロック・ホームズのせりふを思い出す。

――ありえないことをすべて排除して最後に残ったもの、どんなに信じがたくてもそれが真相だ。

まあ、そういうことなのかもしれない。たしかにそうなのだろうとは思う。しかし……。

空もなんだか雨が降り出しそうな気配だ。明日もまた母に車を借りるのか。

尻《しり》のほこりを払いながら立ち上がったとき、ふいに野間もおなじことを言っていたのを思い出した。

――小宮山先生は、あの臨時駐車場のあたりに、子どもたちと花壇を作ろうとしていたんですよ。

「なるほど。動機はそれか」思わず口に出した。

7

ひと晩悩んで決めた。

余計なおせっかいだとは思った。自分が単なるアルバイトの、それも音楽専任の臨時教諭にすぎないことは承知している。それでも知った以上は見逃せない。

疑念にすぎなかったことが、自分なりに調べたり、ひとに聞いたりするうち確信に変わった。問題はいつどこで言うか。そして、どう切り出すか。

悩んだあげく、放課後に坂口美帆本人を廊下でつかまえた。図書室に来て欲しいと告げると、相変わらず悪びれるようすもなくうなずいた。

案の定、図書室にはだれもいなかった。

「カメを持ち出したのはきみだね」

なまじ前置きをすると切り出せなくなると思い、いきなり核心をついた。美帆はさすがに驚いた様子をみせたが、ゆっくり深くうなずいた。

「やっぱりそうか――。あの日、きみはカメを持ち出そうと考えた。理由は――。まあ、あとにしよう。さて、どうやって持ち出すか。俺はまたあの自然公園に行って、係員にも聞いてこの目でも見た。考えた結果はこの方法しかないと思う。きみは最後までぐずぐずと残って、カメを連れ出すチャンスを狙っていた。そうしたら、皮肉なことに菊池が転んで、一瞬みんなの視線が集まった。そのすきにきみは、入り口脇にある掃除用具入れにカメを押し込んだ。箒《ほうき》とかちりとりとかを入れる物置みたいなやつだ」

一度ことばを切って、美帆の表情をたしかめた。ほとんど変化はない。

――ポケットのときはカバン。カバンのときはポケット。

舞の言葉を思い出す。

「それからきみは、わざとハンカチを落としていったん外へ出た。追いかけてきた係員に自分のではないと言ったので、彼は落としものとして事務所へ届けに行った。その十分ほどのあいだに大急ぎで戻って用具入れをあけてカメを取り出した。きみはカメをリュックに入れて林の中の見えづらい枝にでもぶらさげておいた。そして、家に帰ってからなんとか理由をつけて、家の人に車で送ってもらった。車を待たせて森に入り、リュックサックを回収した。そんな具合じゃないか」

途中からあまり感情を表に出さない美帆の口もとに笑みが浮いた。

「なんだかドラマみたいですね」

冷静に言われて顔が火照った。想像をふくらませすぎだったろうか。

「いや、昔の偉い探偵が言った方法で考えただけだよ」

「麗華ちゃんが言いつけたのかと思った」

しきりに髪をいじっている。冷静だがいらついているのかもしれない。

「違う、だれにも聞いてない。そして、だれも気づいていないと思うよ。俺と菊池の怪しい素振りが目立ってたらしいから」

美帆がおおきなため息をついて、ようやく認めた。

「そうです。その方法でわたしが連れ出しました」

森島もつられて深く息を吐き出した。

「そうか。本当のことを言ってくれてありがとう。……ところできみ、たしか花が好きだったよね」

美帆の顔に、驚いたような表情が浮かんだ。

「いや」照れて頭を掻《か》く。「これは推理でも超能力でもないんだけどさ。きみたちは一学期に『わたしの夢』とかいうタイトルで、好きな絵と短いコメントのポスターを描いただろう。教室の壁に貼ってあったやつ。きみはあれに『ネットで呼びかけて、世界中の空き地に花を植えたい』って書いてた。だから、ああこの子は花が好きなんだって思った」

「そんなこと覚えていたんですか」また少し驚きの色が増す。

「うちの母親も、庭中に花を植えてるから」

気のせいか美帆の瞳《ひとみ》が輝いたような気がした。この機会にはっきりさせておこう。

「きみたちは、辞めた小宮山先生と、花壇を作るのを楽しみにしていたんじゃないか。それが、あんなことになって菊池を恨んだ。いまでも辞めたのは菊池のせいだと……」

一瞬で美帆の顔が暗くなった。唇をかみしめ、その瞳からあっというまに涙が湧いて落ちた。

「ごめん。きつく言い過ぎたかもしれない。まあ、みんな仲よくやってくれればそれでいいんだよ」

美帆は相変わらず唇をかみしめたまま、ぼろぼろと滴を落とし、一礼をして走り去った。

森島はここ数日でいちばん大きなため息をついた。帰ったら、久しぶりにスローバラードでも聴こうかと思った。

8

結局、三日休んでから菊池紗江は登校した。

「よう、ずいぶん長い風邪だったね」

声をかけた森島に、紗江がやつれた笑みで答える。熱がきつかったのかもしれない。

頭をさげて行こうとする紗江に、ちょっといいか、と声をかけた。

「カメのことはもう心配するな。全部わかった」

「全部？」

「そう、坂口のやったこともわかった。もうきみをいじめることもないとは思うけど、もしもなにかあったら遠慮なく……」

「いじめるってどういうことですか？」

「は？」

自分でも間の抜けた表情だろうと思ったが、口が半開きになるのをとめられなかった。

「だって、あのカメは坂口が連れ出したんだろう。それをきみが持ってた……違うか？」

「そうですけど、いじめられたんじゃありません」

「じゃあ、あの落書きは……。彼女がきみに押しつけたんじゃないのか」

「ぜんぜん違います」

半分べそをかいている。困った森島はちょっとこっちへ、と空いている教室に呼び入れた。

「もう少し詳しく話してくれないか」

紗江はしばらく考えてから、意を決したように話し出した。

「たしかに、美帆ちゃんとは、仲はあんまりよくありません。でも、いじめられたことはないし、ぎゃくにかばってくれることもあります。あの日、みんながふざけてカメに落書きしたのを、美帆ちゃんが見つけました。美帆ちゃんはすごく怒って、見つからないうちに持ち出して洗おうとしてくれたんです。わたしのところに来て、『ちょっとだけみんなの気を引いてくれたら、そのすきに自分が持ち出すから』って言いました」

「ちょっとだけ気を引く？　まさか、それじゃきみはわざと転んだのか」

紗江がすまなそうにうなずく。

「なんてことだ。あれは偶然じゃなかったのか」

「はい」消え入りそうな声だ。

「そうか、ふたりが組んでいたから、あんなにグッドタイミングだったんだな」

「お昼休みに、だれもいないところでカメを受け取って、わたしが具合悪くなったふりをして、三時限目の活動をやっているあいだに洗うことにしました。だけどすぐに落ちそうもないので、体調が悪くて休憩しているふりをして、こっそり家に持ってかえりました」

「どうやって？」

「歩きです」

頭の中で距離を計算した。二駅、たしかに一時間あれば子どもの足でも往復できない距離ではない。夜まで待って車で取りに戻る、などというのは、やはり想像のしすぎだった。

「しばらく学校を休んでいたので、そんな大変な騒ぎになっているなんて知らなくて。すぐに返しに行こうと思ったんですけど……」

「家からなかなか出られなかった？」

紗江がうなずく。涙も止まった。話すうちに、気分が落ち着いてきたらしい。

「わたしは三年生のときに転校してきて、友達がひとりもいませんでした。小宮山先生が一緒に花壇を作ろうって言ってくれて、美帆ちゃんとか麗華ちゃんたちもグループに入りました。わたしが小宮山先生に嚙《か》みついたせいで先生が学校を辞めて、花壇が作れなくなって、美帆ちゃんたちはわたしのことをすごく怒りました。麗華ちゃんは口をきいてくれなくなっただけだけど、美帆ちゃんは許してくれませんでした。『プールが嫌なくらいで嚙みつくはずがない。本当のことを言わないと絶対許さない』って。だから、美帆ちゃんにだけは本当のことを言いました」

「本当のこと？」

プールに入らない本当の理由、などというものがあるのだろうか。小刻みに震えている紗江をしばらく見つめていた。あの暴力的な母親に育てられているうちに、おびえやすい性質に育ったのだろうか。森島は、兎に噛まれたときの痛みがぶりかえしたような気がした。臆病《おくびょう》な動物は追いつめられると噛みつく。追いつめられたのか。なにに？　紗江がしゃくりあげたときに、シャツの襟元から首筋が見えた。ぽつんとついた丸いしみのようなものが見えた。なんだろう。

まさか――。

三日も休んだのは熱のせいではなかったのか。

「菊池……」断りなく、背中にふれた。

「痛い」紗江が顔をしかめた。

「き、菊池。ちょっと、ここにいるんだ。いいな、絶対にここから動くなよ」

無言でうなずく紗江に念を押した。

「いいな、絶対だぞ」

その場に紗江を残し廊下に飛び出した。安西の姿を探す。いま、頼れるのは彼女しかいない。

「どこだ」走り回る森島を好奇の目で児童たちが見ている。かまってはいられない。そのとき、廊下の向こうを行く安西を見つけた。

「安西先生」

呼び止められた安西は一瞬笑みを浮かべかけたが、森島の雰囲気に、すぐに真顔になった。

「どうしたんですか」

「お願いがあるんです」

「なんでしょう」小柄な安西は森島よりも頭一つ低い。自然と見上げるような視線になる。

「菊池紗江の身体を見て欲しいんです」

「身体を？　菊池さんの？」

「そうです。五年生とはいえ女の子なので、ぼくが見るわけにはいかないと思うんです」

「身体のどこを見るんですか」

「それが見てみないとわからないんですけど、たぶん背中あたりじゃないかと」

安西はそれ以上理由をたずねようとせず、しばらく森島の目を見ていた。

「わかりました。いますぐですか？」

「そうですね、早いほうがいいかもしれません。ちょうど昼休みですし」

話し合い、安西が菊池紗江に声をかけ、保健室までつれてくることになった。

先に保健室へ行き、養護教諭の田尾智佳子《たおちかこ》に簡単に事情を説明しながら待っていた。

ほどなく、安西に連れられて、うつむき加減の菊池紗江が入って来た。いつものように何かにおびえているようなようすだったが、森島の姿を認めると顔を赤らめた。逃げようとするところを、田尾がたくましい腕でつかまえた。

「菊池さん、先生にちょっと背中を見せてくれる？」

「背中……」

ますます不安そうな視線をふたりの女性教諭に向けたあと、森島にすがるような顔を見せた。

「背中をちょっとめくってみせてくれればいい。もちろん、おれは見ないよ」

それでもまだ、紗江は抵抗の素振りを見せたが、森島が「弘樹君のことも心配なんだ」と言うと、観念したようにうなずいた。大人しくなった紗江を、田尾と安西がいたわるようにしてベッドに腰掛けさせた。田尾がベッドまわりのカーテンを引いて、中が見えなくなった。

「じゃあ、ちょっと横になってみて。そうね」

田尾のやさしくさとすような声につづいて、シャツをめくりあげている気配が伝わった。

「なに、これ」すぐに声を立てたのは、安西だった。「ひどい」

「これは……」田尾の息を呑《の》む様子もわかった。「かなり古いのもありますね」

「ちょっと待っててね」カーテンの隙間から安西が出てきた。

「これは、野間先生と教頭にも見てもらおうと思います。呼んできますから、そのとき森島先生も一緒に」

森島が返事をするまえに、安西は走って行ってしまった。五分とたたないうちに、けげんな表情の野間と教頭をつれて戻ってきた。安西の息があがっている。

「あけても大丈夫ですか」

安西の問いかけに、中から田尾の「大丈夫ですよ」という答えが返った。

シャッと音をたてて勢いよくカーテンが開かれた。ベッドにうつぶせになって菊池紗江が横たわっている。顔は壁のほうを向いているので表情はわからない。肩がわずかに震えているのは寒いせいではないように思った。田尾がゆっくりとシャツをめくりあげていく。やがて背中がほとんどあらわになった。

「これは」教頭が息を呑んだ。

「ひどいな。こんなの見たことない」さすがに野間も声を震わせた。

森島はことばを失って、ただそれを見ていた。紗江の背中から脇腹へ、そして首の下あたりにかけて、一面、煙草を押しつけられたらしい火傷《やけど》の痕《あと》だらけだった。まだ、かさぶたになっていない斑点《はんてん》もあった。

「だから……、だから、プールに入らなかったのね」安西のあごの先から滴がたれてシーツにしみをつくった。

彼女の背は、本物のリクガメのように、かたい甲羅で覆われてはいない。剝《は》がれ落ちて新しくなることもない。刻まれた傷痕は一生消えない。怒りとも哀しみともつかない感情で、森島は目の前が暗くなっていくのを感じた。

安西がそっと紗江の肩に触れると、こらえていたらしい嗚咽《おえつ》が号泣に変わった。シャツをもとにもどし、田尾がだきしめてやっても、いつまでも泣き声は止まなかった。

9

その日のうちに教頭が児童相談所に通報し、菊池紗江と弟の弘樹は一時保護された。所員が弘樹のようすをたしかめるためアパートをたずねると、母親が激しくののしったらしいとあとで説明を受けた。紗江の背中の火傷のことを持ち出して「あれだけの傷があれば同意がなくとも保護はできるし、いずれ警察の取り調べがあるだろう」と告げると大人しくなった。幸い弘樹の身体には暴行を受けた形跡もなく、それは紗江の証言とも一致した。二日後に弘樹は戻され、保護対象は紗江ひとりとなったらしい。相談所ではいままでどおりの通学は困難と判断して、手続きを待って正式に保護施設に収容されるだろうと聞いた。

なぜ紗江だけが煙草の火を押しつけられていたのか理由は明かされなかった。母親は「全部自分がやった」と供述しているらしいが、真相がわかるのはこれからだろう。森島は紗江のおびえた顔を思い出し、それ以上のことはもう知りたくなかった。

ドゥカティのシートに後ろ向きに腰掛けている男がいた。片足をぶらぶらと振っている。

織り目の粗い黒いジャケットを袖《そで》を通さずに羽織り、茶色の地に幾何学模様がプリントされたシャツを着ている。ハーフミラーのサングラスをかけているので目つきはよくわからない。

「危ないですよ。どなたですか」

男は、吸っていた煙草を投げ捨て、シートから降りた。バイクを蹴《け》り倒さないか、それが一番心配だった。

「おたくが、森島さん?」顔をややかしげて、森島の顔をなめまわすようにながめた。

「そうですが」

「このたびはずいぶんとお世話になったそうで」

わずかに関西のなまりがあるなと思った。

「もしかすると、菊池君の……」

男のこぶしがいきなり左の顎《あご》にきまった。まさか、脅しのことばもないうちに殴られるとは思っていなかった。ほとんど無防備のまま受けとめることになった。痛みよりも、身体が傾いていく不思議な感覚があった。

いつのまにか、南の島の砂浜に寝ころび、潮騒《しおさい》を聞いていた。

雲ひとつない空がまぶしすぎるので、ストローハットで顔を覆っている。気持ちのいい風に乗って、ノリのいい音楽が聞こえてくる。これは、レゲエだ。なんだかトロピカルカクテルでも飲みたい気分だ。

――Get up, stand up.

歌声が頭の芯《しん》にとどく。聞き覚えがあるな。歌うのはだれだ？　ああ、ボブ・マーリーだな。いつも暢気《のんき》な歌いぶりで人生の真理を訴える。いけない、これは父親の受け売りだった。

――起きろ、立ち上がれ。立ち上がるんだ、お前の権利のために。

気楽に言わないでくれ。立ち上がるのは面倒なんだ。しかし、砂浜だと思っていたのが、実はごつごつとしたアスファルトであることに気づいた。頭を動かした拍子に後頭部の下で砂粒がじゃりと鳴った。目を見開く。確かに空は青いが、いくつもの顔が自分をのぞき込んでいた。どうにか上半身を起こした。男はポケットに手をいれて身体をゆすっている。

「おきろよ、にいちゃん」

男がかがんで胸ぐらを摑《つか》もうとした。森島は、ほとんど無意識に男の腹のあたりに足の裏を押しつけた。男はよろめいて、数歩さがった。もういちど向かってくるかと思ったところで、両腕をそれぞれ男性教諭に押さえられた。

「てめえ、ぶっ殺してやる。放せコラ」

四人がかりでもふりまわされそうな勢いだ。森島はどうにか立ち上がった。一発くらいならやりかえせるかもしれないと身構えたとき、また目が回って倒れた。聞き覚えのある子どもたちの声が遠くで聞こえた。

音楽室に入ったとたん、爆笑がわいた。

「先生、その痣《あざ》どうしたんですか」

すげー、いたそう、などと口々に好きなことを言っている。

「知っている者もいると思うので、隠してもしかたない。菊池君のお父さんに殴られた」

またキクチチかよ、という声、そして哄笑《こうしょう》。このクラスは、あだ名をつけたり、ひとをからかったりするのが本当に好きなのだ。

「まあ、見た目ほどたいしたことはない。三日もすれば痛みはなくなるそうだ」

なんだ、つまんないという声を無視して、森島は真顔で続ける。

「今日は音楽の授業の前に話したいことがある。その菊池紗江君のことだ」

森島が発したまじめな口調にざわつきが広がる。クラスの大半は好奇の目を輝かせたが、何人かの表情が曇った。いつもにこやかな森島のめずらしく厳しい表情に、いつしか私語が消えた。

「彼女のことは聞いたと思う。いつ、またこのクラスに戻れるかわからない。卒業までもう会えないかもしれない。『たまたま同じクラスになっただけじゃないか』と考える人もいると思う。たしかに、それはそうかもしれない。だけど、人間は想像力を持った動物だ。もしも彼女が味わったことが自分の身におきたら。一度でいいから、少しでいいから考えてみて欲しい。それと……」

いったんことばを区切って、ゆっくりクラスを見渡した。

「このクラスが、冗談が好きで明るいクラスなのは知っている。でもさ、ふざけちゃいけないこともあると思う。菊池君の背中に傷を負わせたのは彼女の親だけど、だれにもそれをからかう権利なんてないと俺は思う。知らなかったとはいえ、リクガメの背中に彼女のあだ名を落書きした人間は、彼女に対して一度でいいから申し訳なかったという気持ちを抱いて欲しい。犯人探しはしないけれど」

話の途中で五人の児童の顔色が変わっていくのがわかった。坂口美帆に対抗する女子のリーダー格である塩谷麗華や最初にキクガメと叫んだ及川もその中にいた。クラスの中にひそひそ声が広がっていく。

これ以上つるしあげの雰囲気が長引けば、新たないじめが始まる可能性もあると思った。森島はすぐにピアノの蓋《ふた》をはぐった。

「さて、その話はこれで終わりだ。菊池に歌を送ろうと思う。なにかリクエストはあるかな」

いつもよりトーンは控えめだが、最近流行の曲やアニメの主題歌の名がいくつかあがった。

――小さな悪魔。

この学校に勤めるようになって、幾度となく聞いた呼び名だ。純真、無邪気、残酷、そういった特性で練り上げた呼称だろう。うまく言い当てていると感心したものだった。その小さな悪魔たちが、競い合って歌のタイトルをあげている。白熱しそうなところで、収拾を図ることにした。

森島は、いちばんみなが知っていそうな流行の曲を選び、イントロを弾きはじめる。

「みんなも歌ってくれ」

スローにアレンジした歌に何人かの声が重なり、しだいに大合唱になった。目は輝き、楽しそうだ。

みんな、そんなに悪気はなかったんだよな――。

そう思うことにした。そう思わなければ世の中は辛《つら》すぎる。

「森島先生」

アイドルグループの歌を大合唱して叱られた翌日、しばらく目立たないようにしていようと廊下の隅を歩いていると、背中から声がかかった。安西久野の声に間違いない。

「はい」ふり返ると、やわらかい笑みを浮かべていた安西の表情が曇った。

「まだ痛そうですね」

「見た目ほどひどくはないんですよ」自分の指先で軽く叩《たた》いてみせた。「痛《い》てて」

安西はけらけらと笑ってから、ごめんなさいと謝った。

「そういえば、聞こうと思っていて、あの騒ぎで聞きそびれたんですけど」

「なにをですか？」痣のあたりが気になって、またおそるおそる触ってみる。

「ふれあい体験のあと、森島先生と菊池さんが林の奥でこそこそしていたっていう噂を聞きました。そもそも、そんなことをしていたから菊池さんが疑われたんですよね。あれはなんだったんですか？」

「安西先生までご存じなんですか」

隠れたつもりが、かえって目立っていたようだ。皆はその後の騒ぎで忘れたらしいが、安西は気にしてくれていたのだろう。彼女になら、話してもいい気がした。

——菊池。絶対にふたりだけの秘密だと言ったのに、ごめんな。

あのとき、転んだ菊池紗江のリュックを持ってやったら、中が空っぽなことにすぐに気づいた。カメどころか、水筒もペットボトルも弁当さえも入っていなかった。正真正銘の空っぽだ。まだ菊池の家の事情は知らなかったので、親が忘れたのだろうぐらいに思った。だから、わけは聞かないことにした。ひと目のなさそうな林の奥へ菊池紗江を呼んだ。結果的にはかえって目立ってしまったようだが。

「菊池、たのみがあるんだけど」

覆いかぶさるように枝を伸ばしたヒマラヤスギの下で、紗江はけげんそうな視線を向けた。

「きみ、ひょっとして弁当を忘れたんじゃないのか」

紗江は硬い表情のまま返事をしない。

「忘れたんだとしたら、頼みがあるんだけどさ」片手で拝む真似をした。「おれさ、三色弁当が大嫌いなんだよね。蕁麻疹《じんましん》ができるくらい嫌いなんだけど、うちの母親って三色弁当しか作れなくてさ」

言いながら心の中で両手を合わせた。本当は母親の作った三色弁当はこの世で唯一無二といっていいほどの大好物だった。

「菊池は三色弁当嫌いか？」

紗江が、寂しそうな表情で首を左右に振った。

「よかった。だったら、これを食ってくれないかな。なんだかお腹も痛くなってきてさ。さすがに捨てられないし、カピバラに食わせるわけにもいかないと思って困ってたんだ。ほんと助かった」

返事をしない紗江のリュックに弁当を押し込み、後ろも見ないで小走りに去った。ほかの教師に見つからないよう、従業員用らしい狭い門から外に出て、コンビニをさがしたが見あたらなかった。園内のレストランで食べるわけにもいかず、水を飲んで空腹をこらえた。

その姿を見た、おそらくは塩谷たちが怪しんで、言いふらしたのだろう。

「そうだったんですか」二度深くうなずいた安西が森島を見た。「失礼ですけど、森島先生って教師に向いてない気がします」

「どうしてです？」

「向き不向きというより、なんか古きよき昭和の先生みたい」

安西の笑顔がなんとなくまぶしくて、つい「そうかもしれません」と答えてしまった。

「友人にも、融通がきかないとか、頭が堅いとか、笑われます。お前はタイムスリップした武士か、って」

安西がくすくす笑っているので、話題を変えることにした。

うっかり、安西先生も三色弁当が好きですかなどと聞いたら、さらに笑われてしまいそうな気がしたからだ。

第三話　ショパンの髭《ひげ》

目の前に貼られたショパンの肖像を、森島巧は睨《にら》みつけていた。

ピアノ用の椅子に立ち、手には太い油性ペンを握っている。昼休みの音楽室、ほかに誰もいない。

キャップをはずす。きつい揮発油の匂いが立ち上る。ペン先を持ち上げたとき、廊下を近づいてくる足音が聞こえた。

森島はあわててペンを隠した。もしもだれかに見とがめられたら、画鋲《がびょう》がとれていたので貼り直すところだ、とでも言い訳するつもりだった。

足音が教室の前で止まる。森島は息をひそめた。見つかるのはかまわないが、これが終わってからだ。廊下の人物は、そのまま通り過ぎていった。

森島はふたたびペンのキャップをとり、こんどはためらうことなく、ショパンの顔に手を伸ばした。

1

音楽室に近づくと、ピアノの曲が聞こえてきた。

森島巧は、最初、児童がいたずらしているのだろうと思った。つい「こら」と怒鳴りかけて、やめた。

この曲は――。

リストの『ため息』だ。「三つの演奏会用練習曲」のひとつ。ところどころぎこちない音を響かせるが、かなり慣れている印象を受けた。

――だれが弾いているのだろう？

音楽室には、普段は鍵《かぎ》がかかっている。もうひとりの音楽教師である白瀬《しらせ》美也子《みやこ》の神経質な顔が浮かんだ。いや――すぐに思い直す。彼女ならもっとずっとうまいはずだし、そもそもこんな素直なメロディ運びにはならないだろう。ならば、多少心得のある別の教師だろうか。それともやはり、児童が忍び込んでいたずらしているのか。

森島は扉をあけるタイミングを失って、しばらく聞き入っていた。やがて、いつまでもそうしているわけにはいかないことを思い出し、隣接した機材保管室の鍵をあけて入った。音をたてないように音楽室に通じるドアを開ける。

背中が見えた。やはり子どもだ。だれだろう。足音をたてないよう、そっと近づく。

痩《や》せた小柄な後ろ姿に、見覚えがあった。六年一組の鈴木捷《すずきしょう》に間違いない。

「なんだ、鈴木か」

思わず声が出た。ピアノの音が止まる。はじかれたように振り返ったその顔は、やはり鈴木捷のものだった。

「驚いたな。ずいぶんうまいじゃないか」

捷が真っ赤な顔をして立ち上がった。反動で、鍵盤《けんばん》の蓋《ふた》が大きな音をたてて閉まった。

「あわてなくてもいいよ。先生が用を済ませるあいだ、弾いたっていいぜ」

そう笑いかけたが、捷はにこりともせず硬いお辞儀をした。すっと森島の脇をすり抜ける。そのまま去るつもりらしい。

「おい、鈴木」

捷の背に声をかけた。立ち止まりはしたが、半身だけふりかえり、もう一度ぎこちないお辞儀をして、そのまま走り去った。

今は昼休み時間だ。このあと彼のクラスは音楽の授業がある。捷が今日の日直当番なのかもしれない。当番は、職員室から鍵をあずかり、休み時間中に音楽室のドアを解錠しておくきまりになっている。しかし、特別な準備のない日は、こんなに早くあける必要はない。つまり、捷は、あえてまだ誰も来ない時刻におとずれ、ピアノを弾いてみたということになる。

ひとけのない音楽室に残って、鈴木捷のことを思った。まだぴんとこない。彼は音楽が苦手なはずだった。いや、嫌いなのだとさえ思っていた。

腕組みをして見上げた壁に、クラシック音楽家たちの肖像画が並んでいる。ほぼ中央で、こちらを見下ろしているショパンの顔に目がいった。

「それじゃあ、前回予告したとおりに歌のテストをやります」

六年一組、授業のはじめに森島がそう宣言すると、えぇー、という叫声が湧いた。わかっていることでも、とりあえず騒ぐのが子どもだ。

一斉に、いやだとか今日は調子が悪いという声があがる。机をガタガタ言わせるもの、理由もなく隣の児童の頭を叩《たた》くもの。風邪で声が出ません、インフルエンザっぽいです。あちこちから、わざとらしい空咳《からぜき》が聞こえる。腹痛です、頭痛です。しだいに調子に乗ってくる。この事態は予想していた。

「そうやって騒いでていいのかなー。最後まで終わらなかったら、続きは帰りのホームルームですよ。当然、担任の坂巻先生に見てもらいますよ」

だれかが、「ぐえっ」とカエルの断末魔のような声を出した。

一瞬、さらに大きなざわめきが沸きあがったが、急速にしぼんでいった。森島自身にとっても苦手な存在である坂巻の名は、切り札として使える。

「それじゃあ、さっそく歌ってもらいましょうね」猫なで声を続ける。ざわめきがしずまったところで、鍵盤の蓋をはぐる。「それから、これは合唱会で歌う曲ですから、丁寧にお願いしますね。それじゃ――」出席簿をめくる。「番号順に、まず井上新一君《いのうえしんいち》」

はい、と答えて井上新一が立ち上がった。

最初に二小節だけ課題曲の前奏を弾く。森島が目顔で合図を送ると、新一はメロディにうまく乗ってそつなくトップバッターをつとめた。指定した十六小節分の独唱を終えて着席する。

「うん。わりと、いいじゃないか。そしたら次は――」

続く児童たちも、多少のうまいへたはあったが、なんとか聞ける程度の歌唱力だった。

「なんだ、みんな。ぶうぶう言うわりには、家でこっそり練習してるんじゃないか」

一斉に否定の発言。

「してない、してない」「やればできる子なの」

十人ほど歌って、鈴木捷の番になった。ほかの児童とまったく同じ口調で森島が指名する。周囲からわずかにざわつきが聞こえた。

立ち上がる気配がない。

「さあ。鈴木、どうした」

森島にうながされてようやく立ち上がった。しかし、伴奏をはじめても歌い出す気配がない。森島が鍵盤の指を止め、顔をあげた。

「どうした鈴木。歌ってくれ」

だれかの「歌えよ」という声を引き金に「スズキ、スズキ」と数人がコールしはじめた。森島がすぐにそれを制した。

「こら、静かに。ひとの歌を邪魔する人間は、ずっとバックコーラスとして歌ってもらうぞ」

「げげっ」「ありえねえー」

ためいきをつきながら教室内を見回すうち、不安そうな顔をみつけた。捷と仲のいい野口悠太《のぐちゆうた》だ。捷を気遣っているのか、これから回ってくる自分の歌を心配しているのか、どちらともわからなかった。

「さあ、鈴木、歌ってくれ。へただっていいぞ。真面目に歌うなら零点はつけない」

捷は立ち上がったが、口をひらかない。森島がピアノで前奏の二小節を延々と繰り返す。それでも、じっと手元の譜面を睨んでいるだけだ。

これ以上続けては、さらし者になってしまうかもしれない、という気がしてきた。

「わかった、今日はもういい」と言いかけたとき、唐突に捷が声を出した。

「いまー、鳥のようにー雲のようにー、あのー果てしないー……」

とたんに、失笑の嵐が巻き上がった。これまでの中で一番ひどい出来だった。やる気が見えないというような程度の問題ではない。完全に一本調子で、まったく抑揚がない。

森島のピアノを弾く指が止まる。

「ちょっとまった」うつむいている捷の顔をじっとみつめる。「いくらなんでも――」

そこまで口にしたところで、教頭に釘《くぎ》をさされていたことを思い出した。

捷の表情は強《こわ》ばったままだ。しばらくその顔をみつめていた森島は、小さく首を振ってため息をついた。ひととおり順番を回すことが優先だ。

「わかった、もういい。じゃあ、つぎ……田辺《たなべ》あおい」

どうにか、終業のチャイムが鳴る前に全員を終えた。捷ほどひどくはないが、数人が音程をはずしていた。合唱団ではないのだから、多少のでこぼこもご愛敬《あいきょう》だと思うことにした。

「合唱会までには、もう少し足並みがそろうように練習しよう。もしも、希望者がいたら休み時間でも放課後でも練習につき合うぞ」

はい一、という気の抜けた返事がいくつか返ってきた。

そろそろしまい支度をはじめたとき、挙手するものがあった。

「先生」塚原《つかはら》まどかだった。

「はい、なにか」

まどかがすっと立ち上がった。

「鈴木君はわざとへたに歌っています。練習が、鈴木君のところでつっかえるのは、時間の無駄だと思います。それに、合唱会のときに全体の足をひっぱるから、鈴木君と野口君はクチパクがいいと思います」

だれていた教室の空気が一瞬にして張り詰めた。同意なのか非難なのかわからないざわめきが広がる。

「おい、ちょっとそれは言い過ぎじゃないか」

「先生」ざわつく中、つぎに立ち上がったのは、おなじく女子の石川有紀《いしかわゆうき》だ。「鈴木君は悪くないと思います。五年生のとき、白瀬先生の授業だったからだと思います」

ひゅーひゅー、とはやし立てる声が聞こえた。有紀は、照れるどころか、声のしたあたりを睨《にら》んだ。ざわめきの音量があがる。

「なんだそれは、どういう意味なんだ」有紀から捷に視線を移す。捷は、唇をかみしめてうつむいているだけだ。

「それは関係ないじゃん」とか「かわいそうだよね」などという声が、あちこちであがった。

「こらこら、しずかに――」ちょうどそこでチャイムが鳴りはじめた。森島は、負けないように声量をあげた。「その話は、きょうはここまでにしよう。もしも聞きたいことがあったら、先生のほうから質問する」

「だれかさんのことになると、すぐにむきになるのよねえ」まどかが捨て台詞《ぜりふ》をのこして、友人数人と出て行った。そして、ほとんどの児童はすでにこのいさかいに関心を失って、じゃれあいながら教室を出ていく。当の捷は、悠太と一緒に集団にまぎれるように去った。

最後に残った有紀とその友人の三人が森島のところにやってきた。

「先生、さっきの話、ほんとうですから」

「ああ、わかったよ」ピアノの蓋を閉じ、鍵《かぎ》をかけた。

「だけど、さっきも言ったけど、この話はあずからせてもらう。もう、授業中にはださないでくれないか」

「はい」そろってすなおに頭を下げ、出て行った。

「白瀬先生か――」三人の後ろ姿を見送りながら、森島は深く一度だけためいきをついた。

四月からこの小学校で勤めはじめるにあたって、急ごしらえのレクチャーを受けた。膨大な留意事項と同時に、〝注意児童〟のリストをもらった。子ども自身に問題があるケース。保護者に問題があるケース。そして、その両方であるケース。抱えるトラブルの内容も、学習能力が極端に落ちる、虞犯《ぐはん》性がある、保護者がうるさ型である、連絡がつかない、一切集金に応じない、などさまざまだ。少子化の影響で、一学年あたり三クラス、平均百二十人程度の児童数だ。それでも全学年では七百を超える個性と家庭の事情がこの施設に集まっている。

昔に比べ、児童の頭数は減ったが、個性は強くなった気がする。今の社会が抱える病理の縮図をそのまま見るようですよ。指導にあたった教諭が、そうため息をついたのを覚えている。

非協力的な児童のリストに、鈴木捷の名があった。

普段の授業ではあまり目立たない。国語や算数、理科といった科目は、中程度の成績らしい。しかし、音楽の授業だけ従順でなくなる。リコーダーなどの楽器はそこそこ普通にこなすが、歌はひどい。

森島も、一学期の早い段階で、テストを兼ねて課題曲をひとりずつ歌わせたことがあった。捷の歌には、ほとんど感情がこもっていない。うまく歌おうとする気持ちがまったく感じられない。

「無理に何度も歌わせないでください。授業がそれだけでつぶれてしまいます。性格矯正プログラムじゃありませんから」

教頭は臆面《おくめん》もなく、そう言った。

わざわざそんな注意を受けるということは、なにかいわくがありそうだとは思ったが、教えてはもらえなかった。しかし、五年のとき、かれに音楽を教えたのが白瀬美也子教諭だとは知っていた。

音楽の専門教諭どうし、ほんとうは白瀬とざっくばらんに話し合うのが、近道かもしれない。しかし、森島は彼女が苦手だった。たった半年ほどのあいだに、この白瀬には、指導方法で何度かやり込められている。坂巻や教頭とはまた違った苦手意識が働く。それだけではない。白瀬美也子は、むかし森島が教わったある教諭に似ていた。ほとんど生き写しではないかと思えるほどに。

曾我《そが》民子《たみこ》という名のその女性教師は、森島が六年生だったときの担任であり音楽専任の教員だ。立ち姿、動き、音楽の趣味、ものの言いよう、白瀬美也子は彼女にそっくりだった。記憶のいたずらだとは思うが、いまでは、顔のつくりも瓜《うり》ふたつだという気がしている。どうしても、うちとけて話す気にはなれない。

放課後、プリントの整理をはじめた安西に話しかけた。

「ちょっといいですか。お仕事しながらでいいので」

周囲に、話を聞かれてまずそうな顔ぶれは、見当たらない。向かいに長浜がいるが、むしろ会話に加わってもらいたいくらいだ。

「なんでしょう」本当に手を休めずに答えた。

「鈴木捷、ご存じですか」

「ええ、名前と顔くらいは」

「彼、歌がおもいきりへたなんですけど、その理由を知ってます？」

「へた？」ようやく手を止めて、森島の顔を見た。「音痴ってことですか？」

「ええ、半端じゃなく」

「さあ」首をかしげて、また作業にもどった。「わたし、受け持ったことがないのでよくわかりません」

「鈴木はわざとへたに歌っていると、発言した児童がいるんです」

「わざと？」

「ええ。去年白瀬先生となにかあって、それでわざとへたに歌うようになったと」

「まさか」ふたたび手をとめたが、こんどは森島は見ずに、机の一点を見つめ考えている。「それは考え過ぎじゃないですか。だって、いまは森島先生なわけですから」

「そうなんです。そこが不思議なんです。それと、これは偶然見たんですけど、彼、小学生にしてはかなりピアノがうまいんです」

「ピアノが？」

「ええ。あれはきちんと習っているはずですし、音楽センスもそこそこあるはずです。だから、わざと音程をはずして、っていうのもなんだかうなずけて――」

「まあ、たしかに白瀬先生は厳しい方ですから、萎縮《いしゅく》してしまった可能性はありますね。白瀬先生の性格だと、才能のある児童ほどびしびしごきそうですから」

わたしもあのかたが苦手です、と笑ってまた仕事に戻ってしまった。質問とは焦点がずれていると思ったが、仕事が忙しいのだろうと、それできりあげることにした。

期待の長浜は、噂話よりも優先すべき仕事があったらしく、途中でどこかへ消えてしまった。

2

上谷東小には、毎年十一月に、校内合唱会という行事がある。

五年生、六年生の計六クラスが、それぞれ二曲ずつ、体育館の壇上で合唱を披露するのだ。ただ、それだけのことだが、ＰＴＡの役員はもちろん市議や商工会の名士などを客として呼ぶのがしきたりになっている。特に青木校長になってからは、その人脈で来賓の数も質も上がったと聞いている。

児童よりも、むしろ教師たちが緊張するイベントらしい。プロの合唱団のようにはいかないが、音楽教師としてそこそこ恥を掻《か》かない程度には、仕上げないとならない。今年、上級生の六クラスを見ているのは森島だった。選曲はベテラン音楽教諭の白瀬美也子が決めるし、最終的には彼女のチェックが入ることになっているが、普段の授業はこれまでどおり、森島が教えていいことになった。当日の指揮も森島だ。校長の「やらせてみたらいいじゃないですか」のひとことで決まったらしい。おそらく、うまくいかなければ「交替させたらいいじゃないですか」となるのがみえていた。

「好ましい状態とはいえないが、それが原因でクラスが荒れるというわけでもないので、看過してください」

教頭にはあらかじめ、捷の態度についてそう釘《くぎ》をさされていた。したがって、もともと深くさぐるつもりはなかった。しかし、かれはリストの『ため息』を弾いていた。小学六年生が、我流であそこまではいかない。きちんとした音楽教師に習ったというのは確からしい。

そこへもってきて、石川有紀の発言だ。もともと上手に歌える人間が、なにかの原因でへたになることなどあるのだろうか。可能性があるとすれば、塚原まどかが指摘したように、わざとそうしているとしか考えられない。

安西が事情を知らないとなると、事情の把握に少々てこずる。

それでも森島は三日ほどかけて、白瀬本人はもちろんのこと、教頭や坂巻に話が漏れないような相手と場所を選んで、話を聞き出した。およその事実関係を摑《つか》むことができた。

いまの状態からは想像しがたいが、やはり昔の捷は、歌が飛び抜けてうまかったらしい。

昨年、捷のクラスを受け持ったのは、現在二年一組を担任する、白瀬美也子教諭だった。彼女は、正規の職員で音楽を主に受け持っていた。学年主任と学科主任という、ふたつの肩書きを持っている。

小学校は、担任が原則として全教科を教える――教えられる能力を有する――建て前になっている。しかし、教師にも得手不得手があり、教諭間で受け持ち教科のやりとりをすることは珍しくない。とくに、音楽にその傾向が強い。勉強は努力でなんとかなるが、音楽センスは磨くのにも限界がある。

美也子は、全校クラスのうち半分ほどの音楽をみた。そのかわり、他の教科――とくに体育や理科、算数などを代行してもらっている。今年もそれは変わりがない。

白瀬美也子に対する教員うちでのあだ名は、〝原理主義者〟だった。年齢は今年四十七歳。私生活をまったく語らないが、結婚していて子どもはいないらしい。雑談も冗談も言わない。授業中には、音楽に関わる以外の話は一切しない。当然、子どもたちからの人気度も限りなくゼロに近い。家では、時計の代わりにメトロノームが時を刻んでいるという噂が、なかば信じられていた。

昨年、捷たちが五年生になってひと月ほど経ったころ、授業中に白瀬美也子教諭が野口悠太を叱った。

「あなた、ふざけているの？」いつもどおり、計算して作ったような表情だったが、目には怒りが満ちていた。「まるで、酔っ払ったニワトリの鼻歌みたいに聞こえるわね」

この発言の内容は、クラスの児童によってほぼ正確に伝聞され、女史が放った唯一の冗談としていまだに語り草になっているそうだ。

「あなたのその不真面目な態度は不愉快です。我慢なりませんね」

白瀬美也子が野口悠太を受け持ったのはこの年がはじめてだった。悠太はふざけていたのではなかった。もともと歌がへたなのだ。悠太は口数が少なく、口元の表情がいつも微笑んでいるように見える。人によっては、開き直ってにやついているように受けとめるかもしれない。しかし、悠太としてはまじめに歌っているつもりなので、悪びれたところがない。そのあたりも、ふてぶてしく感じられる原因なのかもしれない。

結局この日、授業の残り時間のほとんどが、野口悠太の指導にあてられた。三十分近く立たされたまま、なんどもなんども同じところを繰り返し歌わされた。やがて悠太が鼻をすすりはじめ、とうとう泣き出して歌どころではなくなってしまうまで続いた。

「もう、座ってよろしい」白瀬が、あからさまに蔑《さげす》んだようなため息をついた。「鈴木君を見習いなさい」

授業も残り十分を切るころになって、白瀬が名をあげたのが、鈴木捷だった。

悠太は、すでに身長が百六十センチを超え、しょっちゅう中学生に間違えられる。しかし、性格はおっとりしていて、行動もやや緩慢なところがあった。一方、鈴木捷は色白で、身体つきも小柄だ。実際の年齢よりも、年下に見られることもある。しかし、上級生にからかわれて歯向かっていくこともあるほど、気が強い面もあるらしい。歌がうまいことはクラスの全員が認めていた。

「鈴木君」白瀬が指名した。「お手本を見せてください」

捷はたちあがったが、遠慮がちに言った。

「悠太は、あんまり歌が得意じゃないんです。ふざけているんじゃないと思います」

白瀬の目つきがきつくなった。

「あなたに意見は求めていません」三年生のときから受け持って、目をかけていた捷に反論されて、ますます声がうわずった。「ふざけているかどうかは、先生が決めます」

とにかく、あなたが歌ってみなさい。甲高い声で命じられ、捷が歌った。

はじめは、いつもどおり文句のない歌い出しだったらしい。しかし、途中で突然音程が狂いはじめた。白瀬のピアノの音が止まった。白瀬が捷を睨《にら》む。捷の顔は青ざめて強《こわ》ばっていた。

「どうしたの、鈴木君。もういちどはじめから」

もごもごとした声で、再び歌う。こんどは、はじめから音程が狂っていた。

「もういちど」

終業のチャイムが鳴っても、まだ抑揚のない歌が続いた。

やがて、鍵盤《けんばん》から顔をあげた白瀬のもともと青白い顔は、熟れた桃のようにピンク色になっていたそうだ。

「こんな侮辱を受けたのは、教師になってはじめてです」

めずらしく、鍵盤の蓋《ふた》を乱暴に閉めて、挨拶《あいさつ》もせずに教室から出て行った。

この一件は同じクラスの児童が親に報告したことが発端で、学校側に知れた。しかし、特に問題になった記憶はない、と長浜が説明した。

「むしろ、教員の中では……」長浜が、これ以上ないほど、声をひそめた。「鈴木の勇気は表彰ものだっていう冗談が出たくらいだから」その長い顔に、不敵な笑みが浮いた。

このとき以来、捷の歌はへたになった。

教頭が、捷を呼んで諭したこともあったらしい。しかし、捷は「ふざけてはいません」と答えるだけだ。授業中に奇声を発するのでもなければ、ふざけているという客観的な証拠はない。態度だけを見れば、むしろ模範的、ただ歌がへたなだけ。結局、捷の通知表にも、悠太と同じ1がついた。長浜は捷の両親に会ったことがあるらしいが、きまじめで、学校にクレームをつけるなどとは考えもしないタイプらしい。きゃしゃな捷が、なんとか元気に通学してくれればと、それが望みのようだ。二階建ての大きな家で、父親の両親と同居している。この祖父母が芸術面の教育に熱心で、捷が小さいころから絵画や音楽教室に通わせたのだそうだ。

「鈴木はどうして急にへたになったんですか。やっぱり、わざとですか」

森島の質問に、長浜が答えた。

「捷がなにも語らないので、心の中の真実はわかりませんが、まあ、わざとでしょう。捷と悠太は親友どうしなんですよ。皮肉なことに」

なるほど、それでなんとなく理解ができた。友情と自己犠牲が、天秤《てんびん》の両皿に載るような年頃なのだ。

「ですけど、そもそもどうして白瀬先生は、野口悠太にそんなにつらくあたったんでしょう」

首をかしげる森島に、長浜があっさり答えた。

「単純明快、嫌いだからです」

「嫌い？」

そんな理由はないでしょう、と言いかけたが、長浜はしごく当然のように説明した。

「あくまで想像の域を出ないけど、たぶん間違いないですね。白瀬先生は、野口みたいな、ぽてっとしてちょっと鈍い感じで、しかも音痴の男子が大嫌いなんです。これまでにも何人か攻撃対象にあがったし」

「嫌いだから集中攻撃するんですか」

「教師も人間だから」そう言ってから、あわてて、とつけ加えた。「客観的事実関係でいえば、歌のへたな児童に、丁寧に指導しているだけですから」

「それでも、受け持って一ヵ月間は我慢したわけですね」

「それも、違うと思いますね」長浜が嬉《うれ》しそうに話す。「一ヵ月経って、ようやく野口の存在に気づいたんですよ」

白瀬教諭の面目躍如というところか。

教頭も、その白瀬には一目置いている。「鈴木捷の問題は放っておけ」と言われた理由がようやくわかった。

つぎの一組の授業の前に、いちど捷と話す機会をつくることができた。

教室の前で捕まえて、少しだけ話したいことがあるので、昼休みに音楽室に来てくれないかと頼んでみた。その場で返事はなかったが、すぐにたずねてきた。

「失礼します」

「おお、悪いな。せっかくの昼休みに」

「べつに、することもありませんから」捷はこぶしを軽く握ったまま、顔を左右に振った。

「いきなりだけど、鈴木は、ピアノを習っているのか」

「いえ」ぶっきらぼうな返事が返る。

「ほんとうか」顔をのぞきこむように見る。「そのわりにはずいぶんうまいよな」にやりと笑ってみせる。

「もう弾きません。すみません」

顔をわずかに赤らめて、うなだれる。彼にとっては森島も「体制のあっちがわ」なのだろう。

「べつに、取り調べしてるわけじゃないから、そんなに意固地になるなよ。それより、ここからが本題なんだ。きみは、本当は歌がうまいと聞いたよ。わざとあんなふうに歌うのも疲れるんじゃないか。それに――」

うつむいたまま、返事はない。

「おれは説教をするような立場じゃないけど、せっかくの才能を押しつぶすのは、惜しい気がする」

捷は青ざめた顔でただ森島をみつめている。

「白瀬先生とのいきさつは聞いた。でも、おれは白瀬先生じゃない。もしも、わざとへたに歌っているなら、考え直してくれないかな」

もしかしたら聞こえていないのではないかと思えるほど、まったく態度にも表情にも変化がない。

「いますぐ、どうこう答えられる問題ではないと思うけど、ちょっと考えておいてほしいな」

捷は小さくはいと答えて音楽室を出て行った。

3

また六年一組の授業がまわってきた。

今回は個人の歌はやめて、全員で合唱曲の『鳥のように、雲のように』を練習した。

「さて、そしたら、つぎはリコーダーの練習をやります。この前言ったように、今日から新しい曲の——」

「きゃっ」

小さな叫び声があがった。声のしたほうを見る。強《こわ》ばった顔でのけぞっているのは、石川有紀だった。

「どうしたの、ユーキ」斜め後ろからのぞきこんだのは、有紀と仲のいい中島栞《なかじましおり》だ。

「あれっ、もしかして」

「うん」有紀は、机の上に毒虫でもみつけたようなそぶりだ。

「なになに」別の女子ものぞき込む。

有紀が、袋の口のあたりだけを持って、リコーダーを中にもどすのが見えた。

「先生、今日はリコーダーの練習ができません」有紀が立ち上がった。

「どうしたんだ」声をかけて、有紀の席に近づく。「壊れたのか」

「違います」奮然とした口調に変わった。「だれかがいじったんです」

「いじった。リコーダーを？」

「はい」有紀は、ようやくわかってくれたかというようにうなずいた。「わたし、いつも袋の中にしまうとき、ティッシュをあてて、先からつっこむんです。それが、いつのまにか上向きに入っていたんです」

「だれかが、一度出して、またしまったってことか」

「まちがいありません。このままじゃ、使えません。熱湯消毒しないと」

「それは――」

「やったひとはだいたいわかってます」そういうなり、ある方角を睨んだ。その先に、塚原まどかがいる。

「わたし、やってませんけど」まどかも負けていない。「だれかさんのこと考えて、ぼんやりしてたんじゃないの」

　あちこちからくすくす笑いがおきる。

「ちょっと、それどういう意味」有紀の目がきつくなる。

「おいおい、ちょっとまってくれ。揉《も》めるのはやめてくれ。――それより、よくわからないな。どうして、だれかが石川のリコーダーを出してまたしまうんだ。なにかいたずらしてあるのか」

「逆さに入れてあるだけです」

「逆さ？」

教室中にざわめきが広がった。有紀の表情やほかの児童の反応を見て、森島もようやく根が深そうな問題らしいと理解した。

しばらく自習にして、隣接した機材保管室へ有紀を呼んだ。

「狭いけど、ちょっと我慢してくれ」

憮然《ぶぜん》とした表情で有紀がうなずく。

「もう一度聞くけど、笛が逆さに入っていたのは勘違いじゃないんだな」

「はい。たぶん、逆さ警告です」

「逆さ警告？」なんだそれは、と首をひねった。

「五年生のときに流行《はや》ったんです。クラスでちょっと目立つ子とか生意気な子に警告するんです」

「なにを警告するんだ」

「あんまり、調子に乗るなよ、って」

「調子に乗るな？　そんな、マフィアみたいな——」つい笑いかけたが、有紀の表情が真剣なのを見て、思いとどまった。

「たとえば、先生に絵が上手だってほめられたのを自慢している子には、掲示してあるその子の絵を逆さまに貼り替えるんです。あとは、下駄箱の靴を裏返したり、算数のノートの中身だけを逆さまにしたり——」

「そんなことが流行ったのか」

子どもというのは、底が知れない。

「それがいじめにはつながらなかった？」

「だいたい、警告を受けた子はしばらくおとなしくしていたから」

なるほど、と妙な感心をした。そら恐ろしい印象は持つが、集団虐《いじ》めに至る直前のガス抜きを、自分たちで自発的に見つけたという見方もできるかもしれない。

「いまでも続いてる？」

有紀が勢いよく首を振った。

「六年生になってからは、一度もありません」

「そうか」

腕を組んで考えた。リコーダーにいたずらしたということは——もしも、有紀の話が当たっていると仮定してだが——音楽に関係することで警告したのか。いったいなにを？　彼女は、他人が妬《ねた》むほど歌がうまいとはいえない。リコーダーの天才的なテクニックを持つわけでもない。最近目立ったことといえば、前回の鈴木捷に関する発言くらいだ。

捷をかばったから警告——？

有紀の報告は続く。

「二時限目の体育の時、見学してたのは、高橋百合《たかはしゆり》さんでした」

「それで？」

「高橋さんは、まどかとすごく仲がいいんです。だから、絶対に……」

「ちょっと待って」手のひらでその先を制した。「憶測でそれ以上は言わないほうがいい。それに、リコーダーの中身を上下入れ替えるなんて、十秒もあればできる。ほとんど全員にチャンスはあるだろう？」

「だけど」

納得のいかない表情のまま、大太鼓を睨《にら》んでいる。

「気になるなら、洗ってきてもいいよ」リコーダーを顎《あご》で指した。「まさか、毒は塗っていないだろう」

「犯人を追及しないんですか」

追及、という言葉がすんなり出たことに驚いた。テレビドラマの見過ぎじゃないかと言いそうになって、ふたたび思いとどまった。

「みんなの前で、二度とこういうことがないよう言っておくよ。だから想像でだれかの名前を出すのはやめたほうがいい」

ようやく有紀が「しかたない」という表情でうなずいた。出ていこうとするのを呼び止める。

「ああ、そうだ。鈴木のこと聞いたよ」

「五年生のときのことですか」

「うん、鈴木が野口をかばって、わざとへたに歌って叱られた話」

「叱られた話？」

「ああ、どっちも意地になって、とうとう授業が終わるまで歌わされたんだろう。それで鈴木も意地になったんだな。だけどさ、不思議なのは、どうしておれにまで意地を張るんだろう――」

「ちょっと違います」きつい目で森島を見ている。

「違う？　なにが違う」

「授業の最後まで、じゃありません。五年生の最後までです」

「どういう意味だ」

有紀が憮然とした表情で続ける。

「あれ以来、毎回、授業の最初に鈴木君が歌わされたんです。必ず五回。それで、鈴木君がへたに歌うとそのまま立たされるんです」

「そのままって、授業中ずっと？」

「はい。最後まで」

森島に憎しみをぶつけるような視線を向けた。

「三学期の終わりまで、毎回授業のたびにそれが続いたのか」

「そうです。たまに機嫌のいいときは指さないこともありましたけど、だいたい三回に二回は立たされてました」

そんな話は、教員のだれもしていなかった。音楽室という一種隔離された教室内で起きていることは、ほかの教員には知られないものなのか、あるいは単に関心をよせないのか。

「だけど、だけど――」すぐに、ことばがみつからない。「そこまでして、どうして鈴木は折れないんだ。普通に歌えば赦《ゆる》してもらえるんだろう」

「わたしに聞かれてもわかりません」口を尖《とが》らせる。

あの、捷のかたくなな態度の裏には、そんな過去があったのか。そして、あの線の細い身体のどこに、そんな反骨精神が宿っているのか。

ふと気づけば、リコーダーを洗いに出たらしく、有紀の姿がみえなくなっていた。

森島は、自分の授業で〝逆さ警告〟などということが行われたことと、それ以上に過去に捷がうけたしうちの実態を聞いて、二重のショックを受けていた。

その後の授業でなにをやったか、あとになってから森島は思い出せなかった。

4

学校の正門を入ってすぐは、小さな池を囲む形でロータリーになっている。池のへりに大小さまざまな岩が並んでいる。森島は、そのうちのひとつに腰を降ろして考えごとをするのが、すっかり癖になっていた。

もう、午後の授業は始まっている。この時間に受け持ちのない森島は、数日ぶりにここでのんびり考えごとをしていた。噴水の中央に、小さな女性の裸像が立っている。いま、ぼんやりとこの彫刻を見ている。

この学校も風紀にはかなりうるさいが、裸体の彫刻がこんなところにあることは、だれも文句を言わないのだろうか。ゲイジュツだから大目に見られているのか。人間の創作物はどのあたりからゲイジュツになるのだろう。野口悠太の歌はどうまちがっても芸術ではないだろう。白瀬美也子のピアノを聞いたことがあるが、あれはもしかすると芸術と呼んでもいいかもしれない。どんな心の持ち主が創造しようと、芸術性には関係ないのだろうか。

そんなつまらないことを考えていた。だれかの足音が近づいてくる。いつものように、田上舞とその友人だろうと思いかけて、いまは授業中であることに気づいた。

「森島先生」

ひねりかけた身体が固まった。それは、間違いなく白瀬美也子の声だった。ゆっくり呼吸をしながら、ふりかえる。

「ああ、白瀬先生」

「ちょっとよろしいかしら」

脇に座るつもりかと思い、座りやすそうな岩をゆずったが、白瀬は立ったままだった。しかたなく、森島も立ち上がる。

「なんでしょう」

どうしても身構えてしまう。一度めばえた苦手意識は、簡単には拭《ぬぐ》えない。しかも今回、昔の話を聞き回っているうちに、〝ナチスの弁論部長〟という別のあだ名も知った。

「なにかの誤解だと思うんですけれど、森島先生がわたしの教育方針についてあれこれヒアリングしてまわっていると教えてくださる方があったものですから」

もう、伝わったのか。相手を選んだつもりだったが、やはり口に戸は立てられないということだ。

「ヒアリングだなんてそんな」十月末の風はすでにジャケット一枚では肌寒いほどだが、気づけばひたいに汗をかいていた。「ただ、鈴木のことで、ちょっと」

「そのことも、あるんです。鈴木捷の歌がへたになったのはわたしのせいだ、という噂が六年生のあいだで立っているそうですね」

「いえ、そんなことありません」

「べつにいいんですのよ。わたしは陰でなにを言われようと。人気取りが目的じゃありませんから。ただ、児童が教師を批判する話に、非常勤とはいえ、教師が耳を傾けるというのはいかがなものでしょうか」

「いえ、ほんとにですね、そんなに深い意味があってのことじゃありませんから。それに、子どもにも、軽はずみな発言はしないように釘《くぎ》をさしておきましたから」

「それなら結構です」表情がいくらか柔らかくなったが、笑うというところまではまだ少し距離があった。

「それと、これは余計なお世話かもしれませんが、いくら鈴木捷に力を入れても矯正はむずかしいでしょうね」

「どういう意味ですか」

「わたくし、いま、そんなに難しいことを言ったかしら」

頭のすみで、さすが原理主義者にしてナチスの弁論部長だと思ったが、笑う余裕はなかった。

「もしも、そういう意味でおっさ――」緊張と慣れない言葉遣いで舌がまわらない。

「おっしゃるのなら、違うと申し上げますが、鈴木を特別扱いしようとしてるわけではありません。かれに、音楽を楽しむことを思い出させ――」

「話の腰を折って申し訳ないですけど、わたくし、定性的評価法の代表のように思われている音楽こそ、定量的に判断すべきだと考えております。よく、音を楽しむと書いて音楽、などとわかったようなことを言うかたがおりますけど、誤解もいいところだと思います。音楽性の高い低いを判断するときに、がんばっているとか、ほんとうはどうだとかいうたわごとは、入りこむ余地はないと思います。百メートル走が終わったあとで『彼は本当はもっと早く走れるんだ』と主張したところでなんの意味があるでしょう」

なんだか、自分のことを責められているような気がしてきた。

「わかりました。ご意見を参考にさせていただきます」

頭を下げて行こうとしたが、白瀬がもうひとこと続けた。

「わたしなら、本番で歌わせませんね。鈴木捷と野口悠太は」

「それは、命令ですか」正面から向き直った。

「命令だなんてそんな。わたしも学科主任の立場もありますし、これまでの経験で判断申し上げているんです。ただ、なにしろ、当日は来賓の方もお見えで、学習効果をきちんと発揮できるかどうかは、校長や教頭もご興味がおありだと思います」

「さきほども言いましたが、ご意見を参考にさせていただいて、頑張って指導したいと思います」

舌をかみそうになりながら、ようやくそれだけを言い、頭を下げた。

「お母様によろしくお伝えください」

「は？」

「校長に聞きました。お母様、旧姓伊達《だて》さんでいらっしゃるでしょう。わたし、芸大のピアノ科で二年後輩でした。音楽大学の講師に就《つ》いたこともあるんですけれど、わけあって小学校教員の途《みち》を選びました。たしか、伊達さんはロック歌手だったかそれをめざす方とご結婚されたと、噂で聞いたんですけど、それがあなたのお父様？」

この学校に来てはじめて、白瀬の瞳《ひとみ》を近くからみつめかえした。考えまでは読み取れなかったが、とぼけているようすはなかった。

「いえ、ただのサラリーマンでした」

もういちど頭をさげ、大股《おおまた》で歩き去った。呼吸をしずめるのに苦労した。曾我教諭のことを考えていたやさきに、あの話題をだされたことも、とまどいの大きな理由だった。

六年一組の前をとおりかかると、がやがやと騒がしい。

担任の坂巻が聞きつけたら雷が落ちる。森島は顔をのぞかせ「なに騒いでる」と言いかけてやめた。当の坂巻がいた。真っ赤な顔をして、騒ぎをおさめようとしていた。躊躇《ちゅうちょ》はあったが、声をかけた。

「どうかしましたか」

坂巻が驚いたようにこちらを見る。

「いや、なんとか大丈夫だ」

坂巻が二つに分けようとしているグループのメンバーを見ると、どうも、もめていたのは有紀とまどか、そしてそれぞれの数人の仲間らしい。顔ぶれを見て、いやな予感がした。まさか、あの続きだろうか。

「とにかく、静かにしなさい」塚原まどかに向かって言う。「逆さ警告をされたのはきみか」

やっぱり、またおきたのか――。

担任である坂巻には、石川有紀が受けた逆さ警告のことは、いちおう報告はしておいた。ただ、坂巻は興味なさそうにうなずいただけだったが。

「はい」まどかが、あごをしゃくるように返事をした。「上履きです。これは学校に来るなという意味です」

「だれが、そんなことをしたんだ」坂巻が周囲の児童を睨みまわす。

ほとんどの児童がとっさに視線を伏せる。昂然《こうぜん》と顔をあげているのは、石川有紀とその友人たちだ。

「だれもこころあたりがないんだな」

「だいたいわかってますけど」まどかが横目で有紀を見る。

「ちょっとどういう意味よ」有紀が半歩踏み出す。

それを合図にまた周囲の児童たちがはやしたて、収拾がつかなくなりかけた。

「わかった、もういい。しずかに。しずかに」

坂巻は、手にしていた出席簿で、机を二度たたいた。パンパンと、ふだんから練習しているのではないかと思えるようなみごとなかわいた音が響いた。

「憶測だけで、証拠や目撃者はないんだな。だったら、今回は犯人さがしはしない。しかし、二度とこんなことをしたら、それこそ指紋を調べてでも犯人をみつける。それと、全体責任として、一週間毎日漢字のテストをやる。もちろん、成績表に反映させる」

ええっそんな、という声があがるが、坂巻の怒りに満ちた顔に圧倒され、すぐに静かになった。

「いいな」坂巻が、まだ上気した顔で、森島にちらりと視線を向けてから出て行った。

「どうだ、指導とは、こうやるんだ」と言いたげだった。

5

学校でなんどか捷に声をかけようとしたが、そのたびにするりと逃げられてしまう。しかたなく、家をたずねてみることにした。連絡簿を見せてもらい、ネットの地図であたりをつける。旧市街ともいえる古くからある住宅地に鈴木捷の家はあった。並ぶ建物は大きいし、敷地内に蔵や納屋などもちらほら見えるが、道路は狭い。生け垣で見通しが悪いうえに、車二台はすれちがえないだろうという幅の道路がくねくねと走っている。

似たような角をなんどか間違えて、ようやく鈴木家にたどり着いた。建物はわりと最近改築されているようだが、旧家らしく、やはり庭には納屋があり、パターゴルフゲームができそうなほど敷地に余裕がある。

名前と身分と来訪の意図を告げると、母親が出て来た。捷に似て小柄だ。しきりに恐縮している。

「二階にいますから、いま降りてきます。どうぞ、おあがりください」

適当にあいづちを打って待つうち、けげんな表情の捷が降りて来た。

「よう、突然もうしわけない」

じっと森島をみつめたままだ。と、その後ろにもうひとりいるのが見えた。野口悠太だった。一緒にゲームでもしていたのだろう。

「おお、そっちも一緒か。だったらちょうどいいかもしれない」笑いかける。「ちょっと外で話さないか」

ふたり一緒でいいからと言うと、結局うなずいてついて来た。

「さっき、すぐ近くに公園を見つけた。あそこにいこう」

最近まで畑か休耕地だったらしい土地が、建て売り用の宅地として造成されているところだった。開発にはそういうきまりでもあるのか、ここでも真っ先に公園が完成している。遊んでいる子どももはいない。

「あのベンチにかけよう」日が沈みかけて風は冷たくなってきたが、話ができないほどではない。

「白瀬先生とのあいだにあったことは聞いたよ」腰をおろしながら、本題をきり出した。

「忘れることはできないかもしれないけど、普通に歌ってみないか？」

ふたりは森島の前に立ったまま、返事をしない。

「合唱会でクチパクじゃ悲しいだろう」

悠太のほうはなにか言いたそうで、ちらちらと捷の横顔を盗み見ている。しばらく待ったがやはり返事はない。しかたない。少し話題を変えることにした。

「じっとしていると寒いから、やっぱり少し歩きながら話そう」

ふたりはすなおについてきた。公園に敷き詰められた細かい砂利をふみしめてゆっくり歩く。

「実は先生が小学生だったとき、音楽が嫌いになりかけたことがあった」

悠太が、なにを言い出すのかと森島を見上げた。

「先生が六年生のときの担任は、曾我っていう女の先生だった。音楽が専門で、あだ名はショパン」

「ショパン？」悠太が聞き返す。

「そう、女だけどショパン。ショパンの肖像画をよく見たことがあるか？」

悠太が顔を左右にふる。捷はちらりと森島を見ただけで、すぐに視線を落とした。

「まあ、ふつうはないよな」

斜めにかけていた、メッセンジャーバッグからあるものをとりだした。折りたたまれたそれを広げる。半分までひらいたところでふたりに見せた。楕円《だえん》形の背景から、やや斜めの姿勢でこちらを見るショパンの肖像だった。鼻から下はまだ隠れて見えない。はっきりと白い折り目がついていて、だいぶ古いものだということがわかる。

「これがショパンだ。音楽室の前に、似たようなのが貼ってあるだろう？」

悠太がのぞきこむ、捷もつられて見ている。

「繊細で神経質そうな顔つきをしているだろう。だから、曾我先生はなんとなく似ていたんだ。ここだけの話、白瀬先生も似ているよな」

だれも聞いていないのに、声をひそめてそう言うと悠太だけがくすりと笑った。

「いま思えば、ぜんぜん化粧をしないところまでそっくりだったよ。ショパンを崇拝していて、なにかというと『ショパンは素晴らしい』が口癖だった。学校のヌシというかそうとうな古株で、校長や教頭も一目おいている。ひとりだけ別の雰囲気だったな。音楽のカリキュラムは半分ほどしかやらないで、あとは音楽鑑賞ばっかりなんだ。それもかけるのはほとんどショパン。たまに、リストやラフマニノフが混じったけどね。どっちにしたって、小学生がそんなもの聞きたくないだろう？」

悠太が、嫌いな野菜でも口にいれたような表情で、力強く首を振った。その勢いにつられたのか、捷もかすかにうなずいたように見えた。

公園を出て、ようやく区画整理が済んだばかりの住宅地の中を歩く。

「先生も小さいときからピアノを習っていたけど、レコードを聞くだけなんて、そんなのは面白くない。だから、ある日、課題プリントの空いたスペースに書いたんだ。『音楽の授業がつまらない』ってさ。『いつもいつも音楽鑑賞ばっかりじゃなくて、自分たちがもっと演奏してみたいと思います』てな感じだったかな。いま考えると大胆だよな」

野口悠太はにやにやしている。鈴木捷も興味を抱きはじめたことが、表情でわかった。

「それでどうなったと思う」

「先生にいじめられた」とっさに悠太が答えた。

「ピンポン！　野口選手の大正解。曾我先生は、なんとそのメモを授業中に読み上げたんだ。びっくりだろう。そして、『これはとんでもない勘違いです。みなさんはこんなことを考えないように』って言われてそれっきりだった」

「それっきり？」

「ああ、なにもなかったみたいに、完全無視」

「なんだ終わりか」悠太の受け答えがだんだん大胆になってくる。

「正確には違うな。無視は継続した。それまでどちらかといえば、可愛がられていた記憶があるんだけどね。音楽の授業では優等生だったから。でも、そのあとはまったく指されなくなった」

「なんとなくわかる」

「実は、先生の母親もピアノの教師なんだ。あとから思ったんだけど、もしかすると曾我先生は、裏で母親がそう書かせたと思ったんじゃないかな。そんなこと、親にはひとことも言ってないのに」

はじめて捷がうなずく。

「まあ、嫌われたらしょうがない、くらいに思ってた。何日か経ったある日、曾我先生が授業中にみんなのまえで、突然『森島君のお父さんはミュージシャンを目指していたのよね』と話題に出したんだ」

「ミュージシャン？」悠太が聞きかえす。

「ああ、若いころはロックで身を立てようとしていたらしい」

「すげえ。かっこいい」悠太の目が輝く。

「でも途中であきらめたんだ」

「なんだ、惜しい」

「突然そんな話になったので、教室のみんなも一瞬ざわついた。そしてそのあとの、曽我先生のせりふは忘れないよ。『あの騒々しいばかりの音楽に見切りをつけたのは、賢明《そうめい》でしょうね。さすがに聡明なお母様がついていらっしゃるだけのことはありますね。いい年した大人が夢みたいなこと言っててもね』だってさ」

「ひでえ」悠太が憤慨している。

「森島少年は、ただ顔を赤くしてうつむくしかなかったよ。屈辱という言葉さえ知っていたかな。親父さんがやっていたのはギターだった。当時の録音を今聞いても、そう悪くないと思う。少なくとも、見ず知らずの他人にばかにされる覚えはない。それに、親父さんは、おれが生まれてすぐに、きっぱり音楽から足をあらって、サラリーマンひと筋になった。自分はいびられてもいいけど、家族のために一生懸命な父親を笑いものにされて、猛烈に悔しかった。だからおれは復讐《ふくしゅう》を考えた」

「復讐?」ふたりが声を揃えた。

「まあ復讐と言うと大げさかな。いたずらだよ」

「ええー」彼らにとっては教師である森島といたずらということばが、すんなり結びつかないようすだった。

「どんないたずらですか」悠太が、やや身を乗り出すように聞いた。

「ショパンに髭《ひげ》を描いたのさ」

「ヒゲ？」

「うん。ショパンの鼻の下にちょび髭を描いたんだ。曾我先生は化粧っ気がないといったただろう？　手入れをしないと、女の人もうっすら髭が生えるんだ」

森島が鼻の下をこすってみせると、悠太がうんうんと嬉《うれ》しそうにうなずいた。

「うちのお母さんにもある」

「曾我先生はそれが少し濃かった。落書きを見れば、一発で曾我先生のことだとわかると思った。みんなの前で笑いものにされる気持ちがどんなか、味わわせようと思った」

折りたたんで持っていた肖像画を、こんどは全部開いた。「それでこれを描いた」

ジャーンと効果音をつけて、両手で掲げる。つんとすましたショパンに、ちょび髭が生えていた。

「あははは」悠太が大笑いした。

捷の口もとにも笑みが浮いたように見えた。

「教室に貼ったまま描いたんだぜ。勇気あるだろう」

「あるある」

「どうしようもない、ばかだろう？」

「うん」思わずうなずいてしまってから、悠太が舌を出した。

「さて、その結果どうなったでしょう」

「叱られた」

「さあ、どうかな」首をかしげてみせる。「鈴木はどう思う」

ほころびかけた捷の表情が強《こわ》ばった。歩くのもやめた。唇を噛《か》んでいる。

「なんだ、どうした」

どれくらいの時間か、捷はじっと足元を睨《にら》んでいた。やがて、吐き出すように言った。

「できません」

「うん？　なんだ急に」

「できません」

よくみれば、その目から涙が湧き上がって、あふれ落ちるところだった。

「ぼくは――歌えません」

「どうして」

「それに、逆さ警告をしたのは、ぼくです」

「なんだって」

「あいつらが、――よけいなことを言ったから」

「ほんとか」

「まじかよ」悠太も驚いている。

森島は、逆さ警告の犯人はあのふたりではないような気がしていた。あまりにストレートすぎる。だから、捷のことを話題に出している彼女たちに腹を立てた、悠太のしわざではないかと疑っていた。まさか、捷本人だったとは。

「ごめんなさい」もういちどそう言い残すと、目をぬぐいながら走っていってしまった。あとに残された悠太と森島は顔を見あわせた。悠太も半分泣き出しそうな顔をしている。

「なあ野口、きみは少しゆっくりもどってくれ。少しだけふたりで話させてくれないか。あいつも泣き顔を見られたくないだろう」

悠太がうなずく。森島は小走りに、鈴木家に戻った。やはり、捷は泣き顔のまま家にはいることができず、門を入ってすぐの納屋の脇で隠れるようにして泣いていた。そばにしゃがみ込む。ほとんど沈みかけた太陽に照らされて、捷のほおがオレンジ色に染まっていた。

「つらいことを言ったんだったら、申し訳ない」

捷が腕を目にあてたまま、首を振った。

「ぼく」絞り出すように言う。「ぼく、ほんとうは――」最後のほうは声がかすれていた。

しゃくりあげがひどくなって、ことばが続かなくなった。

「ほんとうは？」先を待つ。

「ほんとうは」唾《つば》を飲み込み、一気に吐き出すように言った。「歌えないんです。わざとへたに歌ってるんじゃないんです。ああいうふうにしか歌えなくなったんです」

「歌えないってどういうことだい」

「わざと音痴に歌ってるんじゃなくて、一生懸命歌っても、ああなっちゃうんです」

「音程があわせられない？」

腕で目もとを拭《ぬぐ》いながら、こくりとうなずいた。

「もう少し聞いてもいいかな。へたに歌うのは、最初はわざとだった？」

うなずく。

「野口をかばおうと思ったんだな」

うなずく。

「しばらくして、ちゃんと歌おうと思ったら、歌えなくなっていたってことか」

うなずく。

「それなのに、授業のたびに立たされたのか」

「はい」そう答えた声は、かすれていた。

家の人間が、心配して出てこないかと気になるほどの勢いで泣き出した。

これは、教師によるいじめではないのか。教育という名のもとには、肉体的な怪我をさせなければ、なにをしても見過ごされるのか。

おおげさにするならば、精神科医だとか、カウンセラーに相談するような話なのかもしれない。だけど、と森島は思った。まわりを大人が取り囲んで、「この子が歌えなくなった心因の分析をしましょう」などと話し合っても、捷本人の問題はなにも解決しない気がする。

「いまでは普通に歌いたいと思っている？」

うなずく。

「そうか、苦しかったんだな」

うなずく。

「なあ、先生の家に来ないか。放課後、先生の家に寄って基礎から歌の練習をしないか。ピアノもあるし、防音処理してあるから、近所にも聞こえない。家のひとには先生から話す。中学生になっても、高校に行っても、こんな状態がずっとじゃ寂しいだろう」

捷は、しばらく考えていたがやがてこくりとうなずいた。

「もし、きみらふたりがそれでいいなら、野口も一緒でいいぞ」

ふりかえると、二メートルほど離れたところに悠太が立っていた。急に自分の名前が出たので、目をむいている。

捷が、ゆっくりとうなずいた。

「じゃあ、きまりだな」

ふりかえると、悠太が恥ずかしいような悲しいような不思議な表情を浮かべていた。

「それと、もう逆さ警告なんてするなよ。気持ちが落ち着いたらでいいから、あのふたりにはちゃんと謝れよ」

「はい」最後に、きちんと声を出して答えた。

6

翌日、音楽室の前を通ると、流れるようなピアノの音が漏れてきた。ショパンだ。練習曲第十二番ハ短調『革命』。

こんどこそ、白瀬美也子だ。こんなふうに弾きこなせるのは、彼女以外にありえない。自分が信じる世界以外は認めない——ふだんの態度からそうにじみ出ている彼女に、ふさわしい曲かもしれない。しばらく立ち止まって聞きながら、気づけば深いため息をついていた。

児童相手に思い出ばなしをし、しまっておいた肖像画まで持ち出したので、小学生時代のことが堰《せき》を切ったように湧き上がってきた。

あれは小学校の三年生だった。細かい経緯は忘れたが、平日の夕方に父の運転する車に乗っていたから、風邪でもひいて病院に行く途中だったのかもしれない。父はなにかの理由で会社を休んでいたのだろう。あるいは巧につきそうために早退してきたのかもしれない。

家からそう離れていない細い路地で、前方を塞《ふさ》いでいる車があった。行き交う車は、ぎりぎりに幅寄せして、譲り合ってすれ違うような道路だから、これでは通り抜けられない。

あまりクラクションを使わない父が、軽く二度鳴らした。

しばらく待ったが、反応がない。再び二度、さっきより強めに鳴らした。こんどは、反応があった。車が停まっている脇の家から、中年の女性が出てきた。こちらを見て頭をさげている。見覚えのある顔だったから、その家の主婦だったに違いない。車を動かすのだろうかと見ていると、繰り返し繰り返し、すまなそうにお辞儀をしているだけで、車にはふれようとしない。不思議に思って見るうち、ふたり目が出てきた。がっしりとした体つきのその中年女性の顔を見るなり、森島巧はあっと声をあげそうになった。彼女の名は小森《こもり》。森島が通う小学校の教諭だった。あわてて顔を隠す直前、彼女が、こちらを睨むようにしてあごをしゃくったのが見えた。

――なによ。うるさいわね。

そんな声が聞こえて来そうだった。

「なんだあ、いまの」

あきれたように父がつぶやいた。やがて、小森教諭が車を発進させたらしい音が聞こえた。森島が顔をあげると、すでに車の姿はなく、さっきの主婦がもういちど頭をさげて玄関に戻っていくところだった。

「世の中、無礼なやつがいるもんだな」

気をとりなおしてアクセルを踏んだ父に、あれはうちの小学校の先生なんだよ、と言い出せなかった。

少しあとになって、事情の想像がついた。ちょうど、家庭訪問の季節だった。小森教諭は車でたずねて来て、駐車場所に困り路上に停めたのだろう。ほんの短い時間のつもりだったのが、長引いたのかもしれない。

〝先生〟に向かってクラクションを鳴らすなんて失礼な——そういう気持ちがあの態度に出たに違いない。今までずっとそう思って来た。この小学校に勤めだして、やはり想像は間違っていなかったと確信するようになった。

とにかく、かれらは大学を出て以来、他人から叱られたりした経験がほとんどない。わずか二十二、三歳で〝先生〟と呼ばれる身分になる。保護者の中には、上場企業の役員や弁護士、医師などの人物もいる。ずっと年上で社会的地位のある彼ら、あるいはその身内の人間が自分には頭を下げる。しかも——複雑な経緯があるらしいが——公立の小学校には一般の企業や役所のような階級制がほとんどない。校長と教頭を除けば、ごく最近になって誕生した主幹教諭制度があるが、中間管理職と呼ぶのは少し違う気がしている。教師になってから、一度も頭を下げたことはない。そう豪語する猛者《もさ》もいると聞く。

そんなことを、噴水池のほとりに腰を降ろして、ぼんやりと考えていた。

「森島先生」背後から声がかかる。

もう振り向かなくとも、声の主はわかる。片手をあげて挨拶《あいさつ》の代わりにした。

「また、落ち込んでるんですか」そういってのぞき込んだのは、やはり田上舞だった。

そして、友人の細口香澄と高井さやかが一緒にいる。下校するところらしい。

「大人には、いろいろあるんだよ」

「やだ、おじさんくさあい」三人そろって、おおげさに顔をしかめて見せた。

「合唱会のことでしょう」舞がいたずらっぽい声で聞いた。

「え」顔をあげた。「どうしてわかった？」

「だって、今、歌ってたじゃないですか」

「なんだ。そうか」苦笑する。重症らしい。

「これあげるから、元気出して」舞が突き出したのは、またお菓子だった。『苦みばしった、大人のチョコ』という文字が読めた。菓子類は持ち込み禁止のはずだが、叱る気もおきなかった。

「ありがとう」素直に受け取り、口にほおばった。やけに苦い。これが大人の味か。顔をゆがませた森島を見て、三人は笑いながら帰って行った。

「先生、ほんとに病気かもね」そんな声が聞こえた。「ばか、聞こえるよ」

楽しそうに帰って行く三人組の後ろ姿を見て、なんとなく心が晴れた。ぐじぐじと悩んでもしかたがない。捷にも約束したことだし、自分が意地を捨てればいいだけだ。

尻《しり》の砂を払って立ち上がった。

明日から、ふたりの音痴を相手に指導をはじめる。しぶる母親をどうにか説得して、平日に二日、土日はそれぞれ一時間ほど、自宅の教室にしている部屋を借りることができた。白瀬の話題を出すと、母親のほうでも覚えていた。そう多い人数の学部でもないため、学年が違っても顔くらいは知っている。なんどか見かけた程度で、ほとんど会話もかわしたことはないが、どこかとっつきにくい印象だったと言う。ただし、卒業してすぐに音大の講師に招かれるほど、才能はあったのよ、とも。

校門を出たところで、愛車のドゥカティにまたがった。今日は少し遠くまで乗ってみようか。いっそ、夜の海を見に行こうか。キーを回し、レバーをキックするまでの短い時間にそんなことを考えた。

7

資料整理をしていた白瀬美也子の席に近寄った。

白瀬の後ろ姿は、やはり曾我先生にとても雰囲気が似ていた。いつも黒っぽいスーツを着ている。シャンプーとリンス以外に、手間をかけたことのないように見える黒い髪。子どもの目から見ると、いつもなにかに怒っているような表情。痩《や》せて色が白く、興奮してくると首筋の血管がすぐに浮き出る。森島のように、アニメソングをピアノで弾いて、長調から短調へ転調の実演をするようなことは決してない。

「白瀬先生」肩口から声をかけると、白瀬美也子がふりあおぐようにこちらを見た。

「はい？」警戒心の解けていない視線だ。

まわりにいる教員たちの何人かは、耳をそばだてているに違いないが、みごとなまでに無関心を装っている。

「ショパンの『革命』すてきですね。ときどき、弾かれてる」

「ええ、ああそうですか」さりげない話題から入ろうと思ったが、ますます表情がこわばったようだ。「それがご用件でしょうか」

「いえ」あわてて手を振る。「こんどの合唱会のことです」

白瀬の目つきが暗くなった。

「なんでしょう」警戒と敵意がまじった表情を浮かべる。

「先生は、へたな子どもには歌わせるなとおっしゃいました」

白瀬の表情がますますこわばる。

「それがなにか」

「ぼくは歌わせようと思います。これは入試やコンクールじゃありません。ありのままを見せるのが、本来の発表会だと思うんです」

白瀬が完全にこちらを向いた。

「百歩ゆずって、がんばりを披露することに意義がある、という説を認めたとしましょう。しかし、鈴木捷はがんばっていますか？　どこかに努力のあとがみられますか」

「もしかすると、他人にはわからないところで、努力しているかもしれません」

「客観的に確認できない努力まで、評価しろと言われるの？」目をむいている。「これは驚きました」

口論のための理屈ではなく、心底そう思っているように見えた。

「寂しい考え方ですね」

「は？」

「ぼくの偏屈な友人がよく言っています。価値観の多様性を認めることが、民主主義の第一歩だと」

「なにをおっしゃりたいの」

「とにかく、鈴木も彼なりに、先生がご存じないところで、ご存じない方法でがんばっていますから」

白瀬が宇宙人をみるような視線をなげつけて、背中を向けてしまった。これ以上森島とのコンタクトは拒否するということだろう。森島は頭をさげて自分の机に向かった。

森島は、残務処理を明日にまわして、急いで帰宅した。

あわただしく、ドゥカティをカースペースに停め、玄関に駆け込む。みなれない子どもの靴が二足脱いである。大ぶりでところどころ裂けているのが悠太だろう。そして、ひとまわり小さく紐《ひも》がきちんと結んであるのが捷のものだろう。靴を脱ぎ捨て、リビングに駆け込む。

かしこまって二人がテーブルに座っていた。目の前におかれた紅茶とケーキに手をつけていない。

「おう、よく来たな」

「おじゃましてます」声を揃えて挨拶した。

「さあ、遠慮無く喰《く》ってくれよ。そしたら、練習はじめるからさ。一時間しか借りられないんだ」

「おばさんが、買い物に行くってでかけていきました」悠太が報告する。

「買い物？」

「二時間くらいもどらないからって」捷が補足した。

「そうか」うなずく。「そいつはありがたい。みっちりできるな」

ふたりが、嬉《うれ》しいような困ったような表情を浮かべた。

「だけど、『おばさん』はやめたほうがいいかも。こんどから名前で呼んでやってくれれば、きっとケーキのグレードがあがるぞ」

ピアノの脇にはショパンの肖像画を貼った。ふたりにも描き足していいぞと言ったら、ぶ厚いメガネをかけさせて、ほおにも渦巻きを描いた。ものすごく、間の抜けたショパンができあがった。

「さてそのくらいにして、練習はまじめにいくぞ。肩に力を入れなくていいからな。まずは基本の基本からいこう」

森島が鳴らす音について発声する、という練習をはじめた。最初は、悠太のほうが断然声が大きかった。ただし、正確さは怪しかったが。三十分もたつころには、捷も声が出るようになっていた。ただし、単発の音は拾えるが、三つ四つと繋《つな》がった音は再現できない。

「まあ、あせらずにいこう。まだ、合唱会までには三週間あるからな」

森島は、額に汗をうかべながら練習しているふたりから、すっかり表情を変えてしまったショパンに目を移した。この偉大な作曲家に罪はない。しいていえば、曾我と白瀬というふたりの女性教諭に似てしまったことが不運だった。

そういえば、公園で話した『ショパンの髭《ひげ》事件』には、まだ続きがある。

合唱会が終わったら、教えてやろう——。

ほくそ笑んでいると、悠太が、なにか変ですかとたずねた。

「いや、いいかんじ、いいかんじ」

あの日、少年森島は、ショパンの鼻の下に黒々と髭を加えた。

描き終えてしばらくそれを睨《にら》んでいた。もうすぐ、授業がはじまる。クラスメイトたちがやってくる。そして曾我先生も——。

騒ぎになるだろう。いや、騒ぎになってずっと記憶に残ればいい。〝ショパン〟というあだ名で呼ばれるたびに、彼女は今日の屈辱を思い出すだろう。

森島は一度だけふりかえったが、そのまま教室を出て行った。

予鈴で教室に入った。まだ、曾我教諭は来ていないようだ。真っ先に壁の成果を確認する。森島は声をあげそうになった。さっき、髭を描いたばかりのショパンの肖像がない。

だれだ、はがしたのはだれだ。

あわてて周囲を見回す。みな、てんでにおしゃべりをしたり、こっそり持ち込んだマンガを読んだりしている。それらしい素振りの児童は見あたらない。つんとすましたクラス委員の武田《たけだ》か。おせっかい焼きの、佐野《さの》か。いや、かれらだったらあそこまで、みごとにしらんぷりはできないはずだ。

混乱した森島が首をひねるうち、曾我教諭が入って来た。表情を見る。いつもとかわらない。やがて、ピアノの前に腰を降ろし、普段どおりの授業が始まった。曾我のようすにも、いつもと違ったところは見られない。いったい何がおきたのか。

首をかしげたり、きょろきょろ見回してばかりいる森島は当然目立った。

「森島君、なにか虫でも飛んでいますか」

「あ、はい。あ、いいえ」

森島の返事がおかしかったのだろう。久しぶりに音楽の授業で笑いがおきた。曾我は当然のことながら憮然《ぶぜん》としていた。森島は悔しさと不思議な気持ちが半々だった。曾我先生に恥をかかせるはずが、どうして自分が笑いものになったのか。さらには、敬愛するショパンの絵がないのに、先生はどうして騒がないのか。

二週間ほど経って、大村《おおむら》という名の男の教諭に職員室に呼ばれた。

「おい、森島。ちょっといいか」

大村は五年生のときの担任だった。いまは一年生を持っている。特別可愛がられた記憶もないが、だれにもフェアな態度をとる教師だった。あまり冗談を言ったり、積極的に授業をもりあげようとする教師ではなかったが、森島は彼が嫌いではなかった。

「なんでしょうか」

「ちょっと、手伝ってくれ」そう森島に言ってから、離れた席にいる曾我に声をかけた。

「すみません、ちょっと整備のことで手伝ってもらいたいので、森島を借りますね」

「はい、どうぞ」曾我が内容も聞かず、ふりむきもせず、答えた。森島がどんな手伝いをさせられようと、関心がないのだろう。

「じゃあ、行こうか」

手に紙袋を提げた大村のあとをついて行くと、音楽室に呼び込まれた。

「まずはこいつを貼ってくれ」

そう言って大村が取りだしたのは、ポスター状に丸まったものだった。両手で広げてみる。それは真新しいショパンの肖像だった。大村が奥から出してきた脚立をセットした。

「こういうのは、そこらの文房具屋とかには売ってないから、取り寄せるのがたいへんなんだ」

「先生、これ」

大村を見上げる。いつもとかわらない仏頂面だった。

「画鋲《がびょう》は下から渡してやる。早く貼れ」

森島は事情が飲み込めないまま、言われるとおりにした。

「ここでいいですか」脚立に立って壁に押し当てる。

「いや、もうちょっと右が上だな」

「こうですか」

「まあ、そんなあたりだ」

そして、渡された画鋲を押し込んだ。キツネにつままれたような気分のまま、脚立を降りる。

「そしたら、これを捨てておいてくれ」

こんどは、紙袋の底から折りたたんだものを取りだした。森島が受け取って広げてみると、これも肖像画だった。

「あ、これは」

森島が髭を描いたショパンだった。

「どうしてこれが」

大村の顔が歪《ゆが》んだ。微笑んだらしかった。いきなり、森島の頭をぽかりと殴った。

「あの日、ここの前を通りかかると、血相をかえてお前が飛び出していくのが見えた。『なにかしでかした』というのはすぐわかった。のぞいて見ればこの始末だ。曾我先生とお前の話は聞いていた。だから理由もすぐにわかった。俺は、すぐにポスターを剝《は》がした。だからだれもこれを見ていない。曾我先生には『ゴキブリが這《は》っていたからつぶしたら、ポスターが汚れた』と言い訳しておいた」

「それで」

それで、ポスターがなくてもだれも騒がなかったのか。落胆か、安堵《あんど》か、よくわからないため息が出た。

「それにしても、こんなことで気が済んだのか」森島の顔をじっと見ている。

「はい」そう答えざるをえない。

「そうか」小さく二度うなずいた。「しかしな、もうこんなことはしないほうがいい。お前のためにも、曾我先生のためにも」

「でも」そう口にすると、いきなり涙がわきあがってきた。この肖像画に込めた悔しさがぶり返した。「でも」

この悔しさは大村先生にはわからない――。

まるでその声が聞こえたかのように、大村が森島の肩に手を乗せた。父親のものよりもごつい手のひらだった。それが、小さな肩をぐいぐいと揉《も》んだ。

「お前が悔しいのはわかる。だけどな、森島。こんなことをすると、きっと後悔するぞ。

卑劣な手段で相手を辱めることは、自分自身を辱めることだ。そして、自分を辱めることはご両親を辱めることだぞ」

「でも、でも」

しゃくりあげる森島のわきで、大村が肖像画を再び小さくたたんだ。

「こいつを持ち帰って、ちゃんと捨てるんだ。誰にもみつからないようにな」

森島は受け取った肖像画を持って音楽室を出ようとした、その背中に大村が声をかけた。

「もう二度とするなよ」

しっかりとうなずいたが、ひとつめのいいつけは守らなかった。その肖像画は、捨てずにずっと机の奥にしまっておいた。

もしも将来、学校の先生になるなら――。

だれでも一度や二度はそう考えるらしい。森島の場合、あえて理想像をあげろと言われれば、それは大村かもしれない。いま、あの当時想像もしなかった教員になり、子ども相手に説教をしている。そう思ったらまた笑ってしまった。勘ちがいした悠太が口をとがらせているのを見て、こんどは本格的に笑ってしまった。

合唱会まであと一週間に近づいたとき、森島は六年一組でふたつのことを話した。

「ほんとうはホームルームでとりあげるような話題なんだけど」と前置きして間を置い

た。職員室の方角を指差して「わかるだろう」と声をひそめると、みな笑ってうなずいた。もちろん、坂巻先生には聞かせたくない、という意味だ。

ひとつは謝罪だった。強制はしていない。捷本人が納得した上で、捷本人のことばで、『逆さ警告事件』の告白をした。当然ながら、ええっという反応と共に、責める声が続いた。

「それってひどい」「おかげで、喧嘩《けんか》になったし」

たっぷり一分間ほど、好き勝手に発言させた。

「そこらで、ちょっといいかな。みんなが怒るのは当然だ。だけど、少し聞いて欲しい」

そして、あのときの捷の心情を、追いつめられていた気持ちを、これは森島が代わって説明した。

「言い訳はできない。本人がいないところでいたずらをするのは、卑怯《ひきょう》なことだと思う。だけど、白状するけど、先生もむかし卑怯なことをしそうになった。いや、実はしてしまった。それをある先生がかばってくれた。ひとは、ふっと弱くなるときも、悪くなるときもあると思うんだ。だれにでもあると思うんだ。こんどのことは鈴木も反省しているから、許してやってくれないか」

「わたしは、いいです」石川有紀が発言した。「気持ちわかるし」

「そりゃあ、だれかさんはもともと捷サマのファンだから」ほおづえをついた塚原まどかが吐き捨てるように言う。

「なあ、塚原。君たちの不仲はとりあえず置いといて、今回のことは忘れてくれないか」

まどかが、背すじをのばした。

「それって、ひどくないですか。あたしとユーキは喧嘩してもいいんですか」

「まあ、ほどほどなら」

「やってらんないし」再びほおづえをつき、そっぽをむいたまま続けた。「べつに、もうどうでもいいけど」

「よかった」そういって、もみ手をした。「実はもうひとつお願いがあるんだ。こいつには、引き替え条件もなにもない、ただただ、お願いだ」

森島が用件を話すと、さっきの告白以上の騒動になった。

なにそれ、まじなの。

「まあ、まってくれ。全部聞いてからにしてくれ」

窓の外はもう紅葉の盛りもすぎて、木枯らしと呼ぶのがふさわしいような風が吹いているが、森島は額の汗をぬぐいながら熱心に説明した。

8

「それでは、五年生が終わったところで、六年生の部に移ります」

教頭が司会進行している合唱会も、半分を過ぎた。

「最上級生としてがんばってきましたが、小学校生活もあと四ヵ月を残すばかりとなりました。その気持ちを込めて毎年非常に聞き応《ごた》えのある合唱をきかせてくれます。今年はどんな成果か楽しみです。それでは最初に六年一組。一曲目は『花咲ける朝に』、二曲目が『鳥のように、雲のように』になります。それではお願いします」

森島は白瀬の申し出を断って、自分がピアノの伴奏をすることにしていた。指揮は学級委員の仲川《なかがわ》ゆかりにまかせた。

一曲目の『花咲ける朝に』は無難にこなすことができた。途中、ゆかりの指揮がみだれたが、メロディによどみはなかった。みな、指揮棒に関係なく歌っているらしい。悠太も捷もおおきく口をあけているが、声を出しているかどうかは、観客の席からはわからないだろう。

二曲目の『鳥のように、雲のように』がはじまった。一曲目よりも肩の力が抜けたのか、声のはりもいいようだ。いよいよさびの部分にさしかかる。

かみさま——。

そんなことをつぶやいたのは、何年ぶりだろう。握ったこぶしに力が入る。

頼んます――。

観客のざわめきが、低周波のように伝わってくる。さびの部分に来て、ひとりを残して全員口をつぐんでしまった。抑えた声でハミングをするのみ。歌っているのは、鈴木捷ただひとりだ。

「いまー、鳥のようにー、雲のようにー、あの果てしない大空を――」

濁りのないソプラノが体育館の空間を響き渡っていく。観客席のざわめきは、すぐに賞讃《しょうさん》のためいきに変わった。

さびの八小節が終わったところで、また全員のコーラスに戻る。このときすでに、気の早い拍手が湧いた。二番のさびは全員のコーラスに戻した。

歌を終えると、今日いちばんの拍手が待っていた。

「いや、うまいもんだ」「あれはだれだ」という来賓席の声が聞こえて来た。

森島は、壇上から降りていく全員に、「ありがとう」と呼びかけた。

強烈な叱責《しっせき》をくらった。

職員室で、ほとんどの教員がいる前で、坂巻にぼろくそにけなされた。

曰《いわ》く、『報・連・相』のルールがまったく理解できていない。曰く、スタンドプレーにもほどがある。曰く、学校の授業は公平でなければならない。自分が受け持つクラスで、勝手なことをされたのが許せないらしい。さらに、音楽の学科主任として白瀬も隣に立って腕を組んでいる。さっき、来賓に指導方法を褒められたときには、自分の手柄のように微笑んでいたではないかと思ったが、口には出せなかった。

しばらくだまって聞いていた教頭が、あとを引き取った。

「今回の森島先生のやりかたはフェアではありませんでした。しかし、結果よければすべてよしという言葉もあります。どの来賓の方も、とくに六年一組の独唱を絶賛なさっていた。ここは、坂巻先生のご指導のたまものという結論にして、若い暴走を許容しようではありませんか」

ことなかれ主義の教頭が言いそうなことだ。うまく収めてくれたことには感謝するが、しかしそんない分はないだろうとも思う。もはや、腹がたつのも通り越して、頭の中でジミ・ヘンドリックスの『Purple Haze』のプレイボタンを押した。これで、つまらない話はなにも聞こえない。

畜生――俺の頭の中も、紫のモヤモヤでいっぱいだ。

まだ反省したりないらしく、主任会議のメンバーは、反省会と称して会議室にこもってしまった。

「ねえ、ねえ、白瀬先生のネタ、ゲットしたんですよ」

うるさ型がいなくなったのを見計らって、花山教諭が嬉《うれ》しそうに言う。

「ぼく、来賓客の待合室の世話係だったでしょ。市教委のメンバーがひそひそ話してるの聞いちゃったんです」

「なになに、どんな話ですか」明石という森島よりふたつ年上の女性教諭が身を乗り出した。「もしかして、彼氏がいたとか」

「お、さすが明石先生、するどい」

指をたててから、拍手のまねをする。

「いいから、はやく話してよ」別の三十代の男性教諭が割り込んだ。

「実は白瀬先生、もとは音大の講師をされてたそうですよ」

花山が口にした学校名は、森島が母から聞いていたものだった。私立としてはかなり名の通った音楽大学だ。

「そういえば、そんな噂を聞いたことがある」

まるで機密事項でも話すように、みなの表情が真剣になってきた。

「だったら、そこを辞めた理由はご存じ？」

「小学校の教師になるためじゃないの？」

「逆ですよ。逆。やめざるを得なかったから、小学校教師になったんです」

「やめた原因は？」

「わかった、不倫」明石が、ひそめた声で叫んだ。

「またまた大正解！　明石先生すごいですね」

「まあ、人間観察してますから」

「でも、不倫てイメージ湧かないなあ」

「いえいえ、ああいう人がずっぽりはまるんです」

「なんだか実体験に基づいていません？」

「妻子ある教授との不倫がばれて、大学にいられなくなって、ていうかあのかたの性格だからご自分で辞めたんだと思いますけど」

「そうなんだ。ナチスの弁論部長にもそんな過去があったのか」

「弁証法的恋愛、なんつって」

「意味わかって言ってるんですか」

はははと笑い声がおきて、それで終わりになった。本人にとっては血を吐くような思い出も、他人にとってはただの笑い話の小ネタにしかならない。

森島は話題に加わる気がおきなくて、来月のカリキュラムでも組もうと机にもどった。先に自分の机にもどっていた安西久野が、顔をあげたので、森島は肩をすくめてみせた。どちらからともなく笑った。

翌日の土曜日、合唱会の緊張から疲れが出たのか、昼過ぎまでぐっすり寝込んでいた。安西久野から電話が入って目が覚めた。合唱会成功のお祝いに行きたい、と言う。森島はあわててシャツを替え、寝癖直しのスプレーを吹きかけてから玄関先で待っていた。

ほどなく、安西が愛車の青い軽自動車で着いた。どうぞ、どうぞ、中へと誘う森島に、安西はいえここでと遠慮した。

「落ち込んでいません？」

教員全員のまえで叱責されて、せっかく好評だった成果をだれにも褒めてもらえなかったことを言っているのだろう。

「いえいえ、ぜんぜん元気で困ってます」

「それなら、よかったです」

「でも、どうしたんですか。わざわざたずねてくれて」

「夏のお返しです」

安西が「はい、これ」と差し出したのはメロンだった。『M』事件で自宅に引きこもっていたとき、森島がはげましに行ったことを言っているのだとわかった。

「じゃあ、遠慮無く」貰《もら》ったメロンを掲げた。

「じつはわたし、見ていて、少し、すっとしました」

安西は楽しそうだ。

「実は、ぼくもです」

ふたり声をあげて笑った。べつに、だれに褒めてもらえなくてもいいと思った。

「でも、白瀬先生の件は、いつかなにかの形できちんと報告したほうがいいでしょうね」

「辞める覚悟でやってみます」

また、どちらからともなく笑った。

「話は変わりますけど。あの時――、夏の事件のとき、やっぱり教師にとどまったのはどうしてですか」

「メロンをもらったからです」安西が即座に答えた。

「でも」頭を掻《か》いた。「結局渡しそびれて、自分で食べてしまいましたけど」

「あ、そうでしたね。なんだ、買って損した」

「だったら、返しましょうか？」

ひとしきり笑ったあとで、安西が言った。

「もちろん、森島さんたちに心配していただいて、それがすごく嬉しかったのもありますけど、最終的に決心がついたのは、やっぱり子どもが好きだからだと思います。それに――」そこで一旦《いったん》言葉を切り、深呼吸した。「ここで逃げたら、きっとまたその先でも逃げることになるって思って」

「ここで逃げたら――」消化するようにゆっくり反復した。

森島は少しの間、顎《あご》に指をあてて考えていた。やがて、いちど空をあおぎ、小さなため息をついた。

おれは今、何かから逃げているだろうか。

自問している森島に、「それじゃ月曜日に」と軽く挨拶《あいさつ》して、安西はさっさと帰っていった。

第四話　家族写真

1

誰もいない廊下を、とぼとぼと児童がやってくる。見たところ、二年生か三年生だろう。いまは授業中のはずだ。現に、歩き回っている人影はほかにない。

「きみ、どうした？」

森島巧は、しゃがみながら声をかけた。同時に、かすかな後悔と不安が浮かび上がる。なんとなくトラブルの匂いを感じる。わずか数ヵ月の短い経験で、その嗅覚《きゅうかく》は磨かれた。

「としょしつ」児童は、少したどたどしい口調で、しかし悪びれる様子もなく答えた。

「図書室――辞書でも取りにいくの？」

男子はぶるぶると顔を振って言った。

「マンガ」

「漫画？　図書室に漫画なんてあるのかな」

「わかんないけど。みっちゃんが、あるっていった」

話がよくわからない。そもそも担任はどうして、放っておくのか。とりあえずは、クラスに連れ戻そう。

「きみは何年何組なの」

「三年二組」

「そうか。ちょっと一度、クラスに戻ろうか」

逆らうかと思ったが、意外にも素直にあとをついてくる。そのまま三年二組の教室の前までやってきた。ふいに、隣の三年三組の扉が開いた。不機嫌そうな表情の男性が出てきた。三年生学年主任の柏原《かしわばら》教諭だった。柏原は、普段は快活で颯爽《さっそう》とした雰囲気を漂わせている。いまの、このしかめっ面には理由がありそうだと思った。

「柏原先生」

森島がかけた声に、柏原が反応した。

「おお、森島先生。その子は？」

森島の脇に立っている児童に目をやった。

「向こうの廊下を歩いていたので」

その答えに、柏原は納得したような表情でうなずき、二組の扉に近づいた。はめ殺しになったガラス越しに中をのぞいている。森島もまねをした。この学校に来て以来、あまり見たことのない光景があった。

ほとんどの児童が、頭を垂れて手元をのぞいている。何をしているのかと思えば、ポータブルゲームをやるかコミックを読んでいる。中には、携帯電話をいじっている子どももいた。何人か席を離れている児童は、チャンバラではなく対戦型のゲームをやっているようだ。

一瞬、自習の時間なのかと思った。いくら課題を与えても、教師がいなくなったとたんに、児童たちは好き勝手なことをはじめる。それはなにも小学校に限ったことではない。指導の緩い高校では、帰ってしまう生徒もいるそうだ。

しかし、担任はいた。それも、ちゃんと自分の机に座っていた。ただ、顔を机に押しつけるように突っ伏している。これは大変だ、と思った。

「荻野《おぎの》先生」ひと声かけて、前に進んだ。机のいくつかにぶつかる。ゲームの邪魔をされた子どもが、ああっ、というような声をたてた。

ひと足先にたどりついた柏原が、顔を伏せている荻野盛男《もりお》教諭の肩に手を置いた。

「荻野先生、起きてください」あわてる様子もなく、肩を乱暴にゆすっている。森島は驚いて止めた。

「大丈夫ですか、ゆすったりして」

柏原が森島を見て、微笑んだ。

「荻野先生、起きてくださいよ」もういちど柏原が声をかけると、荻野の肩がむくむくと動いた。

「あ、なんだ。ああ、柏原先生」

上半身を起こした荻野は、いかにも寝起きといった感じのとろんとした目をしている。

「そっちは……森島先生も。どうしました」

「どうしましたじゃないですよ。子どもたちがあの始末ですよ。ひとりは徘徊《はいかい》していたらしいし」

「廊下を――？　ふうん」

荻野の表情には、緊張感がまったく感じられなかった。

「そうか。寝ちまったのか。まいった、まいった」

ひとりごとを言ってから両手のひらを顔にあて、ごしごしとこすりまわした。

親睦《しんぼく》会と称して、居酒屋に集まった。

上谷東小の教諭有志が十二人。森島が苦手にしている、教頭や坂巻の姿はない。きょうの学芸会で、秋の行事はひととおり済んだので、まとめて打ち上げの意味合いが強い。

テーブルを三つ連ねた端で、森島は安西と向かい合って座った。安西と、四年二組の担任で安西よりふたつ年上の、明石宏恵が幹事役をまかされていた。森島はアルバイトということで客人扱いだったが、自発的に隅の席で安西たちの手伝いをしようと思った。

担任のない森島は、イベントでは裏方として用具の運搬や管理にあたって、みなに重宝がられた。いままでほとんど口をきいたこともなかった教師から、「森島先生、お疲れ様です」と声をかけられて、どこか面はゆい思いもした。どちらかといえば若手が主体のこの慰労会にも、当然のように呼ばれた。

最初の四十分ほどが過ぎて、酒や食べ物で皆の腹がふくれてくると、幹事もそろそろ落ち着いて飲食ができる。

「とにかく、怪我人もなく、無事に済んで良かったですね」森島がグラスのビールを呷《あお》った。

森島にしてみれば、下手なイベントよりも白瀬との確執のほうが、よほど体力を消耗した。

「ほんとに」安西の隣に座る明石が、首を軽く回しながらうなずく。「でも疲れたあ。明日はゆっくり寝坊します」

「そうだ、明日は代休だから出勤しないようにしないと」

「出勤?」

「はい。五月の課外活動のときは、自分は参加しなかったせいもあるんですけど、月曜にうっかり学校に来たら閉まっていて、あせりました」

森島の頭をかくしぐさを見て、まわりの数人が声をたてて笑った。

「ほんと、久しぶりに休めそうだなあ。レポートも終わったし」明石が伸びをした。

「僕も休めそうです」仰木という名の、一年生を受け持つ三十代の教員がゆっくり三度うなずいた。「教師だって、たまにはのんびりエネルギー補給しないと壊れます」

ほんと、ほんと、という声がする。

「でも」明石が、枝豆を口の中にはじき飛ばしながら、誰にともなく言う。「この学校は問題が少ないほうですよね。学級崩壊もないし、うまくまとまっていると思います。よそさんは、けっこう荒れているみたいで。対策会議を開くので、お休みどころじゃない学校もあるみたいですよ」

「いや、うちだって、そんなに楽観はできないと思いますよ」途中から耳を傾けていた長浜が、まじめな表情で割り込んだ。「波風がたたないといっても、平穏無事なのとは違うと思います。ぎりぎりのところで踏みとどまっている、なんていうか、表面張力みたいなものじゃないかな。針で突いたような事件や刺激で、もろくも流れ出してしまう気がしますね」

「そんなもんですかねえ」三十代前半の男性教諭が嘆息し、まわりがそれに続いた。

「そうかもしれないね」

「そういえば」明石が、急に口調を変えた。「過労と学級崩壊で思い出しましたけど、荻野先生。また寝てたそうですね」

「ああ、それそれ」

しんみりした話から、噂話に方向転換して、会話に元気が出た。

「森島先生と柏原先生が見つけたんですよね」

柏原は、反対側の離れた席で、なんだか真面目な話をしているようすだった。ゴシップ好きの何人かは森島から情報を得ようと思ったらしい。

「子どもたちはみんな、ゲームか携帯をいじっていたそうですね」

長浜がななめ向かいの席から聞く。

あの一件は、柏原が教頭に報告した。すぐあとで森島も呼ばれ、事情を聞かれた。最後に、なぜか口止めされた。しかし例によって、ほとんどの職員はすでに知っているようだ。森島も、もう話してもかまわないだろうと思った。

「気持ち悪いくらい静かでした」

「昔は、自習なんていうと大変な騒ぎになったけどね、チャンバラとかはじめたりしてさ」

年配の教諭が口を挟む。

「柏原さんも、静かすぎて気づいたんだろうね」

「そりゃ、先生の声さえも聞こえてこなけりゃね」
二、三人がくすくすと笑った。
「たしかに、ちょっと不気味な光景でした」さっきのぞいた、三年二組の状態が浮かぶ。

「はじめは心臓発作かなにかだと思って、あせりました。だけど、どうして柏原先生は、寝ているってわかったんでしょう」

こんどは、森島以外のほとんど全員から、同時に失笑がもれた。

「なんですか。どうかしました？」

「荻野先生には前科があるんです。これがはじめてじゃないんですよ」体育専任教師の花山が、秘密をうちあけるように言った。

「前科？」

「前にも何度か居眠りして、問題になったことがあったんです。たしか、去年のいまごろでしたよね」

「そういえば、もう一年経つか」

「何度もあったんですか、知らなかった」

「まあ、あまりおおっぴらに、職員室でする話でもないですからね」

森島はわかる気がした。不祥事が起こると、組織全体に非難が集中する風潮がある。自然、組織は自己防衛に走る。本当はそれでは問題は解決しないのだろうと思うが。

「やっぱり、何度か授業中に居眠りをしたんですよ」安西が説明する。「児童の徘徊が続いて、保護者からも苦情の連絡があって、少し問題になって――」

「市教委に連絡した親がいたらしいけど、あんまり騒ぎにはならなかったなあ。結局、譴責《けんせき》だか戒告だかで、始末書を書いてとりあえずは落着じゃないかな」

長浜が刺身を口に放り込んだ。

「教頭先生はなにか言わないんですか？」普段、自分にはやけに厳しい教頭の顔が浮かんだ。

「もちろん、教頭もかなり厳しく言ってましたよ。でもねえ――」酒を飲まない長浜はウーロン茶に口をつける。「ああいうのを柳に風って言うんでしょう。のらりくらりで、どうにもならんですね。答えにつまると、法律だとか判例だとか、わけのわからないこと持ち出すらしくて」

「授業中に寝ていてもいい、なんていう法律とか判例があるんですか」

長浜が、その長い顔の下半分を歪《ゆが》ませた。

「こっちにからまないでよ。過労とか神経疲労とか、こじつけるんでしょう。現実的に取れないだけで、有給だってあるし。医者だって、地場の開業医なら、好きなように診断書を書いてくれるだろうし。なんとか耳を傾ける相手は、校長くらいなものらしいね」

「前の学校でもなんだか問題を起こして、いられなくなったらしいし」

森島は、この学校に来るようになってすぐに気づいたが、教師というのはゴシップ好きだ。いつかそれを友人に話したところ、その社会の閉塞感《へいそくかん》と噂好きは比例する、という説を聞かされた。

「引き取り手がないのを、青木校長が引き取ったって聞いた」

「私生活も、けっこう波乱があるらしくて……」

「ねえ、あんまりそういう話は、しないほうがいいかもね」年配の教諭がやんわりたしなめた。

「だけど、あの校長がよくトラブルの種を引き取りましたね」まだ、気のすまない花山が首をかしげる。

「いや、好きで引き受けたわけでもないらしい。頻発するようなら、放ってはおかないでしょう」長浜がまとめた。

話は変わるけど、と、だれかが森島の今後について応援するような発言をした。あれだけ、子どもらになつかれているんだから、アルバイトのままでは惜しい、正規に採用試験を受けて――云々《うんぬん》。安西の手前もあったせいか、同情されているような気がして、素直に聞けなかった。なにか反論をしたような気がするが、酔ってしまってよく覚えていなかった。


週のあけた火曜日、午前中に二度ほど、空いた時間を利用して三年二組の前を通った。荻野は普通に授業をしているように見えた。子どもたちも着席し、おとなしくしている。給食が終わったあとの五時限目、もういちどだけ見に行くことにした。

あらを探そうというのではなかった。もしも過労で居眠りしているのなら、それはそれで問題を孕《はら》んでいるという気もする。もしも、開き直って公然と寝ているのだとすれば、納得はいかない。

廊下の角をまがると、さっと二、三人の影がうごいた。教室に吸い込まれるように消えて、扉が小さな音をたてて閉じられた。

そっと近づき、扉のガラスごしに中をのぞいた。数人が立ち上がってなにかしている。

ほかの児童はじっと顔をふせて手元に集中している。先日とまったく同じ光景だった。荻野は――やはり机に突っ伏している。また寝ているようだ。

打ち上げ会での会話のおり、「なぜ子どもたちは騒がなかったんでしょう」という森島の問いに、長浜が笑っていたのを思い出した。

――静かにしてさえいれば、何をやっても叱られないのに、騒ぐばかはいませんよ。

荻野の寝ている姿を見て、どうしようかと迷ったが、結局そのままにしておく以外に思いつかなかった。

2

大学時代の友人六人――男四人に女二人――が、駅にほど近いマンションの一室に集まった。

森島を含めた五人は同学年。ひとりだけ、ゼミの一年先輩がいる。みな、音大時代に仲の良かった連中だ。つまり、ささやかな同窓会といえた。

持ち寄ったオードブルや飲料がテーブルに並んでいる。しかし、この部屋の主である末村《すえむら》の頼んだ鮨《すし》が届くなり、皆の箸《はし》の伸びる先がそこばかりになった。

「おまえ、いつもこんな鮨を喰《く》ってるのか」

ふたつめの中トロをほおばりながら、上田《うえだ》という男があきれた。奥本《おくもと》と大野《おおの》という女性ふたりもしきりにうなずいている。

「ほんと、おいしい」

ワインの栓を抜いた末村が、まさか、と芝居気たっぷりに顔をしかめてみせた。

「今夜は、特別に奮発だよ。いつもはコンビニ弁当ばっかりだし」

末村の父親は、大手音楽レーベルの重役をやっている。彼自身もコネで入社して現在そこの社員だ。もらった名刺には、長ったらしいカタカナの肩書きが記してあった。詮《せん》索《さく》はしないが、このマンションも学生のころから住んでいる。大学一年のときに父親をなくした森島は、衣類を買うときにブランドなどほとんど意識したことがない。もともと、流行のファッションにあまり興味はなかったが、末村を見るたびに「お洒落《しやれ》に決めているな」と思う。最近は音楽産業界も不景気だと聞くが、上流階層には関係のない話なのだろうか。

近況を報告しあううち、〝四人半〟が音楽に関係ある仕事についている、という結論になった。

さっきから、ここぞとばかりに鮨をほおばり続けている上田は、就職浪人のためスーパーで棚卸しのアルバイトをしている。それ以外の五人は音楽に関係する職についていた。四人半という半端な数え方をしたのは、その上田だった。抗議しようとすると、皆がそれはそうだと納得してしまったので、笑ってごまかすほかなかった。

森島は、自分が〝半〟にカウントされた理由を考えた。音楽教師の専門性が低いとは思えないから、アルバイトという身分ゆえなのだろう。

「森島君てピアニストになるんだと思っていた。たとえば、スタジオミュージシャンとか」大野裕実花《ゆみか》がグラスについだ缶チューハイをあおってから声をかけた。「お母様は、昔、楽団の専属でいらした時期もあったんでしょう」

このところ、ずっと考えていたところを突かれた。つい、否定した。

「いや、おれにはそんな才能はないよ」

「でも、ピアノはけっこういい成績とってたじゃない。コンクールめざすとか言ってた時期もあったし……」

「演奏で食っていくって、どれだけ大変かわかるだろう」

以前考えていたジャズバーのアルバイトだって、ひとり暮らしではやっていけない。

「アンサンブルに参加したり、まめに営業活動すればいいんだよ」

「そんなの、おれの柄じゃないし」

「調律師っていう手もあるぞ」

「もっと向いてない」

「なんだかんだ言って、小学校の先生に落ち着いたのは、安易な道だったのと成美《なるみ》へのあてつけか」

上田がずけずけと言い放った。

「ばかね、上田君。やめなさいよ」奥本千絵《ちえ》がたしなめる。

「いいよ。教員になった理由としちゃ、たしかに当たってるし」

　上田に悪意のないことはわかっていた。しかし、悪意があろうとなかろうと、ささくれは痛がゆい。目の前に置かれたグラスをあおった。誰かが濃いめに作ったハイボールだった。むせたふりをして、話題を変えた。

「そういえば、指揮科の猪狩《いかり》教授は勲章を貰《もら》うらしいね」

「あの人は、生きてるだけで価値がある」坪井哲平《てっぺい》が応じた。

　坪井は、ゼミで森島たちの一学年先輩にあたる。しかし、一年生のときには、森島と同級生だった。お互い変わり者どうしで気が合った。しかし、一年のときに森島の父親が急逝し、その影響もあって留年したために、おいて行かれた。坪井はそのまま、ひと足先に社会人になった。ほかの連中は当然ながら坪井を先輩としてたてるが、森島は対等の口をきく。坪井は、いつも森島に、関係があるのかないのかわからない格言を吐く。白瀬とやりあったときも、この坪井からの受け売りが役に立った。

「だけど、さすがに引退は近いだろうね。あの先生が指揮すると、グラーヴェ《重々しく》なんだか、立ったまま寝てるんだか、わからなくて困った」

　みな笑って、ピアニストを目指す話と成美の件は忘れたようだった。

　柳沼《やぎぬま》成美——学生時代につきあっていた彼女のことだ。成美に誘われ、〝押さえ〟で教職課程を履修した。そこそこ真面目に励んで、教員資格はとることができた。そのおかげで、中学、高校の教諭はもちろん、いまのように小学校の専任講師につくこともできる。ただし、正職員になるためには採用試験に合格しなければならない。

当の成美は、関西の交響楽団にバイオリン奏者として就職した。彼女があっさりと羽田から飛び立った日を境に、二人の関係は急速冷凍のように疎遠になった。

楽団の給料だけではかつかつだが、けっこう臨時アルバイトの声がかかって、ばかにならない収入になるらしい――。これは今夜、大野と奥本から仕入れた情報だった。

いまさらどうでもいいような態度で聞いていた。「ああ、そう」としか答えなかったのは、ほかにことばが浮かばなかったからだ。胃の奥のほうから炎であぶられるような感覚があった。酒のせいではなかった。

森島が予想していた以上に盛り上がったミニ同窓会も、日付が変わるころにお開きとなった。末村以外の四人は、乗り合いタクシーで帰っていった。森島は、まだ終バスがあると思っていたが、週末の特別ダイヤと勘違いしていたらしい。しかたなく、家までの二キロ余りを歩いて帰ることにした。幸い、十一月にしては生暖かいような夜風だ。

なぜか、古い唱歌を口ずさみながら歩くうち、坪井のことばを思い出した。

「俺が勤めてる音楽教室で、チーフを募集しているんだ」

唐突な切り出し方が、かえって坪井の友情を感じさせた。

それはどんなものか、と尋ねた。

彼が勤めている音楽教室の講師は、副業や兼業の人間が多い。ソロ活動をする演奏家もいれば、現役の音大生もいる。したがって、ほとんどが講習回数に応じたいわば出来高払いだ。かれらを統括し、スケジュールを組む人間が辞めてしまったので、いままさに募集をかけるとのことだった。全国にチェーン展開している大手ではなく、都下を中心に五つの教室を持つ中堅企業らしい。

「そんなに高給とはいえないけどさ、オーナーの人柄のせいか、あまりノルマ重視でぎすぎすしていないんだ」

坪井がはにかむように笑った。学生のころ、約束の時刻に三十分くらいは平気で遅れて来た彼が務まっているなら、たしかにおおらかな職場なのかもしれない。

「このままずっと、アルバイト先生ってわけにもいかないだろう」

「まあな」あいまいに答えた。

「来てくれるなら、年明けからだ」

「そんな急な」

「急じゃない転機なんてあるのか」

坪井とやりあっても、いつもすぐに打ち負かされる。

しかし、入社歴一年半の彼が、スカウトのようなことをまかされているのだろうか。そんな会社に少なからず興味を抱いたが、その場はあいまいに返事をしておいた。夏ごろに聞いた安西久野の一件を思い出す。保護者のクレームや、それに対する学校側の態度にいやけがさした彼女が、大手学習塾に転職を考えているという噂だ。結局、それがほんとうだったのかどうか、聞いてみる機会はなかった。まんざら根も葉もない話ではなかったのではないかと思う。

「正社員でチーフ」

口に出してみる。悩むまでもないことだとは思う。いまから小学校の全科教員免許を取るのは現実的に難しいだろう。正規の職員を目指すなら、中高も含めて音楽の専科ということになる。ただ、算数や理科を順序だてて教えるなどは、それこそ柄ではないと思うから、音楽の専任教諭そのものに大きな不満はない。

――一度、見学に来いよ。

即答できないでいる森島に、「おまえまさか、このまま学校の先生でいこうなんて考えてるんじゃないだろうな」と探るような視線を向けた。鋭い男だ。

「森島って、実は熱血先生タイプだよな」肩をたたかれた。「だから、かえって向かない気がする」

坪井が最後になげた言葉を反復していたとき、見覚えのある後ろ姿を見つけた。

あれは――。

「荻野先生」思わず口に出してしまったが、ちょうどわきをトラックが通り過ぎていったので、声は届かなかったらしい。

間違いない。前を行くのは、三年二組の担任、荻野だ。右手にぶら下げているのはコンビニの袋のようだ。うつむき加減で歩いている。荻野の自宅はこの近くにあるのだろうか。後をつける、というほどの意識もなかったが、なんとなく十メートルほどの距離を保ったまま同じ方角へ歩いた。街道に面して並ぶ飲食店の数がしだいにまばらになっていく。代わって、ちらほらと小さな工場やマンションが目立つようになる。

やはりこのあたりに住んでいるらしい。そう思ったとき、路肩に停めてあった車のハザードランプがいきなり点滅した。荻野の車らしい。ドアに手をかけ、素早く車内に滑りこんだ。森島は、ほとんど反射的に看板の陰に身を置いた。あまり不自然にならないよう、顔を半分ほどのぞかせて様子をうかがう。運転席に腰を降ろした荻野がさっきの袋から缶を取り出した。プルタブをあけ、口もとに運ぶ。缶をコンソールのあたりに置き、こんどはサンドイッチらしき包みを取りだし、セロファンをむいた。視線を手元にほとんど向けないまま、四回かじってあっというまに飲みくだした。ふたたび、缶コーヒーを口に当てる。

森島は、荻野の顔が一定の方向に固定されていることに気づいた。見つめる先にはマンションが建っている。高さは十階かもう少し。一階あたりの部屋数は十軒ほど。比較的新しい中型のマンションだ。どこかの部屋を見張っているか、あるいはなにかが起きるのを待っているように感じた。

気がつけば十分ほどその場に立ち、ほとんど動かない荻野の後ろ姿を見ていた。急に自分のしていることがばからしくなり、酔いから醒《さ》めかけて、早くも痛みはじめた頭を拳《こぶし》で軽く叩《たた》きながら帰った。

3

廊下で、田上舞とその友人たちに囲まれた。

「森島先生、三学期からいなくなるの？」

「え」突然の質問に、ことばにつまった。「どうしてそんなこと知ってる」

おもわず聞き返してしまった。坪井に熱心に誘われていることは、まだ誰にも話していないはずだ。まして、年内いっぱいという選択肢は、森島自身ほとんど現実的に考えていない。

「ええっ、じゃあ、本当なの？」

「いや、違う。——なんていうか、だれに聞いたか知らないが、そんなことはないぞ」

「じゃあ、嘘？」

「というか、まだなにも決めてない」

「じゃあ、やっぱりやめるの」

追及が容赦ない。

「安西先生に振られたから？」

「なんだ、それはいったいどこから——」

そこまでしゃべって、思い当たった。おとといの、飲み会のときのことだ。

森島に、来季も契約を延長するよう勧めるものが何人かいた。

――なんなら、校長に口添えしますよ。

――ねえ署名、集めようか。

――いや、だったら、きちんと採用試験を受け、正職員として採用される途《みち》をめざすべきだと思うな。

当然、好意からの発言だとはわかる。しかし、いまの立場を一段上から同情されているような気がして、つい反発した。

――ぼくにだってスカウトが来ているんですから。

そんなことを言った気がする。大人げのないことだと思う。しかも、あのときたしか、わきで黙って聞いていた安西にもからんだ。

――安西先生たちだって、内心は、アルバイトの教員なんて一段低く見ていませんか。

思い出すだけで顔から火が出そうだ。なんということを言ったのか。しかも、その後に同窓会があったり、荻野を目撃した事件があったりして、すっかり今日まで忘れていた。

あれ以降も、安西やほかの教員たちは、そんなことをおくびにも出さず接してくれてはいる。ただ、誰かが児童に漏らしたのだろう。「森島先生は三学期は来ないかもしれないよ。安西先生と喧嘩《けんか》してたしね」穴があったら入りたいとはこのことだった。

「ねえ、先生、ほんとなの？」

しどろもどろになったとき、ちょうど携帯にメールの着信があった。見ると、坪井からだった。

「あ、悪い急用だ」走って逃げた。

休憩時間に、教員の数が少なくなった頃合いを見計らって、安西久野に話しかけた。

「おとといはすみませんでした」

「は?」

「からんでませんでした?」

なにを言い出すのかと目をむいていた安西が、小さく吹きだした。

「ずいぶん、間があいてますね」

「とにかく、すみませんでした」

安西は、お酒の席のことですから、と意に介していないようだった。

「ところで、ですね」

荻野を目撃した時の様子を簡単に説明する。

「なにをしてたんでしょうね」安西も気味悪げに、鼻の頭に皺《しわ》を寄せた。

「なになに、なんの話?」

通りかかった体育専任教師の花山が顔をつきだした。それに刺激されたかのように、話好きの数人が輪になった。

森島が最初から説明する。

「えー、不気味。それって、危なくないですか」明石宏恵教諭が、綺麗《きれい》に手入れされた眉《まゆ》をひそめる。「やっぱり、離婚したことと関係あるんですかね」

「離婚？　離婚されているんですか」

この前の宴会で、だれかが言いかけたのは、そのことだったのか。

それで事情が少し飲み込めた気がした。あのマンションの中に、離婚問題とかかわりのある人物がいるのかもしれない。

「それで、前の学校にいづらくなったとかで、去年の四月からこちらに移られたそうです。めずらしく、青木校長が問題のある先生を引き受けたって、この前も説明しましたよね」

「だけど、どんな事情があっても、荻野先生の姿は、まるっきりの不審者ですよ」

安西と花山は低く小さくうなって、うつむいた。行為を肯定するわけではないが、自分たちにどうにかできる問題ではない。そういう気持ちが読み取れた。

それじゃわたしも授業があるので、と立ち上がった安西に礼を言った。

始業のチャイムが鳴る。森島にはこのあと、授業の受け持ちがない。もしも音楽室が空いているなら、ピアノでも弾かせてもらおうと思い立った。いらついた神経を静めるには、ショパンが最適だ。

廊下を歩いていると、職員用のトイレから男がひとり出てきた。あくびをしながら、髪をかきあげ、サンダルを引きずるように歩くのは荻野だった。

すでに授業が始まって十分ちかく経つ。だれもいない廊下を、三年二組の教室に向かって、ぺたりぺたりと歩き去った。

4

「お電話代わりました。坪井です」

背景から、いかにも事務所らしいざわめきが聞こえてくる。

「おれ、森島」

ああ、やっぱりその森島か、どうした急に、という返事が返ってきた。同窓会のときに渡された名刺にあった勤務先に電話をかけた。

「仕事中に申し訳ない。携帯の番号を知らなかったから」

「そんなことは気にするなよ。それより、例の件か?」

「うん」なんとなく歯切れが悪くなるのを自分でも意識した。「話を聞きに行ったら、やっぱり断れないよな」

「あはは。森島らしいな」快活な笑い声が響いた。「そんなに堅く考えるなよ。この前も言っただろう。オーナーは気さくな人だし、見学に来たくらいで拘束力なんてないって」

いくつか基礎的な質問に答えたあとで、坪井が言った。

「それより、聞いたか？　おれらの母校で所属オーケストラの入団試験が来年の七月にあるぞ」

「母校で？　でも、オーケストラの話だろう」

「それが、今回はピアノの枠もあるそうだ」

音楽大学ないし音楽関係の学部を持つ大学では、独自にオーケストラを持っているところがある。実質構成員はOBが主体となる。それぞれ、雇用の形態はことなるが、森島の出身大学の場合は年間契約のはずだった。ただ、残念ながらピアノのポジションはない。

母校のオケが特別なわけではない。例外もないわけではないが、一般的には、交響楽団にピアノ奏者の正規団員はいない。いろいろ理由はあるだろうが、出番が少ないというのが妥当なところだろう。数回に一度の出演のために、雇っておくのは非効率的だ。したがって、ピアノのパートがある演目のときだけ、ピアニストをゲストとして迎える。ただ、そのたびに人選や交渉するのも非効率なので、特定の奏者と〝専属契約〟を結ぶこともある。坪井が言うのは、そういう意味だろうか。

「つまり、専属みたいなものか」思ったことを質問する。

「そういうことだな。ギャラに関していえば、一回の演奏でいくら、という契約だろうな。だけど、なまっちまった腕を磨くのに、いい機会なんじゃないか」

心が動いた。

正直なところ、長く腰を据える場所ではないかもしれない。しかし、そこを足がかりに、次の展開が待っているかもしれない。なにより、試験を受けるという行為に、心のどこかが痺《しび》れている。

「興味が出たか」

「まあ、少しな」どうでもよさそうに応える。

坪井は、心のうちを見透かしたように、電話の向こうでくっくっと笑った。

「うちにくれば、空いた時間や公休の日は練習できるように手回しするぜ」

「そうか」

「なんだよ。気が乗らない返事だな。ま、とにかく一度来いよ。まずはおれが説明するだけならいいだろう」

「考えておくよ。また電話する」

電話を切って、空を見上げる。

「オケと共演か」

口に出してみて、自分で照れた。

セルフ式で注文したコーヒーを持ってテーブルにつくなり、森島は切り出した。

「用ってなに？」

向かいの席に、カフェラテの載ったトレーを置きながら、奥本千絵がくすりと笑った。

「相変わらずね、森島君」

「そうかな」合わせて笑い、頭を掻《か》いてみる。顔がわずかに赤らむのを感じた。

「そうだよ。いつもはなんだかおっとりして、はっきりしないところもあるんだけど、突然気短になったり燃えたりするのよね」

「燃えはしないと思うけど」

「いーや。燃えるって」楽しそうに笑った。「学園祭の時のこととか、思い出してみなさいよ」

「そうか」鼻の頭を掻いた。「まあ、たしかにそうかも」

ふたりで同時に笑った。

千絵がカフェラテを軽くスプーンでかき回してから、そっと口をつけた。グロスを塗った唇が大人びて見えた。おいたカップのふちをそっとぬぐうしぐさまで、なんだかさまになっている。

そういえば、先日の同窓会でも感じたが、ほとんど化粧気のなかった彼女が、いつのまにかしっかりしたメイクをするようになっていた。ほかのメンバーにしても、この数カ月ですっかり社会人の匂いをさせるようになっていた。坪井以外はみな一歳年下のはずだが、そんな感じは受けない。

大人といえば、安西久野が自分と同い年であることも、つい忘れてしまいがちになる。

——自分はどうだろう。まだ、学生臭さをまきちらしてはいないか。だから、教頭や坂巻に子ども扱いされるのではないのか。

「——するつもりなの?」

考えごとをしていて、千絵のことばが耳に入っていなかった。

「え、ごめん。もう一回」

「もう」千絵が頰をふくらませたが、すぐに笑い声をたてた。「だから変わってないっていうの」

「ごめん、ごめん。みんな大人になったなあ、なんて思って考えごとしてた」

「やだあ、おじさんぽーい。なんだか学校の先生らしくなってきた」

「お褒めいただいて、光栄です」

あやうく吹き出しそうになるのをこらえて、ようやく千絵が本題に入った。坪井の勤め先の講堂を借りてクリスマスに演奏会をしようというのだ。イヴはとてもとれないので、二十六日あたりにおちつきそうだと。そういえば、先日の同窓会のときに、そんな話で盛り上がっていたのは覚えている。

「ピアノのパートなんだけど、上田君が都合悪いって言うから、森島君は絶対はずせないの」

「なんだよ、俺は上田の代役か」

つい、冗談めかして抗議した。〝半〟に数えられたことが、なんとなくひっかかっている。

「またまた、ひがむなんて森島君らしくない」千絵は、拍子抜けするほどストレートに、代役であることを認めた。「じゃ、決まりね」

千絵は学生時代の知人友人たちとまめに交流しているらしく、噂話のストックが豊富だった。だれは芸能人とつきあっている、かれは大学院まで行って猛練習してコンクールを目指している。気づけば、あっというまに一時間以上が経っていた。

「あ、いっけない」ほとんど一方的にしゃべっていた千絵が、小振りな腕時計を見てあわてた。「約束があるの」

「それじゃ、出ようか」

「そうそう」腰を浮かせながら千絵が聞く。「大学オケの入団試験のこと聞いた？」

「へえ、みんな情報が早いね。おれは坪井に聞いたよ」

「どうするの？」

「うん」トレーを持って立ち上がった。「まあ、まだ先だからこれから考えるよ」

店の前で、千絵があたりをはばからずに「じゃあね。がんばって」と手を振った。小指のファッションリングがきらりと光った。人の流れに消えていく後ろ姿を見送りながら、ふと、何番目の代役だったのだろうという考えが浮かんだ。

迷った末、もう一度荻野のようすを見に行くことにした。

どうしてそんなにこだわるのか、自分でもよくわからなかった。子どもがかわいそうだから、というだけの理由でないことは自覚している。

――なんだかおっとりして、はっきりしないところもあるんだけど、突然燃えるのよね。

奥本千絵のことばを思い出す。いまのこの行動が〝突然燃えた〟ことになるのだろうか。何に対して燃えているのだろうか。

あの夜と同じ場所に、やはり荻野教諭はいた。

しばらく、後方から観察する。サンドイッチはほおばっていないが、この前のときと変わりなかった。車を停めた場所もほとんど同じだ。つまり、こうしているのは一度や二度ではない可能性がある。おそらく毎夜のように来ているのだろう。そして寝不足になって――。

寒さしのぎに足踏みをし、耳をこすり、指先に息を吹き付ける。荻野のようすに変化はない。

ふいに、くしゃみがでそうになり、あわてて両手で押さえた。時計を見ると、すでに一時間近くここにいる。

暗い車の中から、じっとマンションを見つめる中年の男。その男を観察しているこの自分。はたから見たら、怪しさはあまり変わらない気がしてきた。身体の芯《しん》まで冷え切った。それに、じっとしているのにも飽きた。森島は歩道を進んでみることにした。

先日とおなじく、荻野の顔はマンションにむいたままだ。脇をとおりすぎる際に、さりげなく車内を確認する。ハンドルに顎《あご》をのせている様子が見えた。そのまま行き過ぎる。角をまがってしばらく進み、適当なところでUターンする。一旦《いったん》道路の反対側に渡って、戻る。

この周回を二度繰り返した。三度目に、車の脇を通り過ぎようとしたとき、突然運転席のドアがあいた。意外な素早さで荻野が降り立った。屋根に手をかけてこちらを見る。

「やあ、森島先生」軽く手をあげた。「こんなところでなにをしているんです」白い息が夜に溶け込んでゆく。

「ああ、荻野先生」びっくりした、という表情を作ってみた。「こんばんは」

「わたしに、なにか用ですか」車に手を置いたまま、じっと森島に視線を向けている。

「いえ、偶然です。同窓会の帰りで。ちょっと遅くなって」

「同窓会の帰りなら、どうして同じ道を三回も通るんです」

二の句が継げない森島に向かって、車に乗るよう手で示した。

「寒いから、車の中で話しましょうか」

5

森島は嘘をつくのが苦手だった。正確には複雑な嘘を組み立てることが苦手だった。

助手席のシートに腰を降ろして、ドアを閉めるなり自分から切り出した。

「子どもたちのことが気になって」

先日の居眠り事件を目撃したときの気持ち。その後に聞いた昨年のできごと。先日の夜中に偶然見かけたこと。それ以来、どうしても気になっていて、またようすを見に来てしまったこと。

嘘はついていないが、まったくの真実でもない。

「プライベートで何をしようと勝手でしょう」

荻野は、あきらかに腹立たしそうな口調だった。

「でも、授業で寝るのは……」

「あなたは、どんな立場からそんなことを言うんです。教頭にでも頼まれたんですか」

「そんなことはありません」

「だったら、放っておいてくれ」感情が激してきたらしく、ことば遣いが急に荒くなった。「そもそも、授業中に寝ようが、ぼんやりしようが、君には関係ないだろう」

胸ポケットから煙草を取りだし口にくわえると、シガーソケットを押し込んだ。森島が口をひらきかけるのを、手のひらで制した。

「おれにはわかっている」煙草をくわえたまま喋《しゃべ》るので、先が揺れた。「どうせ興味本位が半分と、いいところを見せて来年もアルバイトに雇ってもらおうって魂胆が半分だろう」

「そんなことは考えていません」

ぽん、と音がしてソケットが飛び出した。荻野が引き抜いて煙草の先に押しつける。すぐに煙が立ち上った。二度、すぱすぱとふかしてから、ソケットを押し込んだ。灰皿を引き抜く。ぎゅうぎゅうに押し込められた吸い殻の何本かが反り返った。中は吸い殻で一杯だった。立ちのぼった煙に森島がむせると、荻野が運転席側の窓を半分ほどあけた。

「カヨコがいるのはあそこだ」

いきなりそう言うと、指に挟んだ煙草の先でマンションの一室を指した。

「九階の右から三番目。リビングに灯《あか》りがともっている部屋だ」

カヨコというのが、離婚した妻のことだろうか。森島がすでにそのことを知っているものと考えているらしく、彼女についての説明はなかった。

「部屋の持ち主は、ふたつ年上の松本《まつもと》という男。カヨコがくっついた相手だ。カヨコとは遠い親戚《しんせき》関係らしい。証券会社に勤めている。なんだかんだいっても、証券マンはまだエリートの匂いがするらしいな」

ふん、と大量の息を鼻から吐き出した。

「だいたい、夜の十一時ころに松本は帰ってくる。やつがリビングのテーブルにすわると、女房が――いやカヨコがまめまめしくビールやつまみの世話をする。やつは家でビールしか飲まない。三十分ほどそうしてから松本は風呂《ふろ》に入る。風呂からは二十分ほどで出てくる。待つあいだに、カヨコは寝室で寝化粧をする。リビングの右隣が寝室だ。松本は風呂を終えたあと、さっきの残りのビールを呷《あお》る。まもなく、寝室がオレンジのルームライトに変わる。それから短くて一時間、長いときには二時間近くかかることもある」

「二時間近くかかる？」おもわず聞き返した。

「とぼけるなよ。わかるだろう」荻野がこちらを見て笑った。甘ったるい缶コーヒーと煙草の匂いがした。その笑顔でようやく意味がわかった。

「注意深く見ていないと、人の気配は感じられない。しかし、たしかにいるのがわかる。ときどきカーテンが揺れたり、人影が動いたりするからな」

二時間も、この車の中からマンションのうすぐらい部屋を観察しているのか。背中の真ん中あたりの毛がざわついた。

「最後にぱっとライトが明るくなる」荻野の声が半オクターブ高くなった。「いよいよ、フィナーレだ。最後にトイレにでも行くんだろうな。シャワーを浴びるには短い。松本はペットボトルのミネラルウォーターを半分飲み、残りをカヨコに渡す。数分後には真っ暗になる。それを確認して——確認してから、俺は家に帰る」

「なんのために？」つい口をついて出た。

「ああ？」荻野が間の抜けたような声をあげた。

「なんのためにそんなことをしているんです」

「なんのためだって？」

荻野は、とんでもない習慣の種族に出会ったような顔つきになった。そして笑い出した。なにがおかしいのかいぶかる森島を無視して、しばらく高笑いが続いた。

「当然、自分のためさ」ようやく、笑い終えた。「ここにいて、あのオレンジのルームライトを見ているあいだ、おれはカヨコと一体になっている気がするんだ。どうせ、時間の問題であの女は捨てられる。そうすれば、俺のところに戻ってくる。その時をおれはここで待っている。こうやってずっとですか」

「毎晩って、離婚されてからずっとですか」

「いや、そんなこともない——」そこまで言いかけてから、急に口をつぐみ森島を見た。

「あんたに、そんなことまで話す必要は認めないな」

もういちど、荻野の表情を見た。普段顔をあわせる荻野教諭と、いまここにいる男は、ほんとうに同一人物だろうか。親しいというほどではないが、森島は荻野となんどかことばを交わした記憶がある。授業で使うプリントを廊下に撒《ま》いてしまったときには、一緒に拾ってもくれた。転んで膝《ひざ》をすりむいた児童を背負って保健室に連れていくところを目撃したこともある。

それがいま、言葉の調子も、目つきまでも、まるで別人のように変わった。

荻野は、マンションに視線を戻してから、最終宣告のようにゆっくりと言った。

「これで気がすんだだろう。音楽家の若先生に手助けしてもらうようなことは、なにもない。わかったら、もう行ってくれ」

「だけど……」

森島の声を遮るように、荻野がゆっくりと森島に顔を向けた。どこか作り物じみていた顔に、森島に対する憎しみが一気にふくれあがるのを見た。

「しつこいな、若造。邪魔だって言ってるんだよ」

脅しにおびえたわけではなかったが、胸のあたりにコールタールを流し込まれたような感じがして、森島は車を降りた。振り向かずにそのまま一区画進み、路地に折れた。ひとけのない夜道にしゃがみ込む。胃のあたりから急にこみあげるものがあった。こらえることができなかった。民家や商店の前でないことを確認するなり、電柱の陰に顔を寄せて吐いた。

6

立花《たちばな》音楽院は五階建てのビルの二階から五階を占めている。一階も、同系列の楽器店になっている。全面ガラス張りの店内には、エレキギターやドラムスからフルート、バイオリンまで一揃《ひとそろ》いそろっている。

坪井に聞いていたとおり、二階の受付で案内を求めた。

しずかにクラシック音楽のBGMが流れ、自然光をふんだんに取り入れたデザインの事務所から受けた印象は悪くなかった。いや、それではフェアな評価とは言い難いだろう。強烈なほどに好印象だった。働く職員たちもきびきびとしているし、表情も明るい。森島が入っていくと、みんなが「こんにちは」と笑顔で挨拶《あいさつ》してくれる。そこに強制されているという感じはない。

ついでに、坪井の案内で、いくつか教室ものぞいた。小ぶりだが、防音や音響効果をしっかりと考えた造りになっている。この不景気に、それでも音楽教室に通いたいという人ならば、やはり質を求めるだろう。坪井曰《いわ》く『ノルマでぎすぎすしていない』のに、この教室が流行《はや》っている理由がなんとなくわかった。

待遇の説明も受けた。来年、専属契約の試験を受けるつもりなら、立花音楽院とは、一年間の契約社員からはじめる。それでも、受け取る給料は今よりははるかに多い。社会保険も完備されている。提携している保養施設は割安で借りられる。なにより、空いた時間は、教室にある機材で好きに練習してもいい。「試験に向けて猛練習」ということばが、現実味を帯びてくる。

見学に来るまでは、心のどこかで、『ちょっとそれは飲めないな』と断るための悪条件を探していた。ついあら探しをしている自分に気づいた。しかし、どこにもそんなものは見あたらなかった。

──成美への反発か。

──使命感とか高尚な気持ちではじめたわけじゃないだろう。

教員の資格を取ったのは彼女の影響だが、あの学校に勤めだしたのは自分の意思だ。成美へのあてつけで教職についたわけではない。行き場がなくて困っていたのも事実だ。しかし、腰掛けだから手を抜いてもいい、などと考えたことは一度もない。それどころか──。

「おい、なにぼんやりしてるんだ」

「ああ、わるい。ちょっと考えごとをしてた」

「じゃあ、事務長に話を通しておくぜ。来週あたりで、面会セッティングするから」

「面会はお願いしたいけどさ──。入社する時期については、ちょっと考えさせて欲しいんだ」

「もっと早いほうがいいか。だったらクリスマス前でなんとか頼んでみるぞ」

「違うんだ。年度いっぱいまで待ってもらえないか」

「年度？」坪井が口を半開きにした。「年度って、まさか三月のことか？」

「ああ、そうだ。ここまできたら三学期までみたいなと思って」

あきれたように、背もたれに身体をあずけた。

「おまえ、まだ義理を通すのか。夏前には、あんなに悪口言ってたじゃないか」

「そうなんだけどさ、途中で投げ出すのは無責任かなという気もするし」

「労基法を読んだことあるか？　二学期終了までだって、まだたっぷりひと月もあるぞ。しかもバイトだろう――」

「坪井のいいたいことはよくわかる。でも、自分なりの区切りをつけたい」

「相変わらず、へんなところに頑固だな。でも、今回の欠員は三月まで待てない。急いでるんだ」

「そうか」

「まだ時間はあるから、もう少し考えてみろよ」

いろいろとありがとう、とすなおに礼を言った。

バイクのアクセルを緩め、住宅街に続く細い道に折れた。頭を振って、視線をやや上に向ける。街の灯《あか》りで不自然に明るい空に、それでも自力で光る星がいくつか見えた。

「待ってくれなかったらどうする」

口に出してみる。坪井のところが三月まで待てないと言ったら、どうするのか。教員を中途で辞めるか。投げ出すか。正規の職員だって年度の途中で休職したり辞めたりしているではないか。だれにもうしろ指をさされることはない。

ふいに、父親の口癖を思い出した。

――明日《あした》の雨は、明日にならなければ降らない。

意味がよくわからずに、いつも適当にうなずいていた。先のことを思い煩うな、というたとえだろうか。あるいは、未来にはどんな幸運が待っているのかわからない、という寓意《ぐうい》だろうか。それとも、ただ言い回しが気に入っただけで、とくに深い意味は無かったのか。一度、酒でもおごってもらいながら聞いてみようと思っているうちに、あっけなく死んでしまった。

もしもいまの悩みを相談したなら、どんな答えが返ってきただろうか。

いや、それよりも「明日、雨は降るだろうか」と聞いてみたかった。

7

白瀬美也子との諍《いさか》い。荻野の奇行。このところ、教師の酷《ひど》い面が目につく。

森島の抱いている感情を、長浜は敏感に読みとったらしく、「しかし教員たちだけに非があるわけでもないんですよ」と、休み時間に話しかけてきた。

「たしかに、世の中でもっとも思い上がった職業のひとつ、とまで揶揄《やゆ》されていましたよ。最近までは」

しかし、ここ十年二十年ほどで、じわりと事情が変わりつつある。そのひとつは、この夏の騒ぎにもあったような、執拗《しつよう》に苦情や注文を申し立てる保護者が増えたことだ。

それ以外にも、学校や教師をとりまく環境が、複雑多様化している。

たとえば、大きな要因のひとつとして、親の学歴の二極化がある。自身が一流と冠のつく大学を卒業した親は、あからさまに教師を見下した態度をとることが増えた。長浜も、三者面談の途中、勉強方法について説明していると、突然親に話の腰を折られたことがあるそうだ。

「先生のご出身はどこの大学ですか？」

さすがに、素直に答える気にはなれないから「自慢できるほどの大学じゃありません」と答える。その意味するところを読んで、ああ、そうですか、と冷めた視線を向けられた。あとで家庭調査票をよく見たら、そんなことを書く欄もないのに、わざわざ〝出身大学〟として、某一流私大の名が書いてあった。

「これは笑い話ではなく、素直に大学名を答えて『じゃあ、受験のことはだれに相談したらいいんですか』と真顔で聞かれた先生もいるんです」

逆に、学歴コンプレックスを抱えた親もやりづらい。ことあるごとに「どうせわたしら、大学も出ていないから」「どうせ、おれは高校中退でむずかしいことはわからんですけどね」などと言う。話が先にすすまない。さらに酷いのは、コンプレックスの裏返しなのか、異様に高圧的になって子どもの前で教師をどなりつけたりする親だ。

「あんたら先生とか言ったって、所詮《しょせん》公務員だろう。公務員は市民に奉仕するのが当然だろう。子どもはお客さんだろうが」

本人の目の前でそんなことを言われたら、子どもたちは教師のいうことなんて守らない。まして、尊敬なんてしませんねえ。だから、自己防衛のためには、教師側も強い個性を纏《まと》う必要があるのかもしれません」

長浜は飄々《ひょうひょう》と言って、少し寂しげに笑った。

長浜の話を聞いて、荻野の自宅マンションをたずねてみたくなった。

荻野が保護者にいじめられてひねくれたとは思えない。しかし、安西のトラブルのときにも感じたが、教師が〝壊れて〟いく過程を黙って見ていられない気がする。

事前に連絡はしていない。エントランスはロックもなく、簡単に通り抜けられた。荻野の表札がかかったドアの前に立ち、ひと呼吸ぶんだけためらったあと、インターフォンを鳴らした。

「どなた」荻野の無愛想な声が聞こえた。

「森島です」

沈黙。問答無用で帰れと言われることも覚悟していた。長く感じたが、十秒ほどだったかもしれない。かちゃりと鍵《かぎ》の開く音がした。半分おどろき、半分不快感をあらわにした荻野の顔があった。

「なに？」

「突然すみません。ちょっとお話がありまして」

荻野は迷惑そうな表情を浮かべたが、さっと通路の左右に視線を走らせた。

「まあ――あがりなよ。何も出さないよ」

スリッパをあごでしゃくって、さっさと奥へ引っ込んでいく。大歓迎とはいえないが、覚悟していたのよりはずいぶんましな扱いだ。

散らかったリビングに案内された。独り身だから片付いていない、というのではなさそうだった。

「引っ越し――ですか？」

「まあね」

「学校を辞めるって本当ですか」

「ああ――正確には教師をやめる。そう決めたらせいせいしたよ」森島の顔をのぞき込んで、はじめて見る素直な笑いを浮かべた。「どうした。これで気が済んだだろう」

「気が済んだなんて」

なにも辞めて欲しいとまでは考えていなかった。ただ、放置された子どもたちが可哀想だと思っただけだった。しかし、いまさらそんなことを言ってみてもしかたがないし、なにより、荻野と言い争いをする体力的な自信がなかった。

「何日付けで辞めるんですか」

「明日から行かない」

「明日から？」声がうわずった。「明日からって、そんな急な」醒《さ》めかけた怒りがまたくすぶりはじめる。

「有給だってたっぷり残っているしね。当然の権利だよ。おれは、主張すべきことはすべて主張する。要求すべきは要求する。……なんだ、不思議そうな顔をしているな」

たしかに、不思議な気がしていた。当然、どこの職場にも、まずは権利を主張する人間はいるだろう。しかし、教師というのは、とくに小学校の教師というのは、ある程度奉仕の気持ちがなければつとまらないのではないか。さすがに森島も、そのくらいの教師像は抱いていた。そもそも、なぜこの荻野という人物が教員になろうとしたのかが、腑《ふ》に落ちなかった。

「だけどね」森島の返答を待たずに、荻野は淡々と続ける。「強引に筋を通してまで、しがみつく仕事でもないだろう。いくら不景気だって、もう少し気楽に働ける仕事があるぜ」

雑誌を何冊かまとめて段ボールに放り込んだ。

「ひとことで言えば、ばからしくなったってことか」

このなげやりな態度にはあきれた。坪井も指摘したように、アルバイトの自分がこれほど悶々《もんもん》としているのに、まったく未練などなさそうだ。だったら、もっと早くに辞めるべきではなかったのか。

そんなことを考えながら、視線は、机に置かれた一枚の写真にとまっていた。笑顔の家族写真だった。個人のカメラではなく、プロが撮った記念写真だとわかる。

夫婦。立ち姿の夫は妻の肩に手をそっと載せ、椅子に座った妻はまだおくるみに包まれた赤ん坊を抱いている。〝家族の幸せ〟というタイトルが、ぴったり似合いそうな写真だ。彼らの服装と写真の変色具合からして、数年は経っていると思えた。

逆さ向きに見ているせいか、すぐに気づかなかったが、ようやく男性が荻野であることに気づいた。表情を老けさせて、髪を半分ほどに減らし、体重を二十キロほど増やせば、いまの荻野になる。それにしても、数年でこれほど印象が変わるものなのか。

森島の視線に気づいた荻野が、さっと写真を摑《つか》んで、箱に放り込んだ。

「さてと、話がすんだらお引き取り願おうか」

さばさばしたもの言いに、つい言うつもりのなかった言葉が出た。

「また、機会があったら、教職に戻ってください」

いままでどちらかといえば穏やかだった荻野の表情が、そのひと言で、堅くなったのがわかった。

荻野は、素早い身のこなしでしゃがみ、森島に顔を近づけた。ささやくような声だったが、そのことばは鏃《やじり》となって森島の耳に突き刺さった。

「きみは何様のつもりだ？　言っちゃ悪いが、しょせんアルバイトだろう。腰掛けだろう。本職の教師が背負っているものを分かっているのか。気楽な立場から暢気《のんき》な理想論を吐くのは簡単だよ。責任も失うものもないんだからな。せいぜい先生ごっこを続けてくれよ。音楽家の若先生」

なにも言い返さずに聞いていた。なにがこの人の心をこれほどねじ曲げたのか、そんなことを考えていた。

もしわたしだったら、あなたみたいに、途中で投げ出したりはしません――。

そう思いはしたが、言わなかった。今日は喧嘩《けんか》を売りに来たのではない。

「またどこかでお会いしたいです」

「それはないね」

森島は短い挨拶《あいさつ》をして部屋を出た。


坪井と面会の約束があった。

入り口で案内を請うと、応接ルームで待たされた。テーブルに置かれた音楽雑誌をめくる。中身が頭に入ってこない。写真のことばかり考えている。

家族と一緒で幸せそうだった荻野が、あのすさんだ状態になるまでに、どんな経緯があったのか。

「家族」口に出してつぶやいたところに、坪井がやってきた。荻野に対する考えはそこで中断された。

「おまたせ」

「こっちこそ、仕事中に何度も悪いね」

「それより、決心ついたのか？」

「決めたよ」コーヒーをもうひとくちすする。

赤ん坊――。

ようやく、ひっかかっていた原因がわかった。あの赤ん坊だ。あれほど粘着質な性格なら、別れた妻につきまとう以上に、子どもをとりもどそうとするのではないか。

「なんだ、赤ん坊がどうかしたか」坪井が足を組み替えた。

「いや、なんでもない」

「とにかく、年末で話を進めてるぞ。いいんだよな」

「それなんだけど」頭を下げる。「申し訳ない」

「おい、まさか」

「やっぱり無理だ。三月まではきちんとやりたい」

「おいおい、かんべんしてくれよ」

「ほんとに、申し訳ない」

「ちゃんと考えて言ってるのか」

「いまだかつて、こんなに考えたことがないくらい考えた」

「そうか」坪井が背もたれに体重をあずけて、天井を見上げた。「そうか」二度目の声からは怒りが消えていた。「そんなことになるんじゃないかって、予感はあった」

先延ばしにする理由は、義務感とか契約とか、そんなことじゃないんだ――。

のどもとまで出かかった。言えば坪井にまたあきれられると思って飲み込んだ。あいつらといると楽しいんだよ、と。

「せっかくあれこれ動いてもらったのに悪い」

「まあ、森島らしいかもしれない」坪井は体勢をもどし、テーブルに肘《ひじ》を乗せた。「だけど、こっちも仕事だから割り切らせてもらう。欠員の補充をそれまで待つわけにいかないから、募集をかけるぜ」

「もちろんそうしてくれ」

「このご時世だから応募はあると思うし、いいのがくれば採用する」

「わかってる」

「つまり、一旦《いったん》白紙ということになる。三月になって、勤めたいといわれても空きがあるかどうかわからない」

自分に納得させていたことだった。しかし、坪井の口から事務的に宣告されると、心の一角が痛んだ。

「承知してる。せっかく気にかけてくれたのに、ほんとに申し訳ない」そう答えるしかなかった。

「まあ、こっちのことはそんなに気にするなよ」

坪井が笑った。ひらひらと振る左手の小指に、ファッションリングが光るのを見た。

「それより、七月の楽団の試験は受けるのか。いまから猛練習しといたほうがいいぞ。毎日、小学生相手の伴奏だけじゃ、さすがに厳しいぜ」

「いっそ、うちの生徒になるか」坪井が名案だというふうに、膝《ひざ》をたたいた。

「それも考えておく」

一緒に笑って、それでこの話を終わりにしてくれた坪井に、心の中で手を合わせた。

外に出た森島は、立花ビルを振り返った。ちょうど『立花音楽院』の看板に、ライトがともったところだった。

「なんとかする」

8

予告どおり、あの翌日から荻野は出勤しなかった。ふと、自分を睨《にら》んだ視線を思い出す。憎しみだけではなかった気がする。なにか言いたいことがあったのだろうか。

若手の教員たちは、はばかることなく「せいせいした。空気が良くなった」と噂している。開き直ったように怠慢な授業態度をとり続けた荻野は、教師仲間にも受けが悪かったようだ。

「さすがに、もう教員には戻れないでしょう」と今年三十歳ちょうどの、相澤《あいざわ》という教師が聞こえよがしに言った。理科の実験方法で荻野と衝突したことがあり、ずっと恨んでいるそうだ。

「ほら、森島先生が目撃したっていう、道路からじいっと見つめるの。わたし、そうい

う の正直だめです。近くに寄られても、ぞぞぞってなって」明石宏恵が大げさに顔をしかめてみせた。

それにしても、狭い世界なんだよな、といまさら思う。数十人が一室に集められ、ある意味で一元管理されている。その一方では、一般のサラリーマンからは想像もつかないほどの自主性が与えられている。

いなくなった鼻つまみものの噂は、いい憂さ晴らしの肴《さかな》なのだろう。荻野のことをどう好意的に見ても好きにはなれないが、悪口に加わる気分でもなかった。

二学期が終わり、上谷東小も冬休みに入った。

坪井からは、「欠員の補充が決まったから」と連絡を受けた。これでしばらく、転職の当てはない。

奥本千絵たちが企画した、一日遅れのクリスマスコンサートは、そこそこ盛況だった。もちろん、観客のほぼ百パーセントが、家族か友人もしくは恋人だったが。森島も、無難にこなしたと思っている。無難すぎたかもしれない。

「ちょっと、森島のピアノは正統派すぎたな」案の定、隅のほうで聞いていた坪井が、したり顔で評した。「まあ、オケの専属を狙っているなら、くずれたアレンジの癖は、つけないほうがいいかもしれない」

いつかと同じように末村のマンションで打ち上げをやった。帰るときになって、荻野が見張っていたマンションのことを思い出した。深い理由はなかったが、あの日と同じ道筋を歩いてみたくなった。

今日は、荻野の姿はない。代わりに、かれが見上げていたあたりに立ち、ぼんやりと眺める。冷気が身体にしみる。手に息をかけ、鼻をすった。

なにか変だ、と感じた。

その原因を考える。たしか、荻野は人影がどうだとか、ビールやミネラルウォーターがどうだとか言っていた。あの夜は気分が悪くなって、しっかり部屋を見上げて確認しなかった。しかし、いま改めて眺めると、この場所から部屋の中のようすはわからない。角度的に、せいぜい窓際にへばりついた人物の肩から上が見える程度だろう。

彼は何を見ていたのか。そして、子どもはどうしたのだろう。

いまさら意味のないことを、と思い、立ち去りかけた。ふと、どこか遠くから響いてくるような、言い争うような声が聞こえた。真夜中にこの雰囲気はおだやかではない。強盗だろうか、痴漢だろうか。急速に酔いがさめていく頭を軽く振りながら、あたりを見回す。それらしき人影は見あたらない。路地の向こうから聞こえるのか。そんなことを考えたとき、声が天から降りてくることに気づいた。見回していた首の角度を急激に上向きにする。荻野が監視していた、あの部屋だった。

まさか——。

ほろ酔いどころではなくなった。顔から血の気が引いていくのが実感できる。とんでもないことが起きているのではないか。とうとう、荻野はストーカーではすまず、部屋まで押しかけたのか。まさか赤ん坊を奪いに乗り込んだのか。ならば、これはもう犯罪だ。警察沙汰《ざた》になることは間違いない。『M』事件のときのように、マスコミが取材に来るだろうか。また、校長や教頭はその対応に追われるのか。すでに冬休みだというのに、たいへんなことだ。

そんなことを考えながら、ベランダの手すりぎわでもみ合っているふたりに視線を集中した。

「違う」思わず吐いた言葉が白い塊となって、立ち上る。

男は荻野ではなかった。一見してわかるほど荻野より背が高く、体形がスマートだ。はやとちりだったようだ。あれが、荻野の妻が再婚した相手なのかもしれない。

百メートル走のあとのように、激しく打っていた鼓動がだんだん静まっていく。考えてみれば、そうだよな、と思う。荻野は人格的に壊れていたと思うが、他人の家に押し込んで暴力沙汰を起こすような狂気をはらんではいなかった。

だとすれば、夫婦げんかなのか――?

やがて、男が女を部屋に引き戻した。カーテンが二度ゆれたが、それで収まった。森島は、念の為しばらくそこに立ったまま、様子をうかがった。カーテンの向こうでかすかに人影が動いたような気もしたが、もみあっているほどには見えない。パトカーのサイレンも聞こえない。やがて、ルームライトがオレンジに変わった。なんらかの犯罪が行われている可能性はなくなったと確信した。

「なんだよ。まぎらわしい夫婦げんかをするなよ」

月明かりに照らされたマンションにむかって毒づいた。身体はすっかり冷え切ってしまった。トイレに行きたい。温かいものを摂《と》りたい。まだ開いているファミレスを探しながら帰ることにした。

翌日、わずかに残った頭の芯《しん》の痛みを取り除こうと、熱いシャワーを浴びた。細胞の半分くらいが活性化したような気分になった。

母親は仕事に出かけているらしく、ほかに誰もいない。どうということもないテレビの番組をぼんやりながめながら、遅めの朝食を摂る。バターをたっぷり塗ったトーストをほおばりながら、自分で焼いたベーコンエッグをかじり、自分で淹《い》れたコーヒーをすする。

ふと、ワイドショーの画面に引き込まれた。どこかの高層マンションを見上げた映像だ。さっきから、消音しているので、何のニュースかはすぐにわからなかった。やがて、マンションを映す角度が、俯瞰《ふかん》に変わった。上から三分の一あたりの通路から、白く太い点線が伸び始めた。それはわずかに放物線を描きながら、てんてんてん、と下がり続け、地面で止まった。中庭らしき土地に、白い×印が現れた。やがて扇情的な字幕と楕《だ》円《えん》に切り抜かれた若い女性の顔写真が映し出され、なんのニュースなのかわかった。

名前も事情もわからないが、とにかく若い、おそらくは未成年の女性がビルから飛び降り自殺したのだ。

森島は残りの朝食を冷蔵庫にしまい、外出の支度をはじめた。

9

いつのまにか、雨が降り出していた。

ドゥカティに乗るのは問題外だ。きょうは母親も出かけていて、車を借りることもできない。しかたなく、バスで行くことにした。

「雨の中、休みなのに、ご苦労様」

森島が濡《ぬ》れた髪にハンカチをあてるのを見て、校長が他人行儀な挨拶《あいさつ》をした。

もっとも、遠縁にあたるというだけで、この学校の面接に来た日が彼との初対面だったから、他人とほとんど変わらない。

「校長こそ、冬休みはないんですか」

「わたし？」校長室の掲示物を取り替えていた校長の手が止まった。「どうせ家にいてもすることもないし。ほかの先生方もほとんど出勤されてますしね」

たしかに、もうなんども聞かされたが、休暇中もほとんどの教師は出勤して溜《た》まった書類仕事などと格闘するらしい。

「ところで、聞きたいこととはなんです？」

　最初は、血縁という身びいきに似た感情もあって、校長の指導力に期待していた時期もあった。しかし、この物静かで落ち着いた雰囲気は、トラブルに近づかない処世術のたまものだと気づいてから、いつのまにかその思いは消えた。石倉教頭のように、辛辣《しんらつ》な嫌味や叱責《しっせき》がないかわりに、教頭以上に筋金入りの、ことなかれ主義ではないかとさえ思っている。これからたずねることも、すんなり教えてもらえるかどうかわからない。

　しかし、ほかに心当たりはなかった。

「荻野先生のことです」

「ああ、荻野さんね」応接用のソファに身を沈め、青い茶碗《ちゃわん》から茶をすすった。「荻野さんがなにか」

「いま、どこでなにをされているか、わかりますか」

　校長は小さく四、五回うなずいた。

「引っ越し先や、転職の話は、人づてに聞きました。でも、それはわたしの口から言うのはやめておきます。もう、我が校の関係者ではないですからね」

　わかるでしょう、という意味を込めた笑みだ。想像していたとおりの反応だった。

「荻野さんが離婚された理由をご存じですか」

「どうして、そんなことに興味があるんです？」

　答え方を何種類か用意していたが、一番率直な内容にした。

「私は最初、荻野先生はひどい態度の教師だと思いました。居眠りしている理由を知ってからは、なおさらです。こんな自己中心的な人間が、教師なんてやっていていいのかと思いました」

「まあ、思うでしょうね」組んだ足の上に両手を重ね、静かに聞いている。「普通は」

「そして、荻野先生の行動を放置しておく、学校側の対処にも」

「そこはちょっと違うが、まあいいでしょう。先を続けて」

「でも、もしかすると、荻野さんには、なにか他人にわからない事情があったんじゃないかと思ったんです。たとえ――たとえ、事情があったにしても、授業中に居眠りしたり、学期の途中で放り出すようなやめ方は正当化されないと思いますけど、でも、なんていうか、その、ただの――」

「ひとでなし？」

森島がためらった蔑称《べっしょう》を、校長が代わって口にしてくれた。

「ええ、そんな人じゃなかったとわかると、救われる気がして」

「なるほどねえ」そう言って青木校長は立ち上がった。

このことなかれ主義の校長が引きとったからには、それなりの理由があったに違いないと思いはじめていた。

青木校長が後ろ手に組んで、静かに室内を歩く。ときどき意味があるかのように、なにかに視線をじっと留めるが、なにを考えているのかはわからなかった。

「荻野さんは、いまから五年前に、子どもさんを亡くされたんです」

「亡くなった――」

そうなのか。あの赤ん坊はすでに死んでいたのか。

校長は、驚いている森島をちらりと見てから、わたしもすべてを知っているわけではないのですが、と断りを入れた。そして、荻野の事情を語りはじめた。

妻の名前は加世子と書くのだとはじめて知った。

産まれてわずか三ヵ月目で、荻野夫婦の赤ん坊は短い人生を閉じた。森島が目撃した写真は、この極めて短い幸せの期間に撮られたのだろう。

息を引き取った病院の医師に、新生児の突然死はそうめずらしいことではないと説明をされた。原因はわからない、解剖したところでおそらくわからない。日を改めて問い合わせたが、病院側の見解は変わらない。周囲の人間も同じようなことを言って慰めた。

理由が特定できないことで、荻野の妻は自分を責めた。妊娠中のあれが悪かった、これがよくなかったとそんなことばかり話すようになった。はじめはいちいち否定し慰めていた荻野も、しだいにそれが聞きたくなくて、居残りの仕事をするようになった。教師は、やろうと思えばいくらでも仕事は生じる。無尽蔵といってもいいほどだ。

荒れてぶつかりあったなら、まだ修復できたかもしれない。会話もない、かといって相手を責めるでもない冷えた夫婦生活が一年経ったある日、その事件が起きた。子どもの命日だった。時刻も、救急病院で息を引き取った夜中の二時近く。

突然、なにかの気配に荻野は目覚めた。隣のベッドのようすをうかがうと、妻の姿がない。

眠気も一気に吹き飛び、寝室を飛び出した。リビングのドアをあけると、ベランダの窓が開いているのが見えた。カーテンが風にひらひらと揺れている。その向こうに、物干し用の踏み台に乗った妻の後ろ姿が見えた。

「加世子」かけた声に、一瞬妻がふり返った。そのまま、ベランダを越えて、闇の中に墜《お》ちていった。

幸い、部屋は三階だった。加世子は紫陽花《あじさい》の植え込みに落ち、手と足を数カ所骨折、合計で十数針縫う裂傷を負っただけで済んだ。心療内科のあるクリニックに通い、結論としてはやはり亡くした子に対する自責の念で自分を攻撃しているのだろう、と診断された。

その後、薬の服用などもあって、回復したかに見えた。しかし、翌年ふたたび子どもの命日が近づくと、情緒不安定になった。結局、前後二週間ほどは目を離せない状態が続いた。興奮と鬱《うつ》の波がようやく収まったころ、加世子側の強い申し出によって離婚することになった。一昨年のことだ。

「ここまでの話は、荻野さんが前に勤めていた学校の校長に、研修会あとの飲み会で聞いたんです。本人はほとんど語りません。境遇をかえてやれば、心機一転また元気もでるんじゃないか、と頼まれたんですよ。あまり気乗りはしなかったですけどね。その知人に借りがあったりしたものでね」

校長仲間に頼まれたのも、理由のひとつだったのか。

加世子がは、親戚《しんせき》筋の松本という男と結婚した。いつ、どういういきさつでそういう間柄になったのか、荻野が語らないので、もちろんだれにもわからない。

翌年、つまり去年、あの時期が近づくと、心配でいられなくなったようだ。加世子発作を起こすのではないかと思い、荻野はふたりが住むマンションをおとずれた。に事情を説明したが、鼻先で笑われた。彼女の自殺未遂は、あなたに対するあてつけですよ、あなたが顔を見せなければ再発しません、と。松本
そして、落ちたら死亡することがほぼ間違いない九階という高さであるにもかかわらず、本気で受けとめたようには見えなかった。

命日を挟んで前後一週間、荻野は未明までマンションを見張った。その結果、昼間居眠りをすることになった。

「もちろん、厳重注意はしましたけどね。『そんなことなら辞めますか?』と聞いたら、ほんの少しだけ心のうちを話してくれましたよ。『あの瞬間の景色がまぶたに焼きついて、片時も離れたことはない。いつ、どんなときでも、それこそ授業中でも食事どきでも、目を閉じるとあのときふりむいた妻の、能面のような顔が浮かんでくる』と。まあ、それでもう一年チャンスをあげようかと思いました。だって、わたしが辞めさせたその

日に飛び降りでもされたら、寝覚めが悪いでしょ。責任問題になったらたまらないし。だから、うるさくは言わないけれど、こんどそういう勤務態度をとるときは辞職覚悟でやってくれ、と告げました。知人に対する借りも返したでしょうし」

「荻野先生はなんて？」

「淡々と、わかりました、と」

しかし、去年、加世子の行動に異変は起きなかった。松本のいうように、荻野に対するあてつけだったのか。一年間、荻野は煩悶《はんもん》したに違いない。今年もまた、加世子の身が気になって様子を見に通ったのだろう。おそらくまた二週間程度。そして同じように居眠りをした。

「児童の親からもクレームが入ってます。これ以上、かばえません、と言ったら、わかりました、と」

「それだけですか」

「ええ、ただ、わかりました、と。そして辞表を持ってきました」森島の目を見た。

「それが私の知っているすべてです。言わずもがなだと思いますが、他言は無用です」

森島が、わかりましたと答えたあと、しばらく部屋はしんと静まりかえっていた。

「どうして、ほかの先生にも事情を説明してくれなかったんですか」

ようやく、森島が顔をあげた。

「もしも、あなたが荻野さんの立場だったら、言って欲しいの？」

「でも……」

「言えばどなたか、マンションの見張りを代わってくれますか？　授業を代行するから、寝ていいですよと名乗り出てくれますか？　ここは学校です。子どもたちの可能性を伸ばす場所。教師の家庭のトラブルによって授業が影響されることは許されないのです。夜中に徘徊《はいかい》するなら自己責任においてどうぞ」スイッチを切り替えたように微笑んだ。

「バイクを乗り回すのも、またしかり」


職員室の机にもどり、しばらくぼんやり座っていた。

あの夫婦がベランダでもめていたのは、たまたまあの夜だけだったのだろうか。それとも、荻野の苦悩を、松本というその再婚相手が引き継ぐことになったのか。

不思議そうに森島の様子をうかがっていた安西が、わたしそろそろ帰りますが、と声をかけてきた。

「もしよかったら、車で送りますよ」と。

「あ、あの」つい、あわててしまう。「ありがとうございます」なるべく、明るく答えた。

安西の軽自動車の助手席におさまって、すこしのあいだは緊張していた。しかし、窓の外をすぎる親子連れを見ているうちに、荻野のことが浮かんできた。

校長は、ひょっとすると、再就職先を世話するぐらいのことはしたのではないか。荻野に対する厚意というよりは、放置した結果の監督責任を問われないように。荻野が、いまどこでなにをしているのか、校長は知っているような気がしていた。しかし、もうあれ以上のことは語らないだろう。そして、森島と荻野の人生が交錯することもないだろう。

「森島さん？」ようすをうかがうように安西が話しかけてきた。

「あ、はい」ぼんやり外に向けていた視線を戻す。

「まだ、少しお時間あります？」

「はい、もう、ぜんぜんありますけど」

「甘いもの苦手じゃないですか」

「ぜんぜん、まったく苦手じゃないです」

「レアチーズケーキの美味《おい》しいお店があるんですけど、ちょっと寄っていきます？」

「ぜんぜん、寄ります」

安西がくすっとわらった。

「でも、急にどうしてですか？」こんどは森島がのぞきこむように聞いた。

安西は、少しのあいだ考えて、またくすりと笑った。

「最近、田上舞ちゃんが、わたしにつっかかるんです」

「つっかかる？」

「どうも、森島先生がやめようとしたのは、わたしのせいだと思っているらしいんです」

「そんな」顔が赤らむのを感じた。「関係ないですよ」

でしょう、ときっぱり言われ、それはそれで少し寂しい思いをした。

「ですから、ささやかな仕返しです」

「仕返し？　チーズケーキがどうして仕返しなんです？」

安西はそれには答えず、「とってもおいしいんですよ」と笑った。

第五話　悲しい朝には

1

真冬と真夏はオートバイ乗りにとって、きびしい季節だ。

一月もまもなく終わる。立春は近いが、通勤時刻の風は身を切るように冷たい。手にはライダー用グローブ。フルフェイスのヘルメット。服の上から防寒スーツと防寒パンツを着込んでいても、隙間から冷気が忍び込んでくる。ただし、今日は荷物を背負って来たので、背中だけは少し暖かい。

たしか、大昔のヒーローものに、こんなコスチュームがあった気がする——。

ヘルメットの中で、おもわずにやける。

校庭わきの駐輪場にドゥカティ900SSを停める。ヘルメットを脱ぎながら、二階の職員室へ続く外階段を見上げた。毎朝、よほどのことがなければ、この階段を駆け上がってきた。それもあと二カ月たらずのことだ。

「あ、森島先生、それなに？」

「カッコイイ。みせてみせて」

早めに登校してきた児童たちが、声をかけてくる。

「また、あとで」

「授業でつかうのかな」そんなことを喋《しゃべ》りながら、昇降口に消えていった。

今週から新しいカリキュラムに挑戦してみることが決まっていた。なんとなく、新しいことをはじめる前のわくわく感がある。却下されるのを承知で、二週間ほど前に企画書を出してみた。この小学校に勤めるようになってからはじめてのことだった。

「面白いじゃないですか」校長がそう言ったため、前向きに検討されることになった。

一昨日の主任会議に呼ばれ、自分の口から趣旨説明をさせられた。

卒業記念に歌を残そうという企画だ。クラスごとに、公募した歌詞の中から人気投票でひとつ選び出し、これに皆で曲をつけていく。どのクラスも児童数は三十六、七人、歌詞に合わせて、四つ程度の班にわけ、それぞれ担当のパートに曲をつけていく。授業の一部を使い、一ヵ月を目処《めど》に完成させる。

「ほんとにうまくいくんですかね」森島が作った企画書を机に放り投げて、坂巻がふんと鼻を鳴らした。「作文だって、ばらばらに寄せ集めたら意味は通じない。まして曲をつなげるなんて」

「たしかに、ぎこちないところもあると思います。でも、最初に基本のイメージを決めて、キーになるコードを決めるんです。実際には、僕のほうで候補を絞って、その中から選ぶという方法をとります。コードは四つか五つあれば充分です。あとはこれにメロディをあてはめていくだけですから。もちろん、最終調整は当然必要になるでしょうが」

「そんなこと、ほんとに小学生にできるの？」

「作曲なんてねえ」

予想していた反応だった。

「ちょっとよろしいですか」

担いで出勤してきたギターケースから、中身を取り出す。子どもたちが、みつけて騒いだあれだ。このプレゼンテーションのために、ドラ息子の末村から借りてきた。ギブソンのカスタム仕様。

「おお、ギブソンじゃない」すぐに、三年学年主任の柏原が反応した。手を伸ばし、壊れ物のようにそっと触れる。「ええと。J―45かな」

「え、さすがですね。柏原先生。正解です」

ふだんクールな雰囲気を壊したことのない柏原が、めずらしく興奮ぎみだ。

「やっぱりいいなあ。ねえ、これ、四十万くらいするでしょう」そっと指先で触れる。

本当はもっと高かったらしいが、うなずいておいた。

「うお、そんな高価なもの」ほかの教員たちも、身を乗り出した。

「森島先生が、ぼんぼんだっていう噂、本当だったんだ」

花山が真面目に感心している。

「だれが、そんなこと言うんですか」口を尖《とが》らせた。「ぜんぜん違います。これも、友人に借りたんです」

注目させることには成功したが、なんだか金の話になって脱線しそうなので、さっそくギターをかかえ、弾き始めた。
C、Am、F、G、Dmなどのシンプルなコードを適当に並べて、かき鳴らす。それだけで、どこかで聞いたような曲になった。
「おお、なるほど」

「たった五つのコードでもこんな感じですから、小学生にも充分できると思います」

「ふうん」半数以上の教員が素直に感心している。

「白瀬先生のご意見は？」教頭が意見を求めた。

白瀬は、さっきからまったく関心がなさそうな表情で手元の手帳をめくっていた。ギターの音が流れ始めたときだけ、汚らわしいものを見るような視線を向けたが、すぐに無視することに決めたようだった。

「わたしですか？」迷惑そうな顔を向ける。「包丁も持ったことのない子どもに、いきなり創作料理を作らせるようなものだと思います。でも、やってみたらいいんじゃないですか。ある種、実験として面白いかもしれません」

「じゃ、そういうことにしましょう」校長が、テーブルの上で指を組み合わせた。「若い先生がたには、もっとこういう企画を提案していただきたいですね」

解散した直後、柏原が微笑みながら寄ってきた。

「あとで、ちょっとでいいから弾かせてよ」

「というわけで、まずは歌詞から決めます」

作曲方法の説明は、六年二組を最初にした。ここでモデルケースを固めてしまうつもりだった。

「そこで、歌詞を募集しようと思う。安西先生に頼んでおくので、月曜のホームルームに提出してください。長さの見本はあとで掲示します。集まった中から投票できめようかと思うけど、どうかな」

「先生」津田雄大が手をあげた。

「はい」

「それって、宿題ですか。成績に関係ありますか」

「いや」苦笑いしながら、首を振った。「作詞は宿題でもないし、成績にも関係ない。ぜひ、自分の歌詞に曲をつけてもらいたいという人は応募してほしい」

そこまで説明して少し不安になった。

「応募してみようって思う人、どのくらいいる？」

さっと数人が挙手し、それを見てからおずおずと手をあげるものが続いた。結局、半分程度の児童が、意思表示をした。まあ、こんなところだろうと思った。

2

夜の六時ちょうど、今後の説明を受けるため、坪井の勤務先をたずねた。坪井の職場であり、森島の四月からの就職先になる予定の立花音楽院は、一階が楽器店になっている五階建てのビルだった。

「事務所でもいいんだけどさ、ちょっと出ようか」いや、おれのことなら、と言いかける森島を制した。「せっかくだから、外でひと息入れに出ようぜ」

坪井に誘われるまま、隣接するビルにある大手チェーンのコーヒー店に入った。帰宅前に一服する客が、半分ほど席を埋めている。ふたりは、奥まった丸いテーブルに陣取り、顔をつきあわせるようにして印刷物だのノートだのを広げた。世間話からはじまって、坪井が会社の概要を説明しはじめたが、なんとなくひとごとのように聞いていた。学校の会議で見得を切ったが、本当にうまくいくのか、いや、児童たちが乗ってくれるか、正直不安はあった。

「どうしたんだ、ぼんやりして」

坪井が、指先に挟んだペンを弄《もてあそ》びながら聞いた。

「あ、いや、なんでもない」申し訳なさそうに手のひらを振る。

「お前、社会人になってから、ぼうっと考えごとをすることが多くなったんじゃないか」

「悪い、悪い。終業式が近いんで、ちょっと忙しくてさ」

「へえ、アルバイト先生でも忙しくなるのか」

森島は手元の資料から視線をあげて、坪井の表情をうかがった。いやみやからかっているのではなさそうなので、反論はせずにおいた。

「そこそこな。それより、次を頼む」

「じゃあ、社会保険関連のことはこれでいいな。次、超過勤務手当だ。我が社は、就業規則で法内残業の規定を設けている。つまり――」

「なあ、坪井」悪いと思いながら、話の腰を折った。

「うん？」どうかしたか、という表情で坪井が顔をあげる。

「気を悪くしないで欲しいんだけどさ、お前、いまの仕事楽しいか？」

「どういう意味だ？」怒りの気配は感じない。

「なんていうか。音楽を教える企業ではあるけど、いまのその仕事は音楽とはほとんど関係ないだろう？」

「なんだ、そういうことか」意味ありげに笑って、足を組み替えた。「お前、このあいだ自分が半人前扱いされたのを、根にもってるな」

「いや、そういうわけじゃないよ」

坪井は、いいんだわかってる、と言わんばかりに、にやにやと笑った。

「たしかに、音楽色は薄いが、そこそこ楽しいぜ。こんな仕事が自分に向いていたんだと、はじめて知ったよ。それに、まったく音楽の知識が活かせないわけじゃない。教師から機材に対する注文やクレームが出たときなんか、それが妥当なものかどうか、事務方で判断できるのは俺しかいないし。音大の指揮科を出た事務員なんて異色だろう。授業の中身にしたって、カリキュラムどおり進んでいるか、ただプーパーギーコーと、楽器を鳴らして時間だけ消化してないか、ほんとのところ見極められるのも、オーナーのほかは、俺しかいないし」

「なるほど」

「いいか。森島」組んでいた足をほどいて、テーブルに身を乗り出した。「たとえ一週間でも、一回でも、前回より上達した実感がないと生徒は金を払わない。そこだけは、小学校よりもシビアだろうな」

「どこにも苦労はあるな」

「それより、森島。もういちど確認だ。附属楽団の専属になる試験をめざすために、四月からうちに一年の契約社員で入る。結果がだめならすっぱりあきらめて、翌年から正規雇用になる。それでいいんだな」

「うん。いろいろ恩に着る」

「こんどこそ、ドタキャンはなしだぞ」

「うん」思いを吐き出すように長く息を吐いた。「わかってる」

か。

「未練は断ちきったのか？」

「まあね」

ほんとうのところは、坪井の熱心さに押されて、話が進んでいくのをぼんやり眺めているというのが正直な気持ちだった。

《それが妥当だろう》とは思うが、《道はそれしかない》と自信を持って言えるだろう

こんなに具体的に話が進んでしまっていることを、まだ学校関係者の誰にも話してい

ない。もちろん、安西久野にも。

「だけど、学校の先生でいるのも、あと少しだな。最後の通知表はつけたか」

「いま、準備しているところだよ。わかると思うけど、音楽っていうのは、意外に採点

がむずかしい」

「面白いだろう」

「なにが」

「ひとに点数をつけることさ」

森島は答える前に、坪井の顔を見た。これもいやみではなく、率直な感想らしい。

「いや。面白くないよ。どっちかというと避けて通りたいくらいだ」

「そんなもんかね。たしかに……」コーヒーを口に含む。「俺やお前が、たとえ子ども

とはいえ、他人様《ひとさま》を評価するなんてがらじゃないさ」

「まったく」笑った。

まったくそのとおりだと思った。彼らに、音楽にふれる悦《よろこ》びを教えるだけなら、どんなに楽しい仕事だろう。歌がうまいかどうかではなく、楽しんでいるかどうかで点数をつけてみたらどうだろう。一年かけてミュージカルを完成させるなんて、そんな授業はどうだろう。

そんなことはできるはずもない。それこそ、耳にたこができた教頭の言葉が聞こえるようだ。

——ここは、公立学校です。民営の活動クラブではありません。

「がらじゃない。がらじゃない」

ふたりがあげた笑い声の音量が、わずかに許容範囲を超えたらしく、店員がちらりと冷たい視線をなげかけた。

3

二組代表の歌詞は、宮永洸一の書いた『悲しい朝には』に決まった。

洸一は、父親の転勤に同行して、二学期の途中に岩手県に転校していった。あの事件がなければ、単身赴任で洸一と母親は残ったかもしれない。いや、そもそも転勤はなかったかもしれない。他人がもしも、と考えてみてもしかたのないことだった。

六年生は、一学期に国語の授業で詩を作り、簡単な絵を添えて後ろの壁に貼りだしてあった。大柴賢太が、曲をつけるのはあそこに貼ってある洸一の詩がいいと提案した。賛同するものが続いて、多数決で決まった。

「歌詞が決まったところで、ちょっと書き出してみようか」

森島は、洸一の詩をそのまま黒板に転写した。

「さあ、みんな。もう一度この『悲しい朝には』を読んでみて、基本的なことから決めていこう」

ふだんの授業よりも、子どもたちの真剣度合いが違うように感じるのは、気のせいではないだろう。

「まず、どんな印象を持つかな」

「力強い感じ」

「なるほど」

「たのもしい感じ」

「そうか」意外な答えだったが、否定はしない。「なるほど、そういう感じ方もあるか」

「元気の出る感じ」「大声が出したくなる感じ」

「なるほど、なるほど」

「ポジティブな感じ」

「おお、難しいことばを知ってるな」

森島は、十個以上だされたキーワードを、黒板に列記した。タイトルに反して、ほとんどが、《明るい》《元気がわく》といった語感の形容だった。

「さて、これでだいたいのイメージは決まったかな。次に、この歌詞はブロックに分けるといくつになるかな――。はい、石井《いしい》」

「四つ」

「うん。二行でひとくくりになっている四つのブロックにわけられそうだな」

そう言って、a、aダッシュ、b、cとくくった。

「四つのパート編成ってことだ。しかも、aとaダッシュはほぼイコール。cはaのアレンジでもいける。作曲的にはつくりやすそうだろ。そしたら、それぞれのパートに曲をつけてもらう」

班分けしようとすると、あちこちから要望が続出し、三十七名のクラスを三等分するのに、十五分かかった。

「さて」おもわずため息が出た。なんだか、すでに大仕事をしたような疲労感を抱いた。

「つぎに、前にも説明したと思うけど、コードについて簡単に説明する」

使用するコードは、無難にC、F、Gの三つを選んだ。明るい曲調にしたい。

「じゃーん」ケースから、ギブソンを取りだした。末村に、まだ借りたままになっている。

「おお、すげえ」

「ギターだ」

ピアノを使ってもまったく問題ない、いや、授業としてはそうするべきだが、せっかく職員会議でも受けたのだから、使わない手はない。

「ちょっと聞いてくれ」

ピックをつまみ、この三つのコードだけを即興でかき鳴らした。

アコースティックギターの迫力ある音に、うあ、とか、うお、とかいう歓声が湧きあがる。正直、ギターはあまり得意ではないが、この程度はなんとかなる。

最後にジャカジャンとかき鳴らして、ぴたりと音を止めた。

「へえ、すげえ」

「な、三つだけでそれっぽくなる。ただし、みんなはピアニカで音を確認してくれ」

「なんだ、ピアニカかあ」

「いまはそれで十分だよ。だけど、コードのことを覚えておけば、いつかギターをはじめるときに役に立つぜ。——さて、このコード進行が決まったら、もうほとんどできたようなもんなんだ……」

ほかのふたクラスでも、同じような歓声があがり、ほぼ予定したとおりに進んだ。

作曲カリキュラムは順調だった。

あらかじめ用意しておいたコードから、子どもたちが自主的に決めたように持っていき、それに主旋律をつけさせる。ひとつ音符を置いてはピアニカで再現し、一小節完成しては誰かが歌いと、これまでにない積極さがみられた。

一組が採用した詞のタイトルは『なんでやねん』。熱意が空回りして先生にしかられてばかりの児童の気持ちをコミカルに訴える。三組は、中学進学をまえに期待と不安に揺れる心を表現した『とびら』。代表三つの詞をみせられた教頭は、めずらしく皮肉の気配がない笑みを浮かべた。

「ほう。なかなか、いいじゃないですか」

森島は、いまさらのように、子どもたちの柔軟性に驚いていた。いきなり作曲をすると提案したときの、教員たちの反応こそが、まさに大人の感覚だ。子どもたちは、森島が作曲の手順を説明したときも、途中で指導しているときも、うるさいくらいに「ああしよう」「こうしよう」と盛り上がっている。できっこない、という発言は一度も聞かれなかった。ときには、へたなティーンエイジャーより生意気な口をきくが、中身はかわいいやつらだ。

それにしても――。

花の金曜の夜に、おれはいったいなにをしているのだろう。笑いがこみ上げてくる。持ち帰った制作途中の楽譜をベッドに並べて、にやにやしている図は、はたからみたら気持ち悪いだろうと思いながらも、心は軽かった。

壁にかけた電話の子機が点滅しているのに気づいた。

最近、部屋にいるあいだ、音量をあげて音楽を聴くことが増えた。これ以上は近所迷惑、というぎりぎりまで。ストレスのせいかな、と坪井に告げたところ、またもや「オヤジ臭い」と笑われた。趣味とストレスを関連づける発想そのものが、おっさんじみているそうだ。

理由はともあれ、一階から呼ばれても気づかないことが多い。母親に「いちいち二階まで呼びに行くのは面倒だから」と、部屋に子機を置くように言われた。外線が入るのは珍しいことだ。だれだろうと首をかしげながら、受話器をとった。

「もしもし。電話、代わりました」

「あ、森島先生ですか」

女性の声だが、安西ではなかった。少し年上で落ち着いた雰囲気が伝わった。

「はい、そうですが」

「わたし、アサヤマといいます。上谷東小の」

とっさに、七、八人いる女性教諭の顔をつぎつぎと思い浮かべる。アサヤマという名の職員がいただろうか。その一方で、どうも口調が教師らしくないな、と考えていた。

思い当たるまえに、むこうが答えをくれた。

「六年三組のアサヤマヒナコの母です」

ああ、朝山雛子《あさやまひなこ》のお母さんか――。

ひとつ咳払《せきばら》いをして「どうも」と答えた。保護者が自宅に直接電話をかけてきたのは、はじめてのことだ。

雛子の母親を一度だけ見かけたことがある。一学期に行われた授業参観のときだ。土曜の午前中四時限、学校を開放して保護者の見学自由にした。森島はひとつだけ、六年三組の音楽を受け持った。見学者の中に鮮やかなクリーム色のスーツを着た、華やかな雰囲気の女性がいて、あれは朝山雛子の母親だと聞かされた。ひと目で、周囲から浮きあがっている印象を持った。勉強はできるわりにあまり目立たない、どちらかといえば地味な印象の雛子と、あまり似ていないと思った記憶がある。

「お母さん。どうかしましたか？」

机に置いたデジタル時計を見る。夜の九時を三分まわったところだった。

「先生、助けてくださいませんか」

「は？」おもわず、背筋が伸びた。「助けるって、どういうことですか」

いきなりの電話に混乱する一方、怪我や火事のような切迫した口調ではないとも感じていた。

「雛子のことです」

「雛子君がなにか」

「もう、どうにもならなくて」

「どういう意味ですか。怪我とか急病じゃないんですね」

「怪我は、たいしたことありません」

「怪我してるんですか」

「ええ、私が少し手を切っただけです」

「だったら、病院へ――」

「いえ、応急処置で大丈夫です。それより、雛子が――」

「雛子君が？」

ドラマの悲惨なシーンが浮かんだ。まさか。

「あの子は、家にいません」

混乱しているのかもしれないが、これではらちがあかない。

「朝山さん。すみませんけど、もう少しわかるようにお願いします」

「はい――」考えをまとめようとしているのか、深呼吸のような音が聞こえた。「雛子は、サラダが入っていたお皿を床に投げつけて、そのあと家から出ていきました。わたしは後片付けをしていて、手を切りました」

「いつ？」

「ほんの十分ほど前です」

「それは、いわゆる――」家庭内暴力、と言いかけて思い直した。「親子げんかですか」

「そんな感じです。ほとんど一方的にののしられるだけですけど」

母親に似ず、といっては雛子が可哀想かもしれない。しかし、正直なところ、印象は薄い。主要四科目はできるほうだと思うが、音楽はあまり得意ではない。休み時間には、ひとりで本を読んでいることが多い、そんな雰囲気の女児だ。

あの雛子が母親をののしり、暴力を働いている――。

どうしても、イメージが繋《つな》がらない。

「今夜がはじめてですか？」

「いえ」また、ため息。「冬休みが終わったころからずっとです」

すぐには返事をせず、ゆっくりと考えた。

「担任の赤松《あかまつ》先生には、相談されました？」やはりそれが順序だろう。

短い沈黙。「赤松先生はちょっと――」口ごもっている。「それに――。あ、ごめんなさい。主人から電話みたいで」

受話器の向こうで着信音が鳴っている。

「あの、お願いですから、ほかの先生がたには話さないでください」

「でも」

「あの子、いまのところは帰ってきますので」

「わかりました。でも――」

そこまで答えたところで、唐突に切れた。ほかに話さないと約束はしたが、かといって、ほうっておいていいものだろうか。帰ってくるというなら、自分に何を助けて欲しかったのか。

しばらく待ってみたが、続きの電話はかかってこない。

熱帯松に連絡してみるか――。

〝熱帯松〟こと赤松忠夫《ただお》は、朝山雛子が所属する六年三組の担任だ。そもそも、児童の生活に関する相談なら、まずは担任のところに行くべきだろう。電話番号を調べようと、職員連絡網の紙を探し始めたが、すぐにやめた。職員室でひとつ隣の島に座る赤松の、汗ばんだ夏蜜柑《なつみかん》のような顔が浮かんだ。

熱帯松、というのは何年か前に、受け持ちクラスの児童がつけたあだ名だ。いまでは子どもたちばかりでなく、教師の間でも引き継がれている。常にハイテンション気味で、理想の教育論を語る口調は熱い。いつもタオル地のハンカチを複数持ち、ニキビ跡が荒々しく残る顔や首まわりの汗をぬぐっている。

だが、その熱意は空回り気味なことが多く、思いついたような建て前論で、よけいな会合や仕事を増やす、と同僚からの受けはあまりよくなさそうだ。

時刻は、すでに九時半近くになっている。赤松に連絡をして、騒ぎにでもなったら迷惑だろう。

夫から電話が入ったと言っていたから、そっちに相談した可能性も高い。なんとなく気になりながらも、ステレオのボリュームを戻し、広げていた楽譜を片づけはじめた。

4

結局、土曜の夜も日曜も、雛子の母親からは電話がなかった。

「冬休み明けからずっと」だと言っていた。週末は父親がいるから、家庭内で解決したのだろうか。それでも、気にはなった。日曜の昼間、学校に寄って連絡網をコピーさせてもらった。朝山家の住所と、母親の名が千帆子《ちほこ》であるということ、父親の憲一《けんいち》の勤務先が大手建設機械メーカーであることが確認できた。

雛子がいる六年三組の次の授業は月曜の五時限目だ。それまで待てずに、月曜は朝から用もないのに三組の前を何度かとおりすぎた。

「あ、森島先生」

音楽室への通路でもない廊下で森島を見かけることは珍しいので、子どもたちが声をかけてくる。

「どうしたんですか？」

「いや、ちょっと通りかかっただけだ」そんな答えに納得したようで、重ねてたずねてはこない。

不自然でない程度に教室内をのぞく。一番窓際の列の真ん中あたり。顔を伏せて本を読んでいるのが雛子だ。表情は、はっきりとはわからない。あの夜に、なにか——たとえば、補導や犯罪にまきこまれるといった——問題が起きていたなら、朝のミーティングで話題になったはずだ。

授業がはじまっても、雛子の態度にいつもと違ったところはなかった。

自分の部屋でギターの手入れをしていた。末村に借りたギブソンをかきならしたら、なんだか本腰を入れて弾いてみたくなった。父親の形見である、フェンダーのストラトキャスターを引っ張り出した。年季は入っているが、ネックの反りもほとんどなく、弾きやすくて素直な音の出るのが気に入っている。ひと揃《そろ》い、弦を張り直しているところだった。

電話の子機が鳴った。

「森島です」

「すみません。たびたび」

この声は、朝山雛子の母、千帆子だ。

反射的に時計を見ると、九時をわずかに回ったところ。

「また雛子君のことですか」

「はい。先日は途中で切ってしまってすみません」

「心配してました。大丈夫ですか？」

「ええ、あの夜は十時近くに帰ってきました」

「あの夜は、って——、また出て行ったんですか？」

「——はい」ほとんど聞き取れないほどの小さな声が答えた。

夜の九時過ぎに小学生が街を徘徊《はいかい》していれば、いつかは事件に巻き込まれるか、すくなくとも補導の対象になるだろう。森島はそのことをストレートに言った。

「でも、わたしのいうことは聞いてくれなくて」

「お父さんは？」

「あの人はなにも知りません。毎晩、酔って夜中の一時ごろ帰ってきます」

「それならせめて、担任の赤松先生とか、教頭や校長に、相談だけでも」

「赤松先生は許してください。それに、ほかの先生に相談しても、結局は赤松先生にお話が行くと思いますから」

「でも、わたしではお役に立てないと思いますけど」

「ご迷惑なのは承知しています。でも、雛子がいつも先生のことを話しているんです」

「わたしのことを？」

「はい。『学校はあんまり行きたくないけど、音楽だけは楽しい』って、雛子がいつも家で言ってるんです。先生はみんな嫌いだけど——あ、これは内緒にしてくださいね。だけど森島先生だけは嫌いじゃないんだ、って。音楽以外のことでも、相談に乗ってもらったことが何回もあるそうですね」

「雛子君がそんなことを」

意外だった。ふたつの理由で返事に困った。ひとつは、雛子が自分や自分の授業を、そんなふうに受け止めているとは信じがたいこと。彼女はごく普通の授業態度で、楽器や歌のセンスもまさにごくごく普通という表現が似合う。学校へ行くのが楽しみになるほど、授業に入れ込んでいるようには見えない。驚いた点のもうひとつは、雛子が嘘をついていることだ。森島は、授業中のやりとり以外に雛子と会話した記憶がない。廊下で挨拶《あいさつ》くらいはしただろうが、『相談に乗った』記憶などない。まして、何回もなど——。

「ちょっとだけで結構ですので、相談に乗っていただけませんか」

そこまで頼まれて、むげに嫌だとはいえない雰囲気になった。

「どんな相談ですか」

「一度、お越し願えませんか」

「朝山さんの家に？」

「はい。お呼びだてしてもうしわけないんですけれど、先生のご都合のよろしい日に、宅へお越しいただけないでしょうか。学校へうかがうと噂になりますし、赤松先生にも知れますので」

ゆっくり五秒間考えて、森島は返事をした。

「わかりました。予定が立ちそうな日に、こちらから連絡します」

アルバイトの森島に、ほとんど残業はない。帰りのルートを少し変更するだけで、手間というほどのこともない。朝山家に行くかどうかは、森島の気持ちだけにかかっている。

朝山家内部の問題に加えて、森島との関係についてどうして嘘をついたのか。それも気になる。

結局、翌日に朝山家へ電話を入れ、今日の夜うかがいます、と言った。母親がほっとしたように「お待ちしています」と答えた。

朝山雛子の家は、駅からバス停を四つほど、歩いても十五分ほどの好立地に開発された住宅街にある。

六十から七十坪ほどのわりと広めの敷地に、ゆったりした二階建てや屋根裏にロフトのありそうな高級感のある家が並んでいる。

朝山家はすぐに見つかった。ほとんど日が落ちた中、洒落《しゃれ》た照明に浮かびあがった建物は、周囲の邸宅に負けず劣らず、モデルハウスのような雰囲気だ。

森島は、カーポートに駐車してある濃紺のＢＭＷに倒れ掛からないよう、気をつけてバイクを停めた。

通された広いリビングは、対面キッチンのある、これもまたモデルルームのように明るく清潔感のある部屋だった。

「すみません、勝手なおねがいをしまして」千帆子が、森島にソファを勧めた。「森島先生はコーヒーと紅茶、どちらがお好きですか」

「それじゃあ、紅茶でお願いします」

コーヒーを頼むと、豆を挽《ひ》くところからはじめそうな雰囲気があったので、つい紅茶と答えた。

「ストレートとミルクとどちら？」

「ええと、ストレートで」

「わかりました」

千帆子のようすを盗み見ると、ポットをあたためたり、紅茶の葉っぱを量ったりと、手間のかかり具合は、コーヒーとあまり変わらないようだった。

失礼にならない程度に部屋の様子を見る。森島の自宅も二人暮らしで、母親が整頓《せいとん》好きなため、片づいているほうだと思う。しかし、このリビングにはかなわない。とにかく、しまわれていないものがない。食器、文具、リモコン、雑貨類、そのほかあらゆるものが、あるべき場所に収まっている。唯一、マガジンラックに差さった新聞がわずかに傾いているが、これもわざわざ角度を計算したのではないかと思えてくる。

巨大なテレビと音響セット。Ｂｏｓｅのロゴが入ったスピーカーが壁にとりつけてある。壁にかかった南欧風のリトグラフはいくらくらいするのだろう。大手とはいえ、建設機械メーカーというのは、そんなに高給なのだろうか、などとつい考えてしまう。

部屋の隅にアップライトピアノが置かれていた。この部屋には、ぴかぴかのグランドピアノが似合いそうな気もする。なんとなく、そこだけがまわりの雰囲気から浮いて遠慮がちに見える。それに、ずいぶん使い込んであるようだ。もしかすると、千帆子が持参したのかもしれない。

「おまたせしました」

千帆子がテーブルにおいたトレーの上には、カバーのかかった紅茶ポットとカップがふたつ、角砂糖とマーマレードの瓶、スプーン入れに並んだぴかぴかのスプーン、そして恐らく手焼きらしいスコーンの載った皿があった。

「ストレート用にブレンドしてもらった葉です」

カップにティーを注ぐときになって、千帆子の右手の人差し指に真新しい包帯が巻かれていることに、ようやく気づいた。

「あのう」角砂糖をひとつ入れスプーンでかきまぜながら切り出した。「こんなこと言うと失礼だと思いますが、ずいぶんお部屋に手間とお金がかかっていますね」

「お金？」

「いえ」手で、部屋をぐるりと示した。「なんていうか、リビング雑誌を見てるみたいです」

「ああ」笑みが浮かんだ。「高級品を揃えるのは主人の趣味です。といっても、本人の稼ぎばかりじゃないですから。あの人の実家が資産家で、毎月アパート二軒ぶんの家賃収入がまるまる入るんです」

隣家の悪口を言うような口ぶりだった。

「うらやましいですね。なんだか、夢みたいな話です」

その後も、千帆子が音大の思い出話を聞いたりして、なかなか本題に入らないので、森島のほうから話題を切り替えた。

「あのときの怪我ですか」

包帯の指先を見て聞く。

「ああ」恥ずかしそうに指を持ち上げた。「いえ、これはゆうべのなんです。たいした傷じゃないんですけど、痛みが引かないのできょうお医者様に行ったら、小さなガラスの破片が刺さったままになっていたらしくて」

「刺し傷は化膿《かのう》しやすいですから、気をつけたほうがいいですよ」

「ありがとうございます」丁寧に頭を下げる。名は知らないが、あまりくどくない香水の香りが、ごくほのかに漂った。

「いま、雛子君は？」

「塾です」

「それで、わたしになにかできることが？」

それまでは、ときおり笑みを浮かべて話していた千帆子の表情に影が差した。

「去年の暮れに私立中学の入学が決まったんです」

「私立に」

それは知らなかった。私立中学に進学する児童は、クラスに平均三、四人ほどいる。ほとんどは、子どもどうし公然と話しているので、森島もいつのまにか知っていた。しかし、雛子のことは初耳だった。

しかも、その名を聞いて驚いた。幼稚園から大学まで一貫教育で有名な、いわゆる良家の子女学校だ。

「おめでとうございます。中学からの編入は大変だったんじゃないですか」

「競争率十一倍でした」

「すごいじゃないですか」

口を半分開けて驚くしかなかった。あの、無口で地味な雛子が、競争率十一倍の受験をかいくぐったのか。なんとなく、自分も頑張らなくてはと、繋《つな》がりもなくそんな気分になった。

「でも、よかったのかどうか――」ますます表情を曇らせ、うつむいた。

「合格を喜ばないんですか？」たまにそんな話を聞く。友達の存在が大きい年頃だ。理屈では私立の中学に進めることを喜んでいても、みなと別れる寂しさはまた別の問題だ。

「合格自体はものすごく喜んでいます。でも、なんていうか――」どうしても言いづらいらしく、なかなか進まない。千帆子は、口もとまで持っていったカップをテーブルに戻し、森島に視線を向けた。「友達が褒めてくれない、って」

「褒めてくれない？」

「はい。十一倍の試験をくぐり抜けたのに、クラスの友達に話しても『コネだろう』とか『裏金たっぷり払ったんだ』とか言われて、だれもすごいねと言ってくれないらしいんです」

なんだそんなことか、と笑い飛ばしたい気持ちと、わからなくもないという思いが交錯した。

おそらく、友人をこの家に招いたことがあるのだろう。そのときも、ポット入りの紅茶と手焼きスコーンが出たのかもしれない。迫力のAVセットで『パイレーツ・オブ・カリビアン』を自慢げに見せたのかもしれない。どうなっているか想像もつかないが、彼女の部屋を披露したのかもしれない。子どもにとって、羨望《せんぼう》と憎悪はほとんど紙一重だ。後天的に手に入れられるものを、ほとんど手にした雛子が、嫌われるのは子ども世界の理に適《かな》っている。良い悪いではない。子どもとはそういうものだと、経験一年の森島でも断言できる。この部屋に招かれ、有名私立中学に合格したよ、と言われ、素直に「おめでとう」と言えるのはよほどの聖人君子だ。

森島は、そんな話を少し遠回しに言った。

「そのことは、わたしたちも理解できるんです。でも、本人は理屈ではわりきれなくて、その鬱憤《うっぷん》を物やわたしに向けるようになったんです」

どうも、冬休みに友人をここに呼んで、合格祝いのパーティーをしたころから、雛子の様子がかわったらしい。最初は母親の呼びかけに返事をしなかったり、軽く口答えをする程度だった。しだいに態度が硬直し、いまではものを壊すようになった。さすがに直接暴力ははたらかないが、皿を割ったり、観葉植物を蹴倒《けたお》したりが日常茶飯事になった。

「最近では、中学に行かない、入学辞退するとか言い出して。――実は、小学校も私立に入る予定だったんですけど、いろいろあって公立に編入させていただいたんです」

「お父さん――ご主人は、なにか」

「はい、それが」またうつむいてしまった。「毎晩、仕事で遅くてあまり真剣に聞いてくれないんです。昔から、子育てはお前にまかせた、それしか言わない人ですから」

「でも、ものを壊したりするのは危ないですよね」

「雛子は、夫の前ではいままでも良い子なんです。一度だけ『皿を割ったんだって？』と夫が聞いたことがありました。雛子が『ごめんなさい』って泣いて、それで終わりです。怪我がなくてよかった、って」

「入学辞退のことは？」

「夫には話していません。どうせ、わたしのせいになりますから。ベイスターズの連敗もわたしのせいなんです」

「あのう。ひとつ聞いてもいいですか」

「なにか」

「赤松先生に相談されないのは、なにか理由があるんでしょうか」

「あの方は――」しばらく、うつむいたまま黙っている。話すべきかどうか迷っているように見えた。「赤松先生は、どうしてもちょっと」

「なにか、問題でも？」

「あの先生、なんていうか、ちょっと生理的に」

「は？」

「以前、三者面談のときのことですけど、なんていうか、進学相談をしているのに、お若いですねとかお綺麗《きれい》ですねとか、そんなお話ばかりで。視線もずっと――」

胸を覆うように、腕を組んだ。

「そうなんですか」

「それが、どうしてもちょっと」

ふいに沈黙が部屋に満ちた。サッシの防音効果が高いのか、ほとんどなんの音も聞こえない。彼女は専業主婦だろうか。この家に昼間ひとり、ただひたすら片づけものをしているのだろうか。

「ところで」思い直して先を続けた。「相談というのはなんですか。お役に立てそうもないですけど」

千帆子が、また、もじもじしはじめた。両腕を前で組み、我が身を抱きかかえるようなしぐさだ。どうしても、赤松の視線が釘付《くぎづ》けになったらしい、胸もとに目が行ってしまう。たしかに、すらりとしたスタイルのわりに、胸は肉感的かもしれない。千帆子に気づかれないうちに、視線を紅茶に戻した。あはん、と咳払《せきばら》いして冷えかけた紅茶をすする。

「あら、ごめんなさい。新しいのを淹《い》れますね」

「それより、お母さん。本題を」

「そうですね」とうとう踏ん切りをつけたかのように切り出した。「あの子に、おめでとうと言ってあげてもらえませんか」

「は？」

「志望校合格おめでとうって、みんなのいる前で、言ってあげて欲しいんです」

冗談で言っているのではなさそうだ。

「僕がですか」釈然としない。すぐに、はいそうですかと了解はできない。「いや、それは」

「だめでしょうか。ただ、おめでとうって、言っていただくだけなんですけど」

「おめでとうを、自発的に言うことはあるかもしれません。でも、頼まれて言うのは、正直言って抵抗があります」

そんなに堅く考えることではないのかもしれない。なにかの話の流れであれば、素直に「おめでとう」と言ったかもしれない。しかし、自宅まで呼び出されて親に頼まれたから言う、というのではすんなりのめない。

「お願いできないでしょうか」

「少し考えさせてください」

「親の面子《メンツ》というより、あの子のために、お願いします」

すがるような目をして、森島の手の甲に、自分の手を重ねた。ひんやりと冷たい手のひらだった。

「とにかく、少し考えさせてください」そっと、その手をはずした。

「あの、すぐに支度ができますから」千帆子の視線が泳ぐ。「お食事なさって行ってください」

「いえ、せっかくですけど」

それじゃこれで、と玄関に向かう森島のあとを、千帆子が追ってきた。

「あの、先生これ」白い封筒を差し出す。

「なんですか、これ」

「お車代です。わざわざ来ていただいて」

「困ります。受け取れません。バイクで来ましたし」

「でも」

「こういうことなら、もうご相談には乗れませんから」

相手が答える前に頭をさげて玄関を出た。カーポートの脇に停めたドカに近づく。荒くなった息を整えながらヘルメットをかぶる。いらいらしながらの運転は禁物だ。ぴかぴかに磨き上げられたＢＭＷのボディに自分が映っている。深呼吸をしていると、玄関をあけて千帆子が出てきた。心配そうにこちらを見ている。

森島は軽く会釈をし、キックレバーに足をかけた。

来るんじゃなかった――。

森島は、だれに向けていいのかわからない怒りを込めて、レバーを蹴《け》りこんだ。

5

翌日、なんとなく朝山雛子と顔を合わせたくなかった。しかし、そういうときに限って授業はある。

雛子は相変わらず、六年三組でもっとも地味な存在のひとりだった。森島が訪問したことを知っているのかどうか察することもできない。

授業そのものは順調だった。三組は四つのグループに分かれた。a、b、c、d各パートが、仲良く盛り上がっている。そこは、半音下げようとか三連符にしようなどと、一人前の議論を交わしているのが面白い。ただ、雛子は相変わらず、はじけるような笑顔がない。感情をなくした傍観者のように、ただ参加している。

授業中、雛子の無表情な顔が視界に入るたび、昨日のやりとりを思い出してしまう。

――ただ、おめでとうって、言っていただくだけなんですけど。

たしかに、簡単なことだ。話の流れによってはひいきともいえないだろう。それで本人が喜び、いくつかの家庭内の問題が解決するなら、悪いことはなにもない。ただ、〝親に頼まれて〟という、その一点だけがひっかかる。いっそ、あんな話を聞かなければよかった。なんの予備知識もなく、難関中学に合格したと聞けば、素直に「よかったな」と声をかけてやれた気がする。

母親の手にまかれていた包帯。やつれた表情。登校拒否。面倒を起こして公立への転入。今後、どういう結果を招こうと、自分に責任のない問題だと思う。しかしそれらが、ただ自分のひとことで解決するなら——。

——あの子のために、お願いします。

ふいに、傷だらけのアップライトピアノが浮かんだ。

教室内のざわめきに、我に返る。四グループが、お互いの進行具合を気にしはじめたようだ。ぎりぎりまで隠したいような、一方では順調さをみせつけたくもあり、という複雑な心境らしい。中途半端な音量の練習を繰り返している。三組が選んだ詞は、中学進学を目前に控えた児童が抱える、期待とわずかな不安をあらわした内容で、イメージもつかみやすかった。進行もスムーズだ。

このところ、どのクラスでも、児童たちが比較的協力的で、授業もうまく運ぶ。教師の仕事が面白いし、はじめて味わう高揚感があった。

たしかに、明日は雨が降るかもしれない。しかし今は、少なくとも教室の中には、明るい日が差している。しかも、それを指導しているのは自分なのだ。

「そういえばみんな——」

森島は、少しブレイクタイムにしよう、という雰囲気で話しかけた。

「先生も進路先には悩んだけど、きみらの中にも私立に行く子はいるのかな」

みなの顔に、急になにを言い出すのかという表情が浮かんだ。お互いを見回したりしている。

「たかべえと、のっちんと、ひなでーす」大里香奈実《おおざとかなみ》が代表して答えた。

「それは、高田相太《たかだそうた》と野田純也《のだじゅんや》と朝山雛子のことか」森島が聞き返す。

「ピンポーン」香奈実が机をたたく。

「へえ、ちなみにどこの中学なんだ。もしさしつかえなかったら」極力、ついでに聞くという雰囲気が出るように努めた。視界のすみに雛子が映っている。顔をあげて、こちらを見ているのがわかる。

「ええと——」香奈実の隣に座る、出口夏彦《でぐちなつひこ》がまけじと声をあげる。香奈実と夏彦はいつも喧嘩《けんか》し張り合っているが、じつはお互い好意を抱いていると、まわり中が思っている。〝夫婦《ふうふ》喧嘩〟とからかわれているらしいが、本人たちも否定はしない。その、夏彦が三人の中学の名をすらすらと並べた。

「そうか、それはおめでとう」深く息を吸い、息を吐く。「とくに、朝山が受かった学校は激戦だったんじゃないか」

一瞬の沈黙。

「はい」雛子が答えた。それとわかるほど、瞳《ひとみ》がかがやいた。

「よかったな。中学でもがんばれよ」

「はい」ほとんどはじめて見た、といってもいい笑顔だった。

決して大きな声ではないが、クラスの中を急速にざわめきがひろがっていった。胸の隅に、砂粒がまぎれこんだような感覚を覚えた。しかし、雛子の嬉《うれ》しそうな顔を見て、自分を納得させた。

別に悪いことじゃない――。

教頭に禁止された項目に、児童をほめてはいけないというものはなかった。特段のえこひいきをしたわけではない。もしかしたら、ほかの教員にはできなかったかもしれない、家庭内暴力や不登校の問題を解決できたのだとしたら、むしろほめられるべき行為ではないかという気がしてきた。

その夜、また朝山千帆子から電話がかかってきた。ありがとうございました、雛子も喜んでいました、そう話す声が、この三回でもっとも明るかった。やはり、よいことをしたのだという思いが湧いた。

明日からは、そろそろ作曲の途中発表をしてもらおう。どんな歌になっているか、楽しみだ。なんとなく、すんなりいきそうな気がしてきた。

翌日、異変にすぐ気づいた。

六年三組の児童が、廊下ですれちがうときに顔をそむけるのだ。普段、森島に好意的な態度を見せる〝夫婦喧嘩〟のふたりも、かるく会釈しただけで行き過ぎてしまった。昼までには、それが六年生全クラスに伝染した。午前中最後の受け持ちは六年二組、安西久野が担任をつとめるクラスだ。森島ファンクラブ会長を公言する、あの田上舞がしきっている、森島にもっとも好意的なクラスだ。

「卒業式まで、あと何回だろう」

反応がない。普段なら、すぐに六回だ、いや七回だ、という声があがる。いまさらわかりきっていることでも、いちいちブーイングの鼻を鳴らしたり、喝采《かっさい》をあびせたりする、のりのいいクラスだったはずだ。

しんと静まりかえって森島を見ている。

「なんだ、どうした。給食前にエネルギーが尽きたか。省エネモードか」

いちばんのお調子者がひとり、くすりと笑った。隣の席の女子に肘《ひじ》でつつかれ、あわてて真顔に戻った。舞は、視線を窓の外へ向けている。

嫌われたことは、決定的だった。

卒業式まで、もうひと息。この時期、六年の担任たちの頭にはほとんどひとつのことしかない。

――どうか、最後までこのまま無事に済んで欲しい。

そう教えてくれたのは安西久野だ。

高校進学と違って、私立中学に落ちた子も、公立の中学には進学できるから、進学面での心配ごとはない——少なくとも教師側には。それに、小学校の卒業式では、さすがにバットを持ってガラスを割ってまわる児童はいない。全国的にみれば事例がないわけではないが、少なくともこの上谷東小ではその心配は今年もなさそうだ。あとは、どうか無事卒業して欲しい。

「ベテランの先生ほど、感慨よりもそっちのことで頭がいっぱいみたいですね」

昼休み、昼食を食べ終わったころあいを見計らって、安西にメモを渡した。

《ちょっと相談がありますので、あとで時間もらえますか》

「いま、五分くらいならいいですよ」

安西が、職員室をさっと見回して答えた。いくつか、うるさ型の視線がないかチェックしたのだろう。職員室を出てすぐの、人通りのない廊下の隅に二人で向かい合った。

「なんでしょう」安西が目を見つめてたずねる。

「なんだか、子どもたちに嫌われたみたいなんです」

「嫌われた？」いきなりの告白に、眉《まゆ》を寄せ首をかしげている。

森島は、最初に朝山雛子の母から電話がかかったところから説明した。千帆子が赤松をきらっている理由については、「なんとなく話が合わないから」という程度にしておいた。

「そうですか」顎《あご》に指先をあてて考えている。「ひとりだけ褒めたんですね」

「やっぱり、嫌われたと考えていいでしょうか」

「確定的ですね」

「もしかして安西先生、面白がってます？」

「いいえ、いまは真面目です」

「でも、どうしていけないんでしょう」安西に言い訳してみてもしかたないと思うのだが、つい口にしてしまった。「頑張ったんなら、悪いことじゃないですよね」

「森島先生」顎に指をあてたまま、視線をあげた。森島の目に焦点を合わせる。茶色味がかった瞳には、いつもなにかを見透かされそうな不安を抱く。

「なにか」

「一年間いらしたので、いまさらとは思いますが、子どもは理屈なんて二の次ですよ。判断基準があるとしたら、自分たちのルールに合うかどうかです」

「ルール、ですか――。ただ褒めただけなのに」

「そう気を落とさないで」笑った。「わたしの、過去の経験からすると、二週間くらいで許してもらえるはずです」

「二週間で――。許す？」目をむいてしまう。

許してもらうほどのことなのか。しかも、二週間も冷遇されるのか。作曲の授業はどうなるのだ。

「それより、次の準備は進んでるんですか」

安西が、森島の目を見たまま、わずかに顔を傾けた。次の準備とは四月以降のことを言っているのだろう。いきなり話題が変わって、すこしうろたえた。

「あ、ええ、実はまだ決められなくて」

このところ、その話題になると歯切れが悪くなる。勘のいい安西は、なにか気づいているかもしれない。

「決める前に、教えてくださいね」

「もちろん」おもわず力強く答えた。

「約束ですよ」笑って、すっと廻《まわ》れ右をした。

肩の上で切りそろえた短い髪がゆれた。そのままふり返らず、さっさと授業に行ってしまった。

6

安西は、ほとぼりが冷めれば容赦してもらえると言ったが、翌日になると、さらに事態は悪化していた。

日が差すどころか、どしゃ降りだ。

本来、暦の上では祝日だが、こんな日に限ってカリキュラムの都合でふだんどおりの授業がある。

昨日はまだ、態度がよそよそしかったり、せいぜい無視される程度だったが、こんどははっきりと睨《にら》まれた。すれちがいざま、これみよがしに顔をそむける。話しかければ睨んで走り去っていく。これもあっというまにウィルスのように広まって、二時限目が終わるまでに、六年生全員に感染した。まるでいじめにあっているような気分だった。

いったいどうしたというのだろう——。

迷ったすえ、廊下で田上舞をつかまえた。

「おい、田上」

「なんですか」ふくれっ面だ。

「なんでみんな俺を嫌うんだ？」

「さあ」視線をあわせようとしない。

「俺が、朝山を褒めたことか」

「さあ」わざとらしく首をかしげている。

「なあ、頼むよ。なにがあったのかだけでも——」なにげなく舞の肩に手を置いたが、さっと振り払われた。「やめてください」

怒っているような、悲しんでいるような、小学生にしては複雑な目の色をしていた。

「田上」

呆然《ぼうぜん》とする森島から顔をそむけて、舞は去って行った。森島は席にもどり、しばらくぼんやりしていた。

森島が小学生のころ、そのものずばり〝バイキン〟というあだ名をつけられた女子児童がいた。きっかけは、たしか給食の時間に床に落ちた揚げパンを、さっと払って食べたという理由だった。親の、食べ物はそまつにしない、という教えを守っただけだった。大人から見れば、むしろ褒められる行為かもしれない。その日以来、彼女はだれにも触ってもらえなくなった。普通に会話はするのだが、彼女の身体には絶対に触れない。もしも触れた児童は、丸一日同じ扱いを受ける。これはあとで知ったのだが、給食当番のときは、ゴム手袋が強要されたらしい。ぞうきんがけ用のバケツは専用のものが決められ、ほかの人間は使わなかった。この風変わりな虐《いじ》めに、担任の教師も気づかなかった。運動会の当日、組み体操で、彼女の組が全員軍手をしているのを見た校長が不審に思い、問い詰めて発覚した。彼女のノートには遺書の下書きが記してあった。森島は積極的にかかわったわけではないが、うすうす知っていながらかばいもしなかった。いま、はじめてそのことを猛烈に後悔した。

我が身にふりかかってみなければ、他人の痛みはわからない。たしか、先週の朝礼で青木校長がそんなことを言っていた。

授業から戻った安西が「どうですか」と目顔でたずねた。森島が小さく首を左右に振ると、苦笑して顔を振りかえした。

五時限目が終わったころから、〝熱帯松〟の視線が気になっていた。手元のノートパソコンをいじるふりをしながら、ちらちらとこちらのようすをうかがっている。ひょっとすると、森島が受けている冷遇の噂を聞いたのか。自分の受け持ち、六年三組が震源地だと知ったのだろうか。同情でもしてくれるのか。にわかに怒りが湧いた。あんたが、いやらしい視線なんか向けなければ、こっちに相談なんてこなかったんだ――。

やつあたり気味に森島が睨み返すと、あわてて視線をそらした。二月中旬で暖房が入っているというのに、シャツ一枚の赤松はしきりに首まわりをタオルで拭《ぬぐ》っていた。

長浜をはじめ情報通の教員数人から、やはり、雛子本人がいいふらしたらしい、という情報を摑《つか》んだ。

雛子が、「森島先生はわたしの母親にたのまれて、わざわざ授業中に褒めてくれたの」と級友に語ったのが原因らしい。

森島は、そんな事実が知れたことと、発信源が雛子自身であることに、二重にショックを受けた。

なんて、ばかなことを――。

母親が教師にひいきしてくれるよう頼んだことなど、隠すべき事実ではないのか。それを自分からいいふらした？　年齢だけからみれば、坂巻や教頭たちよりも六年生との距離のほうがはるかに近い。しかし、その感覚は理解できなかった。世代のせいなのか、世相のせいなのか、それとも特殊性のある事例なのか。それさえもわからなかった。

週が明け、まずは雛子のいる三組からはじめることにした。

「ちょっといいかな」授業のあいまに、ごく自然に感じるように切り出した。

「ああ、なんていうか、先生は、だれか特定の子を特別に気に掛けたり、心配したり応援したり、そういうことはない」

ほとんどの児童が、またまたいきなりなにを言い出すのかときょとんとした顔で聞いている。

「だから、だれかひとりだけを気に掛けているような噂があっても、それは噂だけだから。先生にとって、たとえばこの三組の三十六人はみんな同じ――」

「なんだ、ヒナちゃんのことか」女子のだれかが、あっけらかんと言い放った。

それを聞いて、あちこちの児童の顔に、ああなるほど、そういうことかという表情が浮かんだ。

「べつに、言い訳しなくてもいいのに」こんどは男子の声が聞こえた。

しらけた雰囲気が教室内の大半を占め、ぽつりぽつりと同情的な顔がみえる。当の雛子は――。遠目にわかるほど赤い顔をしてうつむいていた。

「なんていうか、気に掛けているのは、みんなおなじということだ」

自分でも、まるきり不自然ないいまわしだとわかった。失敗したことを悟った。

教員のだれかが言っていた。子どもというのは、溶けかかった飴《あめ》細工のようなもんです。放っておけばだめになる、中途半端に触れるともっとひどくなる。自分は、よく考えもせず手を伸ばし、あれこれいじりまわしてしまったようだ。

意気消沈していると、帰り間際に、安西が机の脇からそっと包みを渡してくれた。もしかすると、と思いながらも、これはなんでしょうと目顔でたずねた。安西は、笑ってカレンダーを指差した。やはりそうだ。きょうは二月十四日、バレンタインデーだった。

昼間、女性教諭一同から男性教諭一同へ、大袋に入ったチョコが渡された。代表で受けとった坂巻はいつもの渋面に似合わず顔をあからめていた。義理チョコ儀式はあれで終わったとおもっていた。もう少し前なら、子どもたちから多少は期待できたかもしれないが、この状況では無理だろう。

それにしても、そっと渡したということは、自分にだけなのかもしれない。

「あのう」顔が少し赤らんだのがわかる。

話しかけようとした森島を遮るように、安西がメモを差し出した。

《なんだかしょげてるから。これで元気出してください》

なんだ、同情なのか。そういえばさっき、学校近くのコンビニへ買い物に出たようだったが、もしかして、あのときに買ったのかもしれない。

「ありがとうございます」こちらも口の形だけで礼を言って、笑顔を作ってみた。あまりさわやかにはいかなかったかもしれない。

外線が点滅している。反射的に時計を見る。夜の十時半。またかと思った。このところ急に固定電話への連絡が増えた。しかも、そのたびに状況はひどくなっていく。いっそ、出るのをやめようかと思ったが、迷ううちに手が伸びてしまった。

「はい、森島です」不機嫌そうな声をつくってみた。

「ああ、夜分もうしわけない」もっと不機嫌そうな教頭の声だった。

「強制ではありませんが、できたらこれから学校へ来ていただけないでしょうか」

「これから？」もう一度時計のデジタル表示を見る。夜の十時三十七分。

「六年三組の朝山雛子がまだ戻っていないそうです。単なる夜遊びかもしれませんが、家出の可能性もある。事件にまきこまれた可能性もある」

「朝山が？」

「詳しくはこちらに来ていただいたときに説明します」決まったことのように言った。

「ほかの六年生の先生がたもみなさんお見えです。そこで出た話なのですが、朝山雛子と森島先生はなんだか密接な関係にあったそうですね」

後半は呆然としながら聞いていた。混乱した頭を整理しようと努めながら、着替えははじめた。

7

広いほうの会議室に、白瀬を除く学年主任五人と六年生の担任ふたりが揃《そろ》っていた。安西の姿も見える。

森島が、皆さんおそろいで、と思わずもらしたのを聞いて、石倉教頭が応《こた》えた。

「校長はお体のこともあるので、来ていただきません」

安西と目があった。こわばった表情をしていて、なにを考えているのかわからなかった。

「森島先生はどうしてここへ呼ばれたか、おわかりですか」めずらしく、坂巻が丁寧な言葉遣いをした。

「朝山雛子のことですか」

それくらいのことはわかっているのだな、と坂巻の顔に浮かんだ。

「母親の話では、今日帰宅するなり、皆のまえで恥をかかされたと泣いていたそうだ。しばらく部屋に閉じこもっているので、買い物に出かけた。帰宅して、夕飯の支度を終え、声をかけたところ返事が無い。心配になってのぞいてみたら部屋は空っぽ。携帯にかけてみても電源が切れている。思い当たる友人には連絡をとってみたが、だれも知らない。これまで、八時を過ぎて帰宅したことはないそうだ。九時になったところで、担任の赤松先生に連絡が来た。十時を過ぎた時点で、警察に連絡するよう勧めた。ただし、去年にも一度、家出騒ぎをおこして、警察に保護されている。その記録があるので、すぐにはうごく気配がなさそうだ。ま、現状ではこんなところかな」

説明を終えて、坂巻はウーロン茶のペットボトルから、ふたくちほど喉《のど》に流し込んだ。

「容姿の似た子が、どこかで補導されていたりしませんか」

「いまのところ、ないですね」赤松が汗を拭《ふ》きながら答える。「あれば、連絡が来るらしい」

時計の針は、もうすぐ十一時半になる。

「ところで森島さん」教頭の顔にも疲れがにじみ出ている。普段なら就寝している時刻だろう。「後日あらためて詳しくうかがいますが、現在進行中のことでもありますので、簡潔にうかがいたい。いったい朝山親子になにをしたのか、説明していただけませんか」

全員の目が集まった。それまで遠慮がちに森島を見ないようにしていた教員も、森島をじっと見ている。安西も例外ではなかった。

「とっかかりは、自宅に電話が来たことでした」

安西に話したように、ほとんど真実を語った。赤松を避けたことについては、真剣に応対されて問題が大きくなっては困るから、という説明にとどめた。

「なるほど」坂巻がうなずく。「優先的に頼られて、張り切ったわけですな。それで、勇み足と」

柏原や塚田といった、他の学年主任もうなずいている。

「勇み足だなんて」

「いいですか」坂巻が声を荒らげた。「担任に相談もせず、独断で家庭訪問して、授業中にその児童を褒め、子どもたちの信頼を失い、風当たりが強くなったらこんどは皆の前で褒めたことを撤回。これが暴走でなくてなんですか。あなた、アルバイトとはいえ、小学校の教師をしてるんですよ。もう少し、軽挙妄動は慎んでもらいたい」

最後のほうでは、みるみる顔が紅潮してきた。心底怒っていることがわかった。

森島は、返すことばもなく、テーブルに視線を落として聞いていた。

「しかし、こんなに大勢で残っていてもしかたないし、明日の授業のこともある。どうでしょう、担任の赤松先生、それと申し訳ないが坂巻主任、それとわたし。この三名以外はお帰りいただくことにしましょうか」

教頭の提案に坂巻と赤松が賛同した。それ以外の教員たちも、意外にすんなりこの申し出に従った。合理的だと判断したのだろう。

「それじゃ、明日も授業がありますから、お言葉に甘えて」めいめい挨拶《あいさつ》をして、順に出て行く。

「わたしも、失礼します」安西が教頭たちに頭を下げたあと、森島をちらりと見た。あまり表情は読めなかったが、励まされているような気がした。

椅子に腰掛けたまま、ぼんやり考え事をしていると、坂巻に帰るよう言われた。

「私も残らせてください」

「いや、聞きたいことは聞いたし、アルバイトの方をこれ以上残して、それこそ万一——」

電話が鳴った。

室内にいた四人の動きがストップモーションのように固まった。

一度、二度。三回目のコールが始まる寸前に、坂巻が電話を取った。

「はい、上谷東小です」

電話の向こうからの話しかけに、はい、ええ、そうですか、などと答えている。途中で一回だけ、ああそうですかという声が高くなったが、それ以外はほとんど冷静だった。

「はい、はい、わざわざご丁寧にどうも。いえいえ、とんでもありません。それじゃ、失礼いたします」

受話器をそっと置いた。ひと呼吸いれてから、顔をあげた。

「朝山雛子の父親からです」

「お父さんから？　それじゃ——」

「ええ、雛子が見つかったそうです。塾で一緒になる、他校の友人の部屋にいたそうです。その子の母親にも確認の電話は入れたらしいんですが、子ども部屋に隠れていたようです。夜中にトイレにおきてばったり顔を合わせて、わかったとか。まあ、無事でなによりでした」

「よかったあ」電話の途中から、テーブルに両手をついて身を乗り出していた赤松が、天を仰いで大きな声をあげた。「いや、ほんとうに良かった」

教頭も肩が落ちていた。疲労が全身から感じられる。

「まあ、あとのことは明日――もう今日か、とにかく、追ってということにして、今夜のところは帰りましょう。身体がもたん」

教頭がそういって、立ち上がると、たしかに、まったく、とふたりが続いた。

「もうしわけありませんでした」森島はそう声をかけ、頭を下げた。「ご迷惑をおかけしました」

三人からすぐに反応はなかったが、代表して教頭が答えた。

「いまも言ったけど、今日のところは帰りましょう。いまここで、すまないとか許すとかいう問題でもない」

坂巻が、もっともだという顔でうなずき、部屋を出て行った。

8

森島には不思議なことだったが、事実上なんの処分も下されなかった。

今後一切、授業以外の場で、児童もしくはその保護者と接触しません。そう一筆書か

された だけだ。

雛子は怪我もなく、無事だったそうだ。翌日は休んだが、二日目に登校してきた。

落ち込んでいるのを見透かしたかのように、坪井から誘いが来た。不祥事のすぐあとで、酒を飲みにいくのはまずいだろうと答えた。

「あのなあ、武士の蟄居《ちっきょ》じゃないんだから」と鼻先で笑われた。

坪井の仕事が終わる八時すぎに待ち合わせた。指示された駅近くの炉端焼き屋に入る。坪井のいきつけらしく、坪井が無言で指差しただけで、奥のテーブル席に案内された。

「ここ、森島と来たことあったか」

「いや、ないな。はじめてだ」

「魚系がうまい。塩焼きがけっこういける」

坪井があごで示した方角に目をやると、カウンター席と焼き場の間に大量の氷が敷いてあって、その上に魚屋も顔負けの魚介類が並んでいた。いくつか料理を注文し、届いた生ビールに口をつけた。

「いやあ、労働のあとの一杯はたまらないね」坪井が嬉《うれ》しそうに顔をしかめる。

「いま、おれはビールで乾杯の気分じゃない」そう言いながら口をつけた。

「またなんかやったのか」あきれている。「それにしたって、そんなしけた面するなよ。合コン開いて励ましてくれるような女性教師とかいないのか」

「ばかいうなよ」ビールを吹き出しそうになった。「だれも俺には近づかない」

安西のことはこちらから避けている。彼女は、この先もあの職場にいる人間だ。自分と懇意にしていては、よけいな陰口をきかれるかもしれない。

「まあ、そうひがむなって」

「ひがんでるわけじゃない。自分のばかさ加減にあきれてる」

「おれは、知り合ったときからあきれてる」

面白いじゃないかとは思ったが、笑う気にはなれなかった。

「ところで」最初のつまみが届いたのを合図のように、坪井が真面目な顔になった。

「なんだ」気軽に聞き返した。

「おまえ、保護者と不倫して、その子どもが家出したって本当か」

ちょうどジョッキに口をつけたところだった。こんどこそ本当に吹いてしまった。幸い、うわずみの泡が多少飛び散っただけだった。

「なんだよ。動揺するところを見ると本当なんだな。しょげてる理由はやっぱりそれか」

「ちょっと待ってくれ」あわててナプキンでテーブルを拭く。「そんな話どこから聞いた？」

「事務長だよ」

「なんて答えたらいいんだ」

あまりのことに、どう説明したものか、とっさに思いうかばなかった。目を丸くして聞きいる坪井に、起きたことをはじめから説明した。その間に坪井は生ジョッキのお代わりをし、ポテトサラダだの魚の塩焼きなどをひとりでほおばった。

「なるほどな」坪井が、辛味噌《からみそ》をたっぷりつけた串焼《くしや》き最後の一切れを、ビールで流し込んだ。「根も葉もなくはないが、だいぶ尾ひれがついたな」

「みたいだな」

坪井はジョッキの残りを一気にあけて、森島の分までお代わりを頼んだ。

「ところで、その雛子というのは、どんな子だ？」

知っているとおりのことを、感情をまじえず説明した。

「そんな単純な作戦に乗っかるとはな」

「まあな。しかし、どこまで計算されていて、どこまで偶然なのか」

坪井が大げさにため息をついた。

「いいか、森島、聞け。その雛子という女子は勉強ができる。しかし外見はぱっとしない。だが、心の中ではみなに認めてもらいたがっている。そうだな」

「そんなとこかな」

「彼女のお母さんは綺麗《きれい》な人なのか」

「ああ、美人だと思うよ。それになんていうか雰囲気が上品なんだ。奥様って感じだよ」串の先で枝豆を二重に刺して口に運ぶ。

「なるほどな。その雛子とかいう子は、家で暴力とまではいわないが、母親に対しわがままを通していたわけだ。朝山家のヒエラルキーはわからないが、母親が評判の美人で、自分がさえない外見というのは確執の原因だろうな」

「だって、親子だぜ？」

「親子だからだよ。女心はそういうもんだ」

納得はいかなかったが、そんなもんかねえとうなずいた。

「とにかく、彼女が無事私立中学に進学するということは、家庭内の最重要課題だったんだろう。なんとなく、自分が偉くなったような気分がしてきた。その目標を達成したことを、小学校生活最後になって、雛子は家族以外のものにも褒めてほしくなった。みんなからは無理でも、みんなの前でなら可能かもしれない。そこで、森島先生に白羽の矢を立て、母親を脅すか泣きついたかわからないが、彼女から説得してもらった」

「どうして、俺に矢が立つんだ」竹串を頭の先に突き刺す真似をした。

「ばかだけど、人気者だったからだよ」

酔いが引いた。

「なんだって？」

「わざと何度も言わせるな。お前が、ばかなわりには人気者だったからだよ」

「ばかは余計だ。だけど、どうしてわかる。単にだましやすかったからじゃないのか」

「まあ、もちろんそれもある。だけどさ、その熱帯松とかいう暑苦しい担任より、多少抜けてても、若くてそこそこイケメンで——あ、これは俺の意見じゃないからな——ピアノをかっこよくアレンジして弾きこなす先生に褒めてもらったほうが百倍嬉しいだろう。とくに女子はな。うち、森島先生にほめてもらったことが何回もあるそうですね。

――音楽以外のことでも、相談に乗ってもらったんよ」

だからあんなことを言ったのか。彼女にとっては、嘘ではなく願望だったのだろうか。

「その雛子は、みなの前で森島に褒めてもらいたかった。そこで、母親を利用しようと考えた。作戦どおり、お前がのこのこ鼻の下を伸ばしてやってきた」

「そんなもん、伸ばしてない」

「串をおれに向けるなよ。とにかく、その子は得意絶頂だったはずだ。みんなの前で森島先生に褒めてもらった。しかも、自分の頼みを聞いてくれてのことだ。嬉しさのあまり、つい調子に乗ってこう言った。『もりぴょんは――』」

「ちょっとまってくれ、そのもりぴょんてのはなんだ」

「お前に決まってるだろう。どうせ、そんなあだ名がついているはずだ。『もりぴょんは、わざわざ家にまでお祝いに来てくれたのよ』てな具合だ。最初にみんなが、冷たい態度になったのは、雛子を褒めたやりかたが、みえみえで臭かったからだ。子どもは敏感だからな。翌日、決定的に嫌われたのは、雛子がよせばいいのに自宅に来たことまでしゃべったからだ。『なんだ、もりぴょんのやつ。サイテー』ってわけ」

そうか、それで納得がいった。あのみんなの態度。田上舞まで、汚らわしいもののように接したことはショックだった。

「だけどさ、坪井。俺はまだ信じられないんだけど、ほんとにそんなことを頼むだろうか」

「自己保全のためならな」

「は？　悪い、ビールがきいてきたかもしれない。もう少し丁寧に説明してくれ」

「人間がもっともエゴイズムを発揮するのは、自己同一性――アイデンティティとか言うけどな、そいつが壊れそうになったとき、そいつを守ろうとするときだ。違うか。彼女にとっては、森島に褒めてもらうことが、自己実現の最短コースだったんだ」

すぐには返事をせず、考えた。六年生とは、そんな深い心の奥行きを持っているのか。

「酔ってしまって、ぜんぜんわからん」

「やっぱりばかだ」

千帆子の寂しそうな視線が蘇《よみがえ》る。あれがすべて、雛子に頼まれた芝居だったのか。赤松のいやらしい視線というのも嘘だったのだろうか。

「とにかく、不倫は根も葉もない噂だと言っといてくれよ」

「わかった。事務長にはそう説明しておく。だけど――」目もとがやや真剣になった。

「どこから、事務長がその情報を仕入れたんだろうな」

「心当たりはないか」残りのビールをあおった。

「音楽教師どうしはわりとお互い顔見知りが多い。もしかすると、おまえの近辺が発信元かもな」

騒動翌日の会議の席で、白瀬美也子が自分に向けた、汚物を見るような視線を思い出した。

9

朝山雛子は、家出騒動のあった二日後から普通に登校してきた。

朝のミーティングで教頭が言った。

「保護者からの連絡で、今日、登校してくるそうです。赤松先生には重々お願いしてありますが、ふだんとおなじ態度で接してください。くれぐれも、あの件をむしかえすような発言は慎んでください」

演説の後半はほとんど森島の顔を見ていた。森島は、了解していることを伝えるためにおおきな身振りでうなずいた。

廊下ですれちがっても、雛子は軽く会釈しただけで、言葉はおろか視線もあわせようとしなかった。照れているというのとも違って思えた。しいていえば、無視、という表現が一番近いかもしれない。彼女の中で、今回の事件がどう消化されたのか、森島には理解できなかった。

雛子が登校した二日後、来客があった。チャイムに答えて玄関のドアを開けてみると、そこに立っていたのは、朝山雛子本人だった。

「突然、すみません」にこりともせず、大人びたお辞儀をした。

雛子をリビングに通し、ティーバッグの紅茶を淹《い》れてやった。

「レッスン中なんですか」雛子が聞いた。

奥の部屋からはピアノの音と、ときおり話し声が聞こえる。

「うるさくて、申し訳ない」

「いえ、こちらこそ突然すみません」玄関先とおなじことを言って、頭を下げた。「学校で話しかけると、また噂になると思って」

「ああ、まあ、そうかもな。おれは気にしないけど」嘘もしかたがない。

冷蔵庫をあさって、スコッチケーキを見つけ、適当な皿によそいテーブルに載せた。もしかすると、別の客のためだったかもしれない。

「あの、おかまいなく」

「ケーキも紅茶も、きみんちのほど上等じゃないから遠慮しないで。それより、なんの用？」

「謝ろうと思って」そういってまた深々と頭を下げた。「すみませんでした」

「もういいよ」手を振る。「それより、家は落ち着いたの」

「家ですか」

わずかに、困った表情になったのがわかった。顔の動きがわずかなので、遠目からは無表情に見える。しかし、こうやって近くで話すと、目のまわりや口もとに細かな感情の変化が見て取れた。

「母は相変わらずです」

「部屋を綺麗《きれい》にしてる？」

こんどは、はっきりとわかる程度に笑った。

「きのう、塾でほめられました」

「塾で？」急に話題が変わった理由がわからない。

「『朝山。難関突破おめでとう』って。突然、授業中に」

「それって、まさか――」

こくり、とうなずく。

「また、母が無理矢理頼んだんです。みんなどっちらけで、すごく恥ずかしかった」

森島の頭の中で、主人公を乗せた舞台が反転した。

「なあ、朝山。もしかして、俺にほめてくれって頼んだのは」

雛子が、スコッチケーキに視線を落としたままうなずいた。

「母です。母がそうしてもらいたかったんです」

「だって、お母さんの説明じゃ――」

「最近の母はほとんど病気です。親戚《しんせき》とか知り合いとか、電話番号を知ってる家には、もう全部連絡しました。『合格したんです』って。お祝いとかいっぱいもらって、全部わたしが自分でお礼の手紙を書くんです」視線をあげた。「どうせ森島先生には、『雛子がわがまま言ってる』って説明したんですよね」

「ああ、そう言っていた。じゃあ、皿を割ったっていうのも嘘か」

「あれは本当です。そういう母が大嫌いで、なんども喧嘩《けんか》になりました。『いいかげんにしてよ』って、ものを投げたりしました。あの騒ぎになった日も、中学からの塾のコース選択で喧嘩して、どうにでもなれってやけくそな気持ちになって、友達の家に——。先生に迷惑かけたみたいで、すみませんでした」

聞いていた話と、まったく逆だった。担任でないとはいえ、一年近く受け持って、雛子という児童をまったく理解していなかった。

「みんなは、きみがわがまま言って、そのあげくに暴れたと思ってるぞ。それでいいのか」

「いいんです。どうせ、もうすぐ卒業だし」寂しそうに笑った。「お母さんには、あれしかないんです。自分が頼めば、まわりの人は——特に男の人は、だいたいみんな言うことを聞いてくれる。そして、やっと娘が自分の計画どおりに進み始めた。それが、そのことが、なんていうのかな、自分でいられるぎりぎりのところなの」

その陰りのある表情と口調は、仲川ゆかりや田上舞とくらべても、ずっと大人びて見えた。

坪井が指摘したことは当たっていた。ただし、自我が壊れかけていたのは母親のほうだった。

「だったら、どうしてきみは、学校で『母親が頼んだ』なんて言いふらしたりしたんだ？」

「わけを説明しろって、しつこく言われたから。それに——」赤くなってうつむく。

「やっぱり、本当は、森島先生に特別扱いしてもらったことが、少し嬉《うれ》しかったから」

ゆっくり、深呼吸をした。そのあと、なにか慰めるようなことばを吐いたが、よく覚えていなかった。

10

父の代から世話になっているバイクショップからの帰り道。

代車として借りた、慣れない原付スクーターに乗っている。愛車ドゥカティの車検だった。ついでにオーバーホールも頼んだ。普段、自分なりにメンテナンスはしているが、やはりたまにはプロにチェックしてもらったほうがいい。バイクも長持ちするだろうし、なにより命をあずける道具なのだから。

五十ccエンジンのぶーんという軽い音が単調すぎて、緊張感がない。どうしてもぼんやり考えごとをしてしまう。

「これでおまえも気持ちの整理がついただろう」

昨夜も坪井と飲んだ。すっかりできあがったころに、坪井が肩をたたいてそう言った。

「教師なんて、しんどいばっかりで、いざとなると『さあ、責任取れ』攻撃だ。うちで気楽にやれよ」

「そうかもな」その場は、そう答えた。

一年限りでやめるのは最初からの予定だった。その後が決まっていたわけではなかったが、坪井のところからの誘いには食指が動く。ほとんど心が決まりかけている。その一方で教師という生き方に日増しに興味を抱いていく。おれは、ほんとうはなにがしたいのか。金か、やりがいか、尊敬か、安定か——。

ちょっと待てよ。迷うということは、選択肢として捨てていないということなのか。ため息をついて、もういちど視線を夜空にむけた。朝山家がらみの不祥事がおきたばかりで、そんなことを誰に言えるだろう。

そのとき、前方の路地からなにものかが飛び出した。

「！」

無灯火の自転車に乗った子どもだった。考えるより前に右のブレーキレバーを握っていた。いつもとは違うスクーターであることを思い出し、すぐに左のレバーも握る。止まれるか。このスクーターの制動力はどのくらいだ。どうやって避ける。一秒の数分の一ほどの短い時間にそれらのことを考えた。

おそらく間に合わない。そう判断するのと、左側に見える電柱に、ダメージを最小限にしてスクーターを激突させる体勢をとるのが、ほとんど同時だった。

いつもと違う感覚に、眠りの底から引き上げられた。

ごわごわとしたシーツ、鼻にまとわりつく匂い、ぼんやりと開いた目に殺風景な天井が見えた。

――危ない！

半分覚醒《かくせい》した頭に、強烈な一場面がよみがえる。あわてて上半身を起こそうとして、身体中のあちこちが同時に悲鳴をあげた。

「いたたた」

いま自分は、運び込まれた病院のベッドに寝ていることを、まず思い出した。

断片的に昨夜のことが浮かんで消える。街灯の少ない路地。自転車で飛び出した子ども。急ブレーキ。誰のものかわからない悲鳴。ヘルメットに響く激突音。全身で受けた衝撃。救急車のサイレン。自分をのぞき込む顔。いたわりの声、励ます声、問いただす声。車内の狭く硬いベッド。病院到着後の処置。

上掛けの中からそっと両腕を引き抜く。

右手は、かすり傷がいくつかあって、茶色く消毒の跡が残っている。左手は――とくに手当の跡も包帯も巻いてないが、動かすと手首のあたりに激痛が走る。

「指は」

指はうごくだろうか。そっと力を込めようとして、ふたたび痛みを感じ、やめた。

どこかでかちゃかちゃと小さな器具の触れあう音がする。小走りに廊下を去って行く人の気配。首が動かせないので、目の玉だけで周囲をうかがう。

左手にカーテンのない大きな窓があった。葉が一枚もない欅《けやき》の向こうから、冬の朝日が昇ったところだった。

午前中は治療の続きと検査を受けた。数人の医師とその倍ほどの看護師に世話をされて、その都度礼を言ったが、全員分の名前は覚えきれなかった。彼らから断片的に聞き出して、昨夜来の事情がだいたいわかった。

子どもをよけた自分のスクーターは、狙いどおり電柱に激突した。ぼんやりしていたのがよかったのか、悪かったのか、制限速度ちょうどの三十キロほどしか出ていなかった。怪我も覚悟したほどには酷《ひど》くはなかった。左足の打撲と、すねを五針ぶんの裂傷。肋骨《ろっこつ》に二本ひびが入った。ただ、左手首に感じる痛みが気になる。もしも、ひびが入ったならば、当分ピアノはおあずけだ。頭を打っている形跡があるから、脳の精密検査が必要だと説明された。MRIで調べるそうだ。

昨夜、連絡を受けて駆けつけてきた母親はめずらしく動転していた。外傷はたいしたことはないと聞いて、一旦《いったん》は胸をなで下ろしたものの、「明日、脳の精密検査を受ける」と説明を受けたとたん、死ぬのか、危ないのか、そんなことばかり聞いていたそうだ。

「大丈夫ですよ」十回ほどなだめられて、ようやく納得したそうだ。

子どもたちに見せられた格好ではないな。そんなことを考えるうち、昨夜の睡眠が浅かったのか、吸い込まれるように眠りに落ちた。

「……先生」

「やめなさいよ、寝てるのに」

「でも、いまなにか喋《しゃべ》ってたよ。そんなんじゃない、とか」

「ばか、寝言だよ」

ざわついた会話に目がさめた。病室には場違いな顔が並んでいた。田上舞をはじめ、六人の子どもが突っ立っている。六年生一組から三組までのクラス委員たちだとすぐにわかった。

「よう」起き上がろうとして、また身体のあちこちが同時多発的に痛んだ。「いててて——。わるいけど、このまま横になってるぜ」

「どうぞ、おかまいなく」一番後方に立って、ませた口をきいたのは舞だった。顔をふせているようで、よく見えない。

「それはそういう時に使うせりふじゃないと思うけど」だれかがつっこんだ。

「そんなことより、学校はどうした」

「終わりました」

「嘘つけ」

「だって、もう夕方ですよ」一組の仲川ゆかりが窓のほうを指差した。

あわてて顔を向けようとして首の痛みにうめいた。視線だけを窓に向ける。たしかに空が赤く染まっている。そうだ、食事のあとMRI検査をして、そのあとまた眠りに落ちたのだ。あまりに単調な景色と時間に神経が降参して、睡眠を求めるのだろうか。いつもの三倍くらい寝ている気がする。

「いつから学校に来るの？」

「明日来る？」

「ばかね、無理にきまってるでしょ。来週くらいですよね」

なにもかもわかっていると言わんばかりのゆかりの言いっぷりに、思わず笑った。そして肋骨に痛みが走り顔をしかめることになった。

「はい、先生。これ」

差し出されたのは、両手のひらに載らないほどのチョコやクッキー、そのほかの見舞品だった。

いつもと変わらない態度だった。雛子の一件を、かれらは許してくれたのだろうか。交通事故でみそぎはすんだのか。情けない気もするが、やはり嬉しい。

「ありがとう。なるべく早く行くように努力する」

やがて、クラス委員たちは挨拶《あいさつ》をして、帰っていった。

この日、とうとう安西はたずねてこなかった。

翌日、何組かの見舞客と話しただけの、退屈な一日が終わりに近づいていた。

夕方、また選抜メンバーが見舞いに来た。昨日とは顔ぶれが違っていた。舞をはじめ、六年二組の顔が見えない。

「交代制にしたんです」仲川ゆかりが、説明した。

その後、自分たちが持ってきたお菓子を食べたりして、子どもたちは帰っていった。

「先生」ほっとひといきつく間もなく、こんどは舞が顔をのぞかせた。

「なんだ、来ないはずじゃないのか」

「じゃーん」

舞の合図で、五、六人の児童が入って来た。さっきとは顔ぶれが違う。全員六年二組の子どもたちだ。

「なんだ、どうしたんだ」

「へへ、秘密。ほかのクラスのやつにばれないようにしないとな」

「おい、はやくあれ出せよ」男子が舞を肘《ひじ》でつついた。

「わかってるよ。先生、これ、聞いてみて」舞が、銀色のものを差し出した。

痛みが少ないほうの右手で受け取る。それはビジネスマンが使うようなＩＣレコーダーだった。

「なんだこれ」

「イヤホンを入れてください」細口香澄が返事をまたずに、森島の耳になにかを押し込んだ。

「いてて、乱暴にするなよ」

「まあ、いいからいいから」高井さやかが、手を伸ばして、再生ボタンを押した。

がやがやと、さわがしい雰囲気が伝わる。教室のような場所で録音されたらしい。

《それではじめます》香澄の声だ。《さん、にい、いち》

合図に続いて、歌声が流れ出した。伴奏はピアニカとタンバリン。

《楽しい朝には、声に出してみよう
　　空に向かって大きく、おはようと言おう》

これは――。

六年二組で作曲に取り組んでいた、『悲しい朝には』だった。もう少しで完成という
ところで、入院騒ぎになってしまい、未完であることが気になっていた。

「いつ――」

しゃべりかけた森島に、舞が大人びたしぐさで指をたて「静かに」と合図した。しか
たなく、最後までだまって聞いた。聞き終えて、イヤホンを耳からはずす。

「これ、完成させたのか」

「はい」誇らしげにさやかが胸を張る。「きのうときょうで」

「そうか」

「先生、なんだか、嬉《うれ》しそうじゃないですね」大柴賢太がけげんな表情で聞いた。

「だれに、みてもらったんだ」

もう一度再生ボタンを押す。

「だれにもみてもらってませんよ。休み時間にみんなで集まって仕上げて、放課後に教室で歌ったんです」舞が抗議するように言った。

《嬉しい朝には、身体に感じてみよう
あの坂を思い切り、かけあがってみよう》

「どうりで、ひどいと思った」

「は」

「こりゃひどい」

「ええー」数人が一斉に鼻を鳴らした。

「ブロックごとの繋《つな》がりがばらばらで、曲としての統一感がないじゃないか」

子どもたちの中から、ひでえ、とか、あんまりだよな、という声があがる。

「せっかく急いでやったのにさ」

森島は答えず、ただ天井を見ていた。そのまま黙っているので、一時は腹を立てた子どもたちも、不安になったようだった。

「先生？」「怒ってる？」

ようすをうかがうような声がかかる。

「ほんとは、よくできてるよ」笑いかけて、顔面の打撲を思い出すことになった。「自分たちだけで完成させたにしては上出来だ。手直しすれば、ぐっとよくなる」

「やったね」何人かハイタッチした。「やればできる子なのよ」

「こらこら、騒がないでくれよ」

しばらく、雑談をしたあと、じゃあそろそろ帰りますね、と舞が言った。

「あ、それは置いて行ってくれ」

大柴賢太がICレコーダーを持ち帰ろうとするのを止めた。

「どこをどうやって直すか、考えておくから」

賢太は、不思議そうに森島の顔を見返したが、すぐに微笑んだ。

「わかりました」

「先生さよなら」「さよなら」

森島は、片手を軽くあげて答えた。森島にも聞こえないようなささやきを交わしながら、子どもたちは出て行った。廊下の角を曲がるか曲がらないかのあたりだろう。「いえーい」という歓声が聞こえた。すぐさま看護師に注意されて、しきりに謝る声が続く。

こんどは、香澄がひとりだけ駆け戻ってきた。

「なんだよ、また戻ったのか」ICレコーダーを一時停止にする。「きりがないな」

「先生、いいこと教えてあげる」切らした息を、ひそめて言う。

「いきなり、なんだい」

「絶対秘密守れる？」

「たぶん」

「舞ちゃんね――」そのときほかにだれもいなかったが、森島の耳元に手を添え、内緒の話のようにささやいた。「泣いちゃったんだよ」

「泣いた？」

「うん。きのう、先生が包帯まかれて寝てるところみて、ぼろぼろ泣いてたんだから」

「そうなのか」そういわれてみると、顔を伏せていたし、少し目のあたりが赤かったように感じた。なにか、気の利いた答えはないかと思ったが、喉《のど》もとのあたりになにかが詰まったようで、言葉が出なかった。

「先生、よかったね」

「なにが？」

「舞ちゃんて、けっこう男子にモテるんですよ」

「だから？」

「またまた、照れちゃって」まるで友人にでもするように、肩を叩《たた》いた。

「おい、痛いよ」

「もう、照れちゃって。このシアワセモノ」さらに叩く。

「だから、照れるとかじゃなくて、怪我してるんだぜ」

「約束ですよ。わたしがばらしたの、秘密ですよ。それじゃ、がんばってくださいね」

手を振って元気よく帰って行った。

「なにを、頑張るんだよ」

ひとりごとを口にして、ふたたびイヤホンを耳に差し込んだ。歌が流れる。

《こころはいつも忙しい
　怒ったり笑ったりときどき泣いたり》

「たしかに忙しいよなあ。──しかし、それにしても、本当に下手だな」

曲は下手だが、発声だけは元気がよかった。インパクトが強くて、聞き終えても、しばらくは頭の中をぐるぐる回りそうな予感がした。

「森島先生」

呼ばれて気づいた。安西久野がのぞき込んでいた。

「あ、安西先生」あわてて、おきあがろうとして、また脇腹に痛みが走った。

「いてて。すみません、学習能力がなくて」

「無理しなくていいですよ」

それでも、包帯を巻いていないほうの手で、とっさに顔をぬぐって、髪をなでつけた。あまり効果があがったとは思えなかった。あわてる森島を見て、安西が笑った。

「きのうは来られなくてすみませんでした。学年末で、どうしても面会時間に間に合わなくて」

「いえ、いいんですよ。ぜんぜん気にしないでください」

「だけど──、森島先生は人気者ですね」

「ぼくが？　だれにです」

「もちろん子どもたちにですよ」ベッドサイドのワゴンに並んだ児童たちの見舞品を手で示した。「入院したからって、教師が全員見舞ってもらえるわけじゃないですよ」

そういわれて、見舞いの品をあらためて見た。小分けの袋に入った色とりどりのチョコやクッキーが紙の皿に山盛り。折り紙の鶴が十羽ほど。一輪挿しにバラが一輪。なんのつもりか、懐中電灯や孫の手まであった。

「塚田先生なんて、五月に盲腸で一週間入院されたのに、だれも見舞いに来てくれなかったって、しばらく落ち込んでましたよ」

「僕の場合は、からかい半分じゃないですか」

「めずらしいんでしょうね」安西が笑った。

「めずらしい？」

「先生のくせに、叱られて自棄《やけ》になって、バイク事故。そんな教師はあまりいないですから」

「ちょっと待ってください。自棄おこして事故ったことになってるんですか？」

「あら、違うんですか」

「まあ」ため息をついた。「しかたないですね」静かに笑ったが、それでも脇腹がみしりと痛んだ。

詳しいことはわからないが、どうやら許された理由のひとつは、教頭に叱られて自棄をおこしたからしい。それとも、舞の涙が効いたのか。

「それより、なんだか熱心に聞いていましたね」

「ああ、これですか」手元のICレコーダーを掲げて見せた。「例の作曲作品です」

「子どもたちが作った歌ですね」

「ええ、二組の連中が録音して持ってきてくれたんです」

「知ってます、下で会いました」意味ありげに、にやにや笑っている。

「なんですか。どうしたんですか」

「みんな、喜んでましたよ」

「喜んでた？」

「ええ。森島先生が、感激して泣いてた、って」

「いや、泣いてなんかないですよ」猛然と抗議した。「ただ、身体が痛くて――」

「いいですよ。わたしに言い訳しなくても。それより、覚悟したほうがいいかも。かれら、きっと他のクラスに自慢しますから」

「ほんとですか」いやな記憶がよみがえる。「また、えこひいきしたとかいって、無視されるのかなあ」

「逆です」心から楽しそうに笑った。「自分たちの歌も聞けって、残りのふたクラスが、さっそく押しかけてきますよ」

《悲しい朝には、笑顔になってみよう
　大切な誰かにむかって、微笑んでみよう》

シーツに置かれたイヤホンから、元気で下手くそな歌声がこぼれて聞こえた。いつか、洸一にも聞かせてやりたいと思った。

第六話　グッバイ・ジャングル

1

バス停から校門まで、細い通学路をおよそ二百メートル。

ふだんであれば、どうということのない距離も、痛む足をかばいながら、しかも片方松葉杖《まつばづえ》をつきながらでは遠く感じる。

今日から三月とはいえ、まだ通勤時刻の風は身を切るように冷たい。杖をつきながらの慣れないバス通勤で、思わぬ汗をかいた。それが冷えて、下着がなんとなく心地悪い。

八日ぶりの学校だった。肋骨《ろっこつ》のひびと、左足のすねを五針縫う裂傷と捻挫《ねんざ》。それ以外はあちこちの擦り傷に打撲。入院は三日間、あとは自宅で療養した。頭を含めて、後遺症の残りそうな怪我はないと診断がおりた。無理をすれば、もう少し早く復帰できたが、学校側に止められた。森島の身体を気遣ってのことだろうが、頭を打ったと聞いて〝万が一〟の事態を避けたかったのかもしれない。

愛用のドゥカティ900SSは車検から戻ったが、しばらくはカースペースでシートをかぶったままだ。もちろん怪我をしていることもあるが、たとえ乗れたとしてもしばらくは自粛だ。原付バイクで事故を起こし、周囲に迷惑をかけたあとでは、あの目立つクラシックバイクはさすがにまずいだろう。残りの期間はバス通勤をすることにした。

晴れた朝のガンズ・アンド・ローゼスも、しばらくはお休みだ。

怪我は、重傷ではない。杖なしで歩けないこともないが、使うよう坪井に勧められた。ひとごみを歩いたり、公共の交通機関を使うなら持っていたほうがいい、と。

「そうすれば、周囲が多少は気をつかってくれる。ゆっくり歩いていても、突き飛ばされる心配がかなり減る」

趣味で入っているサッカーチームの試合で、足を痛めた時の体験に基づくそうだ。

学校で、子どもたちにからかわれるだろうから気乗りがしない、と言うと、「それも、逆だ」と笑った。

――いいから、持っていってみろよ。

片側一本だけつくことにした。右手に持ち、左足を踏み出すと同時に杖も前につく。慣れてくると、リズミカルに進めるが、全身運動なみに汗をかく。

「森島先生おはようございます」追い抜いていく子どもたちが、つぎつぎ声をかける。

「あ、松葉杖だ」立ち止まるものがいる。

「先生大丈夫？」近づいてくるものもいる。

「みせてみせて」たちまち、ひとだかりになる。

「先生、痛い？」

「もう、それほどでもない」

「バイクどうしたんですか」

「ちょっと休暇中だ」

「あ、森島先生が歩いてる」通り抜けて行く児童たちの中からも、声がかかる。「ほんとだ、動いてる」

たちまち人気者だ。

松葉杖を持っていけと言った、坪井の助言の意味がわかった。いまさらながら、その見識に驚く。

正門を抜け、ロータリーの池の端に立って、二階の職員室へ続く外階段を見上げる。この一年弱。よほどのことがなければ、ここを直接駆け上がってきた。それもあと十数回のことだ。もちろん、今日も片手に杖をついて登る。

「おはようございます」

職員室では、いつもより、元気よく挨拶《あいさつ》をしたつもりだった。ほとんどの顔が、一度はこちらを向いた。

「おお、久しぶり。良くなったの？」長浜が、その長い顔をほころばせて声をかけてくれた。「でもなんだか、痛々しいね」

長浜ほどではないにしても、半分ほどの職員はふつうに挨拶を返してくれた。残りの半分ほどは、気づかなかったことにしたらしく、手元の書類に目を落とした。

出勤簿に印を押して、席に着く。職員たちの態度がどこかよそよそしいのは、しかたがないと思っている。朝山母娘《おやこ》がらみの不始末に重ねて、バイク事故での欠勤。中小民間企業なら、首になっているかもしれない。

坂巻に頭をさげ、わきを抜ける。教頭の机の前に立つ。

「ご迷惑をおかけして、申し訳ありませんでした」

「ああ、森島先生」いま気づいたという表情で顔をあげた。老眼鏡をはずす。「もう、大丈夫なの」

整髪料の匂いがあまりきつくない。今朝のご機嫌は、そこそこのようだ。

「はい、少し不自由してますが」松葉杖を軽くあげて見せた。

「まあ、無理しないで。それより、午後から校長がお見えだから、ご挨拶したほうがいいでしょうね」

背後の校長室のほうに顔を振った。

「わかりました」

昨日、青木校長から電話をもらった。容態の心配もあったろうが、一番の目的は、来年度の契約をどうするか、だった。

「まだね、保留にしてあるんです」校長はそう言った。「森島先生にその気があるなら、契約を更新しますよ。ただ、いずれにせよ、そろそろ結論を出してもらわないと」

市役所の教育課の職員からかかってくる電話のようにそっけない口調だが、校長なりに気をつかってくれているのは理解できた。

「せっかくですが」森島は、とうとうそのことを口に出した。「今期かぎりで、終了にしてください」

あれこれ聞かれると思っていた。納得してもらえないようならば、立花音楽院のことも、ある程度話そうと思っていた。自分なりのけじめをつける気持ちであることも。しかし、短い沈黙のあと、校長はただ「わかりました」と答えただけだった。そして通話は切れた。

あっけなかった。ああ、これではっきりとフィーネ《終止記号》を記したのだ、という思いが湧いた。

卒業式まであと二週間。終了式までもたったの三週間。それで、自分の教員としての経歴は終わる。

「おはようございます」隣の安西に声をかける。「今日も寒いですね」

見舞いには二回――病院と自宅と――来てもらっていた。学校で顔を合わせたときに、どう挨拶しようかと、ずいぶん考えた。結局、ふだんどおりにすることにした。

「そうですね」いま気づいたように、顔をこちらに向けた。松葉杖にちらちらと視線を走らせる。「困ったことがあったら言って下さい」

なにか違う、と思った。言葉だけとらえれば、親切で言っているように聞こえる。しかし、いつもの安西ではない。もともと、あまり愛嬌《あいきょう》をふりまく女性ではなかったが、今朝はことさらよそよそしい。一瞬、久しぶりなので照れがあるのだろうかと思った。もういちど話しかけようと、横顔を見た。そこに浮かんだ表情から、照れなどではないことを読み取れた。

——来年、どうするのか決まったら教えてくださいね。

三学期に入ったころから、安西にはなんどかそう聞かれた。見舞いのときにも言われた。どうするとは、もちろん、専任教師契約を延長するのか、という意味だ。森島の前任者は無事十月に出産したが、もう一年育児休暇をとるらしい。森島にその気があるなら、アルバイトとして、臨時教師を続ける道があることは、ほかの教員たちも周知のことだった。

ずいぶん早い段階から、坪井とは辞める前提で話し合ってきた。しかし、安西を含めて、学校側の人間には、一切意思表示をしていなかった。昨日、校長にうちあけたのが最初だ。騙《だま》すつもりはなかった。安西にはできるだけ早く話そうと思って出勤したが、なぜか、もう知っているような気がした。

最初の授業は、六年二組だった。

森島に好意的な児童の多いクラスなので、なんとなく救われたような気がしていた。

音楽室に入っていくと、それだけで歓声と拍手が湧いた。

一週間ほどしか間が空いていないのに、ずいぶん久しぶりな感覚だ。

「先生、松葉杖って痛くない？」

「一本しか使わないの？」

今朝がた、校門近くで交わされたのと同じような会話が再現される。事故直前に、朝山雛子の問題で総スカンを食っていたことが、まるで嘘のようだ。わずか一週間で忘れたのか。怪我をしたことで許されたのか。舞の涙と銀色に鈍く光る松葉杖が、すべてを水に流させたのか。真相はわからない。

「心配おかけしました」松葉杖によりかかるようにして体重を支え、頭を下げた。「お見舞いもしてもらって、どうもありがとう」

「わたしも行きたかったけど、舞ちゃんが大勢はだめだって……」女児のひとりが不満そうに鼻を鳴らした。

「おれは、塾だから行けなかった」

「でもさ、お見舞いの寄付は、みんなで出したよ」

「出してないやつだって、いるじゃんか」

「わかった、わかった」両手で、静粛に、というしぐさをした。「みんなの気持ちはわかったよ。見舞いにこられなかった人もありがとう」

何人かが、わかってくれればいいんだ、という表情でうなずいている。

復帰一回目の授業では、お詫《わ》びのしるしに、子どもたちからリクエストを受けて、冒頭にピアノで一曲弾こうと決めていた。

入院直後に感じた左手首の痛みは、単なる打撲で骨の異常ではなかったようだ。二本の肋骨《ろっこつ》のひびだけは、あとを引いている。それでも、派手なパフォーマンスをしなければ、どうにか一曲や二曲は弾けるはずだった。

最初に名前があがったのは、知らないアニメの主題歌だった。それは弾けないと素直に詫びた。次に出たリクエストは、『Lady Madonna』だった。おどろいて、どうしてそんな曲を知っているのかをたずねたところ、いま大人気のドラマで挿入歌に使われているらしい。みなしごを九人も引き取って、奮闘する里親の話だそうだ。たしかに合っているかもしれない。

森島は、もともと好きだったこの曲を、バラード風にアレンジして弾いてみた。肋骨が痛くて、激しくは弾けないからだ。それがドラマでの使われ方にそっくりだったらしい。予想以上に好評だった。曲が終わるとアンコールの声があがって、収まりがつかなくなった。騒ぎを抑えるため、もう一曲だけと約束したうえで、こんども騒ぎようのない、『Danny boy』を演奏した。別れの気持ちを込めて弾き、そして歌った。子どもたちが息をつめて聞き入っているのがわかる。

――O Danny boy, O Danny boy, I love you so.

これまでの授業で、いちばんの静寂ともっとも盛大な拍手が交互に来た。目を輝かせて手を叩《たた》く児童たちを見ながら胸に湧いた思いは、「教頭に見つかったら、また叱られるだろうか」でも「保護者から、ふざけているとクレームが入るだろうか」でもなかった。

2

復帰二日目までに、欠勤前と変わってしまったふたつのことに気づいた。

ひとつ目。

空き時間に、職員室でぼんやり校庭をながめていたときのことだ。五年二組、長浜教諭のクラスが、ソフトボールの試合をやっていた。出番のすくない子どもは身をかがめてふとものあたりをさすっている。校庭の梅は五分ほど咲いているが、空は低く沈んだ灰色をしている。

「寒いのに、大変だな」

おもわず、微笑みかけたときだった。窓の外を、児童がふたり走っていった。なぜか抱いた違和感に、身を乗り出す。なにが変なのか、すぐにわかった。服に色がある。普段着のままなのだ。背景にいる五年生たちは、全員白と紺が基調の体操着を着ている。その手前をジャンパーやセーターにズボン姿の男児が駆けているから違和感を抱くのだ。

三年生ぐらいだろうか。

「なんだ、この子たち？」

森島のひとりごとに気づいて、職員室にいた数人の教員が窓の外に視線を向けた。あれ、とか、おいおい、という声があがる。

「また、三の二だ」

教頭も立ち上がって見ている。こんどは視界に大人が現れた。ふたりの男児を追いかけはじめたのは、新顔の中村友晴《なかむらともはる》教諭だった。だとすれば、逃亡しているのは三年二組の児童だろう。

「なにをやってるんだ」教頭は、いらだたしげに窓に向かって吐き出すと職員室を出て行った。

中村教諭は真っ赤な顔をしてふたりを追いかけ回している。どちらかひとりにターゲットを絞れば、もっと簡単に捕まえられるのだろうが、すっかりまいあがってしまっていて、幼い子どもにふりまわされている。

「二兎《にと》を追う者は一兎をも得ず、ってやつですね」持田《もちだ》という名の、臨時職員が感想を口にした。定年退職後に再雇用された算数の補助教員だ。

「うちらも行ったほうがいいですかね」この時間、受け持ちクラスを白瀬にみてもらっている、大畑《おおはた》という教師がつぶやく。

「いきましょうかね」持田も腰をあげる。

窓の向こうに、教頭が登場した。手をあげて、なにか怒鳴っている。

「じゃあ、わたしも」つい森島も立ち上がった。

ふたりが同時に、あんたはやめたほうがいい、という発言をした。森島は、松葉杖《まつばづえ》をついていることを思い出した。

「たしかに」

苦笑いしたとき、長浜教諭の協力もあって、ようやくふたりの脱走兵はとらえられた。


——全校児童の下校後に、緊急職員会議を開きます。

捕獲劇の直後に、そういうおふれが廻《まわ》った。緊急と聞いて森島は緊張したが、どうやら、すでに三度目らしく、職員室にはまたかという雰囲気が満ちていた。

ふたつ目の異変は、音楽の時間に朝山雛子の姿がないことだった。

それとなくほかの児童に聞いた範囲では、体調不良という以外に要領を得なかった。

あの騒動のあとでは、それ以上詳しく聞けない。児童の表情からは、なにか隠していそうな雰囲気も感じたが、それ以上は詮索《せんさく》しなかった。請われるままに『Lady Madonna』と『Danny boy』を演奏した。ここでも、喝采《かっさい》を浴びた。

授業終了後、職員室に戻り〝熱帯松〟赤松の席に寄った。

「朝山雛子は、病欠ですか」

「え、ああ、まあ」

顔をあげた赤松は、あきらかに困った表情をしていた。タオルで首筋の汗を拭《ぬぐ》いながら、どう答えたものかと考えているのがよくわかった。

「森島さん、ちょっと」

学年主任の坂巻が声をかけてきた。二人の会話を脇で聞いていて、助け船を出したようだ。赤松も一緒に会議室に来るよう言われ、ついていった。しばらく無言で待つうちに、急遽《きゆうきよ》呼ばれたらしい教頭も入室してきた。結局、四人がテーブルについた。

「いま、ちょっと聞こえたものでね」坂巻が切り出した。

「朝山君のことですか」

坂巻と教頭がうなずく。

「朝山雛子の話題には、触れないようにしてください」

「触れない？　どういう意味ですか」

坂巻が、またはじまったか、といいたげに不快そうな表情を浮かべた。かわって、教頭が答えた。

「森島先生が復職される前日から、朝山雛子は欠席しています。このことについては学校全体の問題として対処しますから、森島先生はタッチしないでください」

問題という言葉にひっかかった。

「欠席というのは、病気ですか怪我ですか。それとも家庭の――」

「タッチしないということは、関心も抱かないでくださいということです」

教頭の整髪料がきつく匂う。そのうえ、口調が丁寧だ。そうとう機嫌がわるいのだとわかった。

赤松だけはなにか言いたそうだったが、教頭と坂巻が森島を睨《にら》んでいるので、ひらきかけた口をつぐんだ。

「いいですか、大事なことなのでもう一度言います。朝山家にはコンタクトしないでください」

「コンタクト、ですか？」

教頭がゆっくりうなずく。整髪料が香る。

「雛子君本人にも、保護者にも、電話を含めて一切連絡接触をしないでください。児童になにか問題が生じたなら、まずは担任、そして学年主任、それでもだめなら学校全体、そういうステップで対処にあたります。森島先生は音楽のことだけを考えて、のこりの期間を平穏にすごせるよう努力してください」

森島は、わかりましたと答えるしかなかった。

教頭が散会を宣言して、短いミーティングは終わりになった。

「まったく。ただでさえ、三の二問題で頭をかかえてるのに」

誰に向かって言うともなく、教頭が毒づいた。

午後五時半から、職員会議がはじまった。

森島が、聞くだけでいいから出席したいと教頭に申し出たとき、すぐ脇にいた坂巻が、露骨にいやそうな顔をした。口を出される前に、「絶対に発言しません。時給は辞退します」と申告した。教頭が、まあそれならいいでしょうと答えた。

坂巻が全員そろったことを確認し、教頭と校長に報告した。ふたりが並んで立ち、教頭が声をあげた。

「現在、この上谷東小に、ゆゆしき事態がもちあがっています」

どこか時代がかった匂いのする発言にも、表情を崩す者はいない。

「思えば、異変の種は、前任の荻野教諭のころから蒔《ま》かれていたといっても、過言ではないでしょう。なんとしても収拾にあたらなければなりません」

会議の前に、例によって親しい教員たちから情報を収集しておいた。

年末で辞めた荻野のクラス、三年二組で学級崩壊が起きていた。

荻野は、子どもたちのことを、ほとんど放任していた。ただ、授業の内容はひどいものだったが、一定の秩序は保たれていた。理由はひとつ、児童が荻野を恐れていたからだった。八歳九歳児の本能で、荻野を怒らせるとひどいことになりそうだ、ということを嗅《か》ぎ取っていたのだろう。だから、自習の時間にコミックは読んでも、騒ぐことはなかった。しかしそれは、正常な静寂ではない。きちんと授業の内容を理解し、教師とコミュニケーションする、という訓練が半年以上もなされずに来た。とくに最後のひと月のうち、前半は教師が寝て過ごし、後半は事実上担任不在の状態だった。

後任として、教員免許を取り立ての、昨春卒業したばかりの中村友晴が着任した。とりあえずは、三学期いっぱいの臨時雇いだ。本人が来る前に、「あまり急で、これという人材がいなくて」と教頭がこぼしていた。森島は、自分のときもおなじようなことを言われたのだろうかと思った。ただ、初出勤当日に、直立不動で元気よく挨拶《あいさつ》する中村の姿を見て、この若さでなんとか後釜《あとがま》が務まりそうだと、ほとんどの職員が思ったようだった。

一月の一ヵ月間は、おもにベテランの教員が、持ち回りで副担任を務めた。中村が教鞭《きょうべん》をとるあいだ、脇で睨みをきかせている。坂巻や野間や塚田といった男性教諭陣が、ときおり教室内をまわる。児童たちはつまらなそうだったが、平静は保たれていた。二月から、独立することになった。中村がひとりで面倒をみるのだ。しかし〝小さな悪魔たち〟は、中村先生は軽んじても平気な存在であることを見抜いてしまった。兆候が現れ始めたのは、森島が朝山母娘の一件で、弁解したり謝罪していたころらしい。

野口雷汰《らいた》という児童がいた。いつも、虎や龍《りゅう》の、あるいはその両方の絵が入った、トレーナーやスカジャンを着ている。ある日、雷汰が、いきなり授業中にポータブルゲームをやりはじめた。驚いた中村は止めた。雷汰はまったく聞こえなかったようにゲームを続けている。無視された中村がゲーム機をとりあげると、癇癪《かんしゃく》をおこして暴れ出した。泣き叫んで手に負えない。報告を受けた柏原も困って、教頭に相談した。教頭が出した指示は、しばらく保健室に隔離して、じっくり言ってきかせて納得させなさい、というものだった。雷汰は、下校時刻まで、保健室でゲームをやっていた。二年生のときに雷汰をみた教諭は、「たしかに粗暴だったけど、そこまではひどくなかった」と首をかしげた。わずか数ヵ月で〝急成長〟したことになる。

ひとり認めれば、あとはきりがなかった。翌日、登校するなり、雷汰は自ら保健室に行った。まねして、ゲームを始める児童がでた。それを見てもうひとり、ふたりとあっというまに数が増える。

「こらこら。今は授業中だから、ゲームはしまおうね」

中村がやさしく言って聞かせるが、返事すらない。しかたなく、ひとりひとりの席の前でしゃがみ、話しかける。

「ほんとうは、帰るまで没収なんだけど、持っていてもいいから、授業中はしまってくれないかなあ」

そんな言いかたでは効果もなく、勝手に席を立って、徘徊《はいかい》しはじめる児童もいた。教室の外へ探検に行くものも出はじめた。中村教諭はただ突っ立って見ていたわけではなかった。ひとりひとり注意もしたし、廊下で捕まえた児童の腕をしっかり握りすぎて、あやうく泣かれそうにもなった。

——これは、簡単に収拾できないかもしれない。

ちょうど森島がバイクで事故を起こしたころ、関係する教諭たちのあいだでそんな結論が出た。

「さて、そこで応急処置ですが」教頭の説明が続く。「やはり、当初のようにベテランの先生方に、アシストしていただくほかないと考えます」

ざわめきが広がる。不服そうな、しかし、やむを得ないだろうとあきらめたような、ため息だ。

「ただ、いうまでもありませんが、ほかの先生方もご自分の仕事で、たいへん忙しい。完全につきっきりというわけにもいかない。今日、たまたま二時限ほど中村先生に単独でみてもらった結果がご存じのとおりです」

中村の席はとなりの島にある。もと荻野が使っていた机に座っている。首が折れているのではないかと思うほど、頭を垂れている。わずかに見える顔の皮膚はさくらんぼのように真っ赤だった。

「中村先生ひとりを責めるのは酷です」石倉教頭の口調が昂《たか》ぶってきた。自分の理論展開に、自分で酔ってきた兆候だった。「まず、第一の責任は前任者。そして、かれの居眠りや放任という、責務を放棄する行為を看過してしまったわれわれ指導部」

中村が顔をあげた。慰められているものの顔をしていた。

森島は、教頭の斜め後ろに立つ校長の顔を見た。石倉が「われわれ」といいながら、その実、荻野を採用した校長を責めていることはあきらかだった。しかし、校長の表情はほとんど変わらない。

「そして――」一旦《いったん》言葉を切って、ためいきをつき、中空を見上げた。「教師自身がルールをやぶり、社会秩序に反する行為をし、やりたいことはやっていいんだ、という思想を児童に植え付けた。この影響も見逃すわけにはいきません」

森島は、一気に顔が鬱血《うっけつ》するのを感じた。いまの自分は、中村以上に赤い顔をしているに違いない。

教頭が言葉を切った。静かだった。壁にかけられた丸い電子時計の秒針がきざむ、ッ、ッ、ッという音だけが職員室に響く。どれくらいの時間だったろうか。この沈黙は、針のむしろの静寂は、自分に対する処罰のようだと感じていた。

「終了式まであと三週間。なんとかして、ここを乗り切らなければなりません。全員の協力が必要です。来年度になれば、問題児を分散し、ベテランの先生方に副担任もつけて、対策を打ちます。残りの期間は、中村先生を中心に、なんとか一致協力でのりきりましょう。ご協力をお願いします」

最後に力を込めた発声をして、頭を下げた。すぐ後ろで校長もお辞儀をした。机に座る教員たちも一斉に礼を返した。中村の顔を見ると、いまにも泣き出しそうだ。しかし、どれだけの教員が心を動かされたのか、森島には疑問だった。

3

その夜、校長教頭や古株連中には内緒で、中村を励ます会が開かれた。

何日か前から予定していたらしいが、森島の復帰も合わせて祝うからと、なかば強引に誘われた。

「わたしが、送りますよ」酒をまったく飲まない長浜にそう言われて、断る理由がなくなった。

いつか、運動会のうちあげをやった料理屋で、出席メンバーもほぼ同じだった。三年学年主任の柏原が音頭をとって乾杯した。しばらくは、中村を励ます声と、森島を気遣う声があちこちから飛んだ。

給食当番が、なべの前で大きなくしゃみをしたのに、そのままシチューを食べさせたら、その日のうちに十本以上クレームの電話が入って、教育委員会から指導まで受けたこと。遠足にいって、ひとりおきざりにしてしまったが、たまたま足の不自由な子だったので、大きな騒ぎにならないかどきどきしたこと。自分の妻のことを聞かれて、デブで不細工でとりえがないと言ったら、ふだんそういっていじめられている女児の保護者から、猛烈な抗議が来たこと。だれもかれもそんな失敗談のひとつやふたつあって、しまいには自慢大会のようになった。

中村は主賓扱いで、中央あたりに座っていた。森島も近くの席を勧められたのだが、固辞して安西や明石と末席に腰を降ろしていた。

むこうのほうで、失敗談に盛り上がっているあいだに、森島は自分のことを話しておこうと思った。

二日ほど前から、どう説明したものか悩んでいたが、結局、考えているとおりを話すしかないと結論づけた。明石がトイレにたった隙を狙った。

「四月からのこと、先に話すって言ったのに、約束やぶることになってすみませんでした」

さっと頭を下げた。安西の、ここ数日のどことなくよそよそしい態度は、やはりそこに原因があるとしか考えられない。

「ああ、そのことですか。気にしないでください」

安西が、手にしていたきゅうりスティックを振る。

「え」意外な答えだった。「それで、冷たくされてたんじゃないんですか？」

「冷たく？」首をかしげる。「そんなつもりはありませんけど」スティックでマヨネーズだれをすくう。

「でも、話しかけても、なんだか鼻先であしらわれてる感じで」

「ああ」そう言われれば、というようにうなずいた。「それは、忙しかったからかも」

たしかに、学年も最後で忙しいと、みなが言っていた。

「心を亡くすと書いて、忙しい、ですね。愛想が悪くてすみませんでした」

「そうだったんですか」

そう言われれば、納得するしかない。

「じつは、正直に言うと、はじめは少し不純な動機だったんです」

安西の顔には、それで？　と書いてある。一気に喋《しゃべ》った。

「就職先がなくて、どうしようかと思っていたときにあの学校の話をもらって、バーでピアノを弾くよりは世間体がいいと思って、お願いすることにしました。最初は、ちびどもが鬱陶しいなと思っただけでした。でも、一学期が終わるころには、これはただのバイトじゃないって、気づきはじめましたし、放火事件があったりして、おままごとみたいな日常と、ある意味命がけな真剣勝負が、ごちゃまぜになっている仕事なんだって気づいて、そう思ったらこんどは少し恐くなって、でも、慣れてきたら余裕と自信みたいなものがついてきて、そうなるとほかの先輩教員たちの欠点が見えるようになって、自分ならこうやるのになあって思っていたのが、だんだん、自分でこうやってみたい、に変わってきて、だけどやっぱりやりがいはあるかもしれないけど、そうとうしんどい仕事で――」

はあ、と特大のため息をついた。

「なに言ってるんだおれ」

「なに言ってるんでしょうね」

「もう、酔ったのかな」

「ウーロン茶しか飲んでないくせに」

怪我の程度はどうあれ、松葉杖《まつばづえ》をついて飲酒はさすがに気が引ける。きょうは、アルコール抜きと決めていた。トイレから戻った明石は、呼び止められるまま、向こうの空いた席に腰を降ろしてしまった。二十六歳独身の彼女は、酔うとしぐさや目のあたりに色気が出て、宴会では人気者らしい。しばらくの沈黙。水滴でテーブルに落書きをしていた割り箸《わばし》がぽきりと折れた。

「結論としては、やっぱり自分には無理だと思うんです」

「案外正解かも」安西が、二本目のきゅうりスティックに手を伸ばした。「きつい仕事ですから」

「安西先生」突然かけられた声のほうを見ると、ビール瓶を手にした中村だった。挨拶《あいさつ》にまわっているらしい。「今日は、ありがとうございます」

お願いします、と言ってビール瓶を差し出す。安西は、軽くうなずいて、目の前にふせてあった空のグラスで受けた。

「安西先生って、いつもクールでかっこいいですよね」

ビールをつぎ終えた中村が、そのまま空いた明石の席に腰を降ろした。

「わたしが?」安西が目をむいて、苦笑いした。グラスのビールを口に含む。「ぜんぜん、未熟者で。それに、実際より歳下に見られるんです」

「見た目というより、雰囲気です。六年生とかだと、身体もけっこう大きいし、言うことをきかせるのが大変じゃないですか」

「そういえば」自分でも納得したように、うなずく。「うちの子どもたちは、お行儀がいいですね」森島を見て笑った。その瞳《ひとみ》を見て、森島はあわててウーロン茶に口をつけた。

「でも、先生がこんなに大変だなんて。聞いてはいましたけど、実際はその百倍くらいたいへんですね」

「まだまだ、こんなもんじゃないですよ」安西がいたずらっぽく睨《にら》む。

「またまた、脅かさないでくださいよ」

「中村先生は、四月以降、どうされるの？」

「なんとか、このまま残れるようにお願いしています。だから、三年二組の問題は試験の課題だと思って頑張ろうと思ってます」

「そう」安西の顔に笑みが浮いた。「がんばってくださいね。できる協力はしますから」

「ありがとうございます」ひときわ大きな声で頭を下げた。昼間、真っ赤な顔をして子どもを追い回していたときの様子を思いだし、思わず笑ってしまった。

「あ、森島先生はもうウーロン割りですか。ビールいかがですか」

中村が、にやにやしている森島に声をかけた。

「いや、今日はアルコール自粛で」手刀を切るようなしぐさで詫《わ》びた。

「あ、そうですか」松葉杖にちらりと視線を走らせ、興ざめしたような表情を浮かべた。

「じゃあ、またこんどで」あっさり、ビール瓶を置いた。

「ぼくも新米で、トラブル起こしてばっかりだけど、なにかあったら言ってください」

そう森島が声をかけると、安西に話しかけようとしていた中村がこちらを見た。

「はあ」意外そうな表情だ。「ああ、おねがいします」とってつけたように会釈した。すぐに安西に向き直って、それで、と続けた。

森島は誰にともなく、トイレに行きます、と断って席を立った。酔ってもいないのに、呼吸が荒くなる。心臓が痛いほどに脈うっている。たったいま受けた屈辱に、目の前が暗くなりそうだった。

用を済ませて席に戻る。手前で、話し込んでいるふたりの姿が見えた。中村が、なにか熱心に語りかける。安西がそれに対してしきりにうなずく。肩のあたりで切りそろえた髪が、そのたびに揺れる。来たことを後悔していた。

森島は、ふたりの後ろを過ぎ、昔やっていたバンドの話で盛り上がる柏原たちの輪に加わった。

4

朝山雛子のことが気になった。

翌日、六年三組に音楽の授業はなかったので、それとなくさぐりに行った。廊下を通り過ぎながらのぞいてみた。全員そろっているはずの授業中だったが、やはり見あたらない。

――タッチしないということは、関心も抱かないでくださいということです。

教頭の忠告を思い出す。そんなことを言われれば、ますます気になるに決まっている。それでも、あえて忠告したということは、よほど嗅《か》ぎ廻《まわ》ってほしくない事情があるのだろう。特にいまは、三年二組の学級崩壊問題で手一杯で、それ以外のトラブルはごめんだということだ。

森島が気にしているのは、野次馬根性からだけではなかった。朝山家のもめごとには、自分にも責任の一端があると感じている。そもそもは、巻き込まれたトラブルだ。それに、森島がからまなくとも、結果は同じだったかもしれない。いや、もっとひどくなっていたかもしれない。ほかの教員だったらどうなのか。処理能力に長《た》けている長浜やダンディな柏原が的になっていたら、結果は違っていたのだろうか。そんな気持ちもあるが、結果はひとつ。もう出てしまっている。

夕方の主任会議が始まった。坂巻たち主任と教頭が資料をかかえ、ぞろぞろと会議室へ入っていく。

それを待っていたように、森島は赤松に声をかけた。

「赤松先生、ちょっといいですか」

目顔で職員室を出ようと誘う。赤松は、とっさに見てはいけないものを見たように視線をそらした。松葉杖をついた森島が、そばに立っているのは目立つ。しばらく視線を泳がせていたが、ようやく決心したようだった。開きかけのファイルを閉じて、森島のあとに続いた。

すでに下校が済んで、しんとしずかな一年生の教室に入る。無人の教室は、ただ子どもがいないだけで、背中のうぶ毛がざわつくほど、寒々とした光景に変わる。

「朝山雛子のことです」いきなり切り出した。

「でも、その話はするなと」赤松は、この寒いのに、それでもこめかみのあたりに汗をかいている。

「たとえば、重い病気かなにかで本人には絶対に知られてはまずい、という理由なら詮《せん》索《さく》はしません。でも、またなにかが起きているのに、くさいものに蓋《ふた》をしているだけなら、それじゃいけない気がするんです」

この学校を去る身としては、持ち越す課題はない。三年二組の問題でさえ、大変なことだとは思うが、もはや自分がかかわるべきではないと思っている。しかし、朝山家の問題は見逃しにできない。自宅をたずねて真相を語ってくれた雛子の瞳を思い出す。

「赤松先生。勝手な行動は起こしませんから、教えてください」

「しかし」

「先生！」

抑えた声のまま叫んだ。赤松の肩をつかんで、ゆさぶった。〝熱帯松〟というあだ名のいわれにかけた。

赤松が、はっとなにかに気づいたように森島を見た。二度三度、まばたきして、ぼそっとつぶやいた。

「実は——」

「実は、森島先生が入院される直前くらいから、いじめにあっていたようなんです」

「いじめ？」

　赤松は腕を組んで首を左右に一度ずつかしげた。

「正確にはいじめとはいわないのかなあ。制裁——？　いや、やっぱりいじめの範疇《はんちゅう》だろうなあ」自問自答している。

「どんなことを、されたんですか」

「どうも、物を盗《と》られていたらしいんです」

　ここまで話したんだから、と自分を納得させたらしく、事情を説明した。

　ことが発覚したのは、清掃員の男性がゴミ捨て場からふでばこを拾ってきたことからだった。

「わたしも見ましたけど、まだね、あきらかに新品だったんです。それが、こうカッターのようなもので表面が切り刻まれていて、どう見てもうっかりではなく故意にやったものでした」

「それが、雛子のものだった？」

　赤松が重大な秘密をうちあけるように、うなずいた。

「本人ははっきり認めていませんけど、名前が書いてありましたから。それと、音楽の授業は、森島先生の代行で白瀬女史に見てもらったんですけど、あの方は忘れ物とか不始末があると、必ず担任に報告してくれるんです。それによると、朝山は授業でリコーダーを忘れています。あの子はいまだかつて、忘れ物をしたことがありません」

「つまり、盗られたか隠された？」

「可能性の問題ですけど」

　森島が入院する直前、家出騒動後に一度だけ授業をやった。そのときにはきちんと出席したし、リコーダーも持っていた。その後、いやがらせは本格化したのだろうか。

「どんないじめだったんですか。ふでばことリコーダーで済んだんですか」

いじめがはじまったのだとしたら、単発で済むはずがない。

「それが、いまにして思えば、わたしの授業でも二度ほど忘れ物がありました。教科書とか三角定規とか」

　さっと計算してみる。

「じゃあ、いじめが本格化してから一週間くらいで登校しなくなったんですね」

「まあ、そういうことになります」

「学校側はなにも対応しないんですか」

　赤松は、唇を嚙《か》みしめ、しきりに額の汗を腕でぬぐっている。急に連れ出したので、タオルは忘れたのだろう。

「自宅に――」頭の中で数えているのがわかった。「休み始めて三日後、自宅にうかがいました。教頭と。坂巻先生と。そして、お母さんに謝罪してから、雛子に全部話して欲しいと頼みました」

「話したんですか？」

首を左右に振る。こめかみに浮き出た汗のつぶが、顎《あご》まで伝った。

「なにも言わないんです。『別になんでもない』しか。それに、お母さんもちょっと変わった方で、なんていうか、現実逃避というか、こんどの中学は素晴らしいとか、そんな話題ばっかりで、こちらも拍子抜けで——。でも、沈静化しましたから」

「沈静化したのは、ターゲットが休んでいるからじゃないんですか」

「いえ、クラスでも言ってきかせて、もう二度としないと誓わせました」

「犯人はわかってるんですか」

「目星はついています。しかし、いじめというのは、ある意味、クラス大多数の総意なんです。特定の児童をつるしあげても、根本的な問題解決にはならないことが多いのは、過去の——」

「理屈はわかりましたけど、雛子は不登校のまま放っておくんですか」

「むこうから、病欠の届けが出ている以上、強制はできません」

話しぶりからして、赤松がまだなにか隠しているような気がした。しかし、それ以上は、汗をぬぐうばかりでなにも言わなかった。

5

朝山雛子が登校しなくとも、学校の生活にまったく変化はない。

卒業式で歌う、合唱曲の練習がはじまった。ピアノの伴奏をしながら、それとなく、教室の顔を見渡していく。どのクラスにも、いたずらやいじめをしそうな顔が、すぐに二つや三つみつかる。つい、雛子が受けた仕打ちを思い出してしまう。脈が速くなるのがわかる。体温があがるような感覚もある。しかし、自分は担任ではない。また聞きであるうえに、厳重に釘《くぎ》をさされている。

あと、二週間だ――。

あと二週間。休日を除けば、実質は十日。それで六年生は卒業だ。それまで、なにも知らなかったことにしよう。雛子にしても、そのあとは私立中学での新しい生活が待っている。あと十日、波風をたてずに過ごせばそれでいいのだ。

なにげなく、さりげなく、安西に相談してみようかとも思うが、気がつけば中村がまとわりついている。

「安西先生、あの年頃の女子って、グループ意識の強さはどのくらいですか」などと聞きながら耳を傾けている。森島とは目を合わせようとしない。そのくせ、また一名脱走騒ぎがあったことを指摘されたりすると、直立不動になっていまにも泣きそうな顔で反省の弁を述べたりする。なるべくなら、声の聞こえる場所にいたくない。

昼休み、ロータリーにある小さな噴水池のほとりで、そろそろ松葉杖《まつばづえ》を卒業しようかなどと、ぼんやり考えごとをしていた。

椅子代わりの岩から冷たさが伝わってくる。身体によくないとわかっているが、ついここへ腰を降ろしてしまう。くしゃみが出たので、そろそろ帰ろうかと腰をあげたところ、近寄ってくる影があった。

「森島先生」田上舞とその友人、細口香澄、高井さやかだ。「なに落ち込んでるんですか」

「きみらか。べつに落ち込んでないぜ。それより、寒いから早く帰れよ」

いつものように軽口をたたいて、お菓子をくれるのかと思ったが、今日は様子が違った。

「先生、ちょっといい？」

いいとも悪いとも答えるまえに、舞が森島の袖《そで》を引いて歩きはじめた。

「おい、おい、ちょっと。どこへ――」

「いいから、いいから」

香澄とさやかが後ろから腰のあたりを押し、ずんずん歩いて行く。変に思われないだろうかと、まわりを見回したが、校庭で男子児童が十人ほど、サッカーボールを追い回しているだけだった。

「先生、絶対内緒ね」

ひとけのない校舎裏にひきこんで、舞がそう切り出した。

「また、内緒の話か」

「ヒナちゃんのことで落ち込んでいたんじゃないの？」香澄が聞く。

「まあ、それもあるけど」彼女らには隠せない。

「いじめてたのは、カンベとタッチンとマミちゃんたち。あとひとりかふたり」

「それ、ほんとか」つい、声をひそめてしまった。「赤松先生は知ってるのか」

三人同時にうなずく。「たぶん」

「だったら、どうして注意しないんだ」

「ひとりずつじゃないけど、注意したと思うよ。それにもう、いじめはしないって決めたし」

「決めた？　どういうことだ」

三人が交互に補いながら説明した。

雛子の自宅で饗応《きょうおう》を受け、その礼として授業中に雛子を褒めた。そういう噂がひろまって、森島は一時猛反発をくらった。攻撃の矢は、もうひとりの当事者、雛子にも向けられた。考えてみれば当然のことだ。雛子に対する嫌がらせがはじまった。そして、森島が事故を起こしたというニュースとともに、いじめはエスカレートした。

実行犯は、舞が名を挙げた数人らしいが、見て見ぬ振りをしていたということは、クラス児童の多数が、同じ気持ちだったのかもしれない。

赤松先生もそんなことを言っていた――。

ひとり、雛子と比較的仲のよかった友人が、二組の舞たちに相談した。彼女らはさらに一組でわかってくれそうな児童に声をかけた。そして、ある昼休みに、三組で〝討論会〟が開かれた。

三組の実行犯からは、雛子が親に頼んで森島に褒めさせたことと、それで森島が自棄《やけ》になって事故を起こしたことは許せない、という意見が出た。かれらは虐《いじ》めではなく、懲罰と言っていたそうだ。

「チョーバツって、罪を罰するあの懲罰のことか？」

「そんときはわかっているふりして、あとで調《と》べた」舞が舌を出した。

しかし、他のクラスからは、物を壊したり盗るのはよくない、という意見が強かった。

――だったら、卒業式まで無視しよう。

そんな流れになりそうなところを、さらに反対したのが、舞や一組の仲川ゆかりたちだった。

「気持ちはわかるけど、もうやめようよ」

森島先生は、集団でひとりを攻撃するのは嫌いだと思う。もしも、あとでこのことを知ったら、きっと怒って、それ以上に悲しむ。放課後までもつれこんで話し合った結果、「雛子を、もう許そう」ということになった。実行犯たちも納得した。

「そんな感じ」

三人の説明が終わっても、森島はすぐに反応できなかった。やはり、雛子のいじめには森島が関係していた。森島への仕打ちに対する制裁として、雛子のものを盗ったり壊したりしたようだ。なんてことをしてくれたのだろう。

「そのことも――」ようやく出した声がかすれているので、自分でも驚いた。「赤松先生は知っているのか」

「うん」香澄が元気よくうなずく。「三組の委員の細川《ほそかわ》さんたちが先生に話したから」

赤松本人の説明と、少し食い違う。どちらを信じるかといえば、答えははじめから出ている。赤松も、事情を知っていたからこそ、つい〝制裁〟などと口にしたのだ。そして、自分がからんでいると知ったら森島がまた逆上すると思って、先まわりで行動を禁じたのだ。

「赤松先生は、その話を親にしたんだろうか。いや、それより、いじめ問題をそれで済ませていいのか」

「ほら、怒りだしちゃった」香澄が舞を肘《ひじ》でつつく。

「先生、カンベたちを怒ったらだめだよ」舞が真剣な表情で訴える。

「どうして」

「また、もとに戻るだけだから」

「だって、ほっとけないだろう。いままで壊したふでばことか――」

「弁償なんかさせたら、もっとひどくなるって」

神部《かんべ》に弁償させるつもりはない。買って返すだけなら自分がそうする。しかし、謝罪は必要ではないか。

「弁償はともかく、うやむやにはできないだろう」

「これで、終わりにするのが一番いいんだってば」

赤松とおなじようなことを言う。納得がいかない。理屈はわかる部分もある。しかし、このままなかったことにしろというのか。

「だったら、なんで俺に話した？」

「ヒナちゃんが来ないことに、責任感じてるかなって思って」

「放っておくと、どうせまたアクション起こすでしょう」

すっかり、見透かされていた。どちらが教える側かわからないな、と苦い笑いが湧いた。

「じゃあ、せめて本人に、『もういじめはないよ』と教えてやればいいんじゃないか」

「言ったよ」

「だれが？」

「わたしたちで、ヒナちゃんの家に行って、直接ヒナちゃんに」

「それで、なんて？」

「わかった、って」

「ヒナちゃんて、地味だけど打たれ強いから、出てくると思ったよね」

三人顔を見あわせてうなずきあっている。

「じゃあ、どうして出てこない？」

「わかんない。もうめんどくさいんじゃない」

どうすればいい――。

地面を見たり、空を仰いだりして少し考えてみたが、答えはみつからない。

「わかったよ。おれが熱帯……、じゃない赤松先生にそれとなく聞いてみる。もちろん、いまの話はそのままは話さないから安心してくれ」

三人は満足そうにうなずいた。

「じゃあ、これあげるから頑張って」

最後にやはり、舞がなにかお菓子の包みを出した。《頭が良くなるアメ》と書いてある。こんな飴《あめ》があるなら、もっと早く大量になめていれば、そもそもこんな事態に発展せずに済んだのに。

「ありがとう」素直に礼を言った。

6

燎原《りょうげん》の火、という言葉を子どものころに知った。

読んでいた本で出会い、意味がわからなくて辞書で調べた。野原を、火が燃え広がっていくようすのことだ。勢いが強くて手のつけられない状態をたとえていう。小学生の森島は、夜中にふとこの言葉を思い出し、だれもいない夜の草原を、青白い炎が疾風のごとく広がっていく情景を想像して、おもわず身震いしたこともあった。

　三年二組の問題はまさにそれだった。森島が復帰したころは、すでに徘徊《はいかい》がほかのクラスに飛び火していた。最初に、おとなり三年一組の斉藤浜子《さいとうはまこ》教諭のクラスに火の手があがった。社会の授業中、突然なんのまえぶれもなく、児童が立ち上がり、教室を出て行った。あわてておいかけて連れ戻そうとすると、「二組の某《なにがし》に聞いた。みんな授業中に遊んでるんでしょ。どうして、うちはだめなの」と食ってかかる。その場はなんとか連れ戻したが、次の授業では三人に増えた。さらに次には一気に十人近くになった。ひとりでは手に負えなくなった。これを窓から見つけた二年生が、真似をしはじめた。いまでは、二年生と三年生でどうにか秩序が保たれているのは、白瀬美也子の二年一組と柏原教諭の三年三組くらいなものだった。

　いつかの慰労会で長浜が指摘していたのを思い出す。

――平穏といっても、表面張力みたいなものじゃないかな。針で突いたような事件や刺激で、もろくも流れ出してしまう気がする。

　いま、そのバランスが崩れたのだろう。

　五年六年の、話してわかるクラスは自習にして、担任たちが応援に駆り出された。ついに、森島にも依頼が来た。話をもってきたのは坂巻だ。

「手がたりない。手伝ってもらえないだろうか」

表情に苦渋がみてとれた。まさか、この最後になって森島に頭を下げる事態になるとは思いもしなかっただろう。森島は迷わずに引き受けた。

「授業の内容にはタッチしなくていい。さわいだり、徘徊する児童を鎮めて欲しい」

「わかりました。何組を？」

「今日は三年一組、斉藤先生のところを」

「了解です」

さっそく行きかけると、背中から坂巻が声をかけた。

「その、なんていうか時給のことだけど、その、教頭に頼まれて――」

「わかってます。割増金はいりません」

坂巻が、ならいいんだという表情でうなずいた。

すでに昼休み時間は過ぎているが、三年生は今日、六時限まである。あと二時間のつきあいだ。

森島が入って行くと、花山が暴れる児童を席にもどしているところだった。三十数人の児童のうち、立ち上がって動きまわっているのは、十人ほどにみえた。残りは着席している。しかし、座っているというだけで、例によってゲームをしたり、隣や前後の友人とじゃれあっているのがほとんどだ。もっとも、授業が中断しているのだから、しかたがない。担任の斉藤浜子は窓際の列にいた。丸めた教科書で頭をたたき合っている児童を、なんとか止めようとしている。不思議に思ったのは、子どもたちのどの顔も笑っていることだ。花山が抱きかかえている子どもも、はたき合っている子どもも、ある意味いきいきとした表情を浮かべている。

「あ、森島先生」気づいた花山が嬉《うれ》しそうに声をかける。

「お手伝いに来ました」

「どうも、すみません」斉藤が頭を下げる。

「よかった。じゃあ、ここちょっとお願いしますね。わたしは、あっちの応援に」

花山が指差した窓の外を見ると、体育の授業がめちゃくちゃになっていた。十人近い児童が、やはり嬉しそうな顔をして夢中になって逃げている。必死の形相で追い回している中村教諭は、ほとんど鬼ごっこの鬼役にしか見えなかった。

森島は、黒板の前に立ち、ぱんぱんと二度手を鳴らした。

「こらあ、席をたったらだめだぞー」

最初は、あまり刺激の強い怒鳴り声にならないよう、気を遣った。数人がちらりと見るだけで、効果はない。音量を倍にして、もういちど同じことを叫んだ。

「こら！　席を立ったらだめだ」

こんどは一斉に動きが止まった。あれはだれだ、という探りの視線が集まる。

「さあ、席に戻って」再び、手を叩《たた》く。

右をした。

三、四人が席にもどりかけたが、ほかの子がまた騒ぎ出したのを見ると、すぐに廻《まわ》れ

「あんまりさわがしいと、宿題出すぞ」

またも数人がぎょっとしたような顔でこちらを見るが、そんな脅しにまったく乗らない猛者《もさ》のほうが影響力が強い。きゃはははという歓声。

「だめだなこりゃ」

腰に手を当てて、教室を見回した。騒いでいる連中は、騒いでいる行為そのものが楽しいように見える。遊んでいるというよりは、ハイテンション状態の馬鹿騒ぎだ。机でゲームをしている連中はむしろ迷惑そうな顔をしている。蹴《け》り合っている男児を仲裁している斉藤浜子教諭のところに近づいて、耳打ちをした。

「まったく授業になっていないみたいなので、とりあえず静かにさせる作戦でもいいですか？」

「はい」斉藤が精根尽きたという目で、うなずいた。

「じゃあ、ちょっと待っててください」

急いで職員室にとって返す。

また叱られるだろうか。きっと、また叱られるだろう——。

事故騒ぎなどもあって、置いたままになっていたギブソンを取ってきた。ケースから出すときに、わずかに躊躇《ちゅうちょ》したが、これではどのみち授業になっていないのだからと自

分を納得させた。どうせ、ベテラン教師が何人かかってもお手上げなのだ。ジャーン。Gのコードを一発、強めのストロークで鳴らす。そのたった一度で、ほとんど全員がその場で動きを止めた。

「さあ、これからゲームをするよ」一拍おいて、教室を見回す。「やりたい人は、席について」

騒いでいた連中のほとんどが、えーなになにと自分の席に戻った。

「まずは、この歌を聴いて」

森島がストロークをはじめると、アコースティックギターの音が教室に響いた。子どもたちが目をみはっている。中には、目玉をぐるぐるまわして耳を押さえている児童もいた。少し長めで派手なポップス風の前奏をつけてから、いきなりまっとうな『赤とんぼ』を歌った。

「ゆうやーけ、こやけーの、あかとんぼー」

ゲームをしていた児童まで、ははははと声をたてて笑った。

「へんなの」「なにそれ」

興味は持ったようだ。

「つぎに、これはどうかな」

もう一度、おなじフレーズを歌った。

「あははははは」さらに大きな笑いがおきた。「もっとへんなのー」

「さっきより変だろう。どこが変だと思う?」

「イントロのところ」

「まあそれもあるけど、どっかメロディがおかしくないか」

「はい。『こやけ』のところです」すっと手をあげて、まじめに答えた女子がいた。

正解だった。たしかに、二度目は、二小節目の頭〝こ〟と〝や〟の二音を入れ替えて歌った。

「おお、すごいな。きみ、名前は?」

「草野《くさの》園美《そのみ》です」元気よく答えた。

「じゃあ、きみに十ポイント」

「やったー」「ええーっ、いいなあー」

「はいはい、さわがない。じゃあ、次はこれでどうだ」

せめてもの言い訳に、音楽の教科書に載っている曲だけを使った。五曲目が終わるころは、ほとんどの児童が集中していた。何度説明しても、イントロで曲名を答える児童もいた。

斉藤教諭は後ろのロッカーによりかかって、すっかり一緒になって楽しんでいる。

「はい、じゃあそろそろ授業に戻るからなー」

「えーっ」「やだやだ」「おれ、まだポイントもらってない」

教室の後方に立つ斉藤が、拝むようにしてなにか言っている。「もうすこし、おねがいします」と動いたように見えた。

森島は苦笑でうなずいた。終業のチャイムが鳴るまで、さらに五曲続けた。

「サンキュー」

拍手と歓声。これで大目玉は間違いない。

休み時間になって、斉藤が森島を職員室に連れ戻した。教頭たちの姿はない。対策会議でもひらいているのだろうか。

「ほんとに、ありがとうございました」斉藤が頭を下げる。教員にこれほど深々とお辞儀されたのは、この学校に来てはじめてのことだった。

「いえいえ、だって、ゲームしただけですから」

「この一週間、ほとんど全員が前を向いていたことなんて、なかったんです」まるで普通の主婦のような口ぶりで感心している。

「あれで、お役にたてたなら、よかったです」頭をかいてから、でも、と続けた。「このあとどうするんですか。普通の授業が始まったら、またあの状態に戻るんじゃないですか」

「そこで、相談なんですけど」

斉藤が教師の顔に戻って、説明を始めた。

朝山家と一切の接触を禁じられたことは、忘れていない。開き直って、無視をするつもりもない。

だが、放っておくこともできない。自分を困らせた償いなどと聞いて、知らん顔はできない。

それに、三年生たちが即興の歌遊びに興味を示したことに、少しの達成感があった。ゲームで気を引いただけじゃないかという非難も聞こえそうだが、意識を集中させることに成功したのは間違いない。

7

土曜の午前、少し離れた場所でバイクを降り、朝山家をめざす。目立たない場所に立って、ようすを見る。

ほとんどの部屋のカーテンが引かれている。リビングはレースのカーテンだが、光線の具合で中のようすはわからない。

しばらくそこに立っていたが、目に見えてわかる変化はない。庭やベランダも綺麗《きれい》に片づいている。壁に燃えた跡も、ソファの燃えかすが裏庭に積んであるようすもない。

偶然、雛子が出てきたりしないかと、多少の期待もあったのだが、人の出入りはなかった。あまり、長居しては怪しまれるかもしれない。最後にゆっくり一分待って、朝山家をあとにした。

　こうなると、頼れるのは、またしても田上舞だった。

　田上家のある、賃貸の公団に行き、植え込みのあたりで電話を入れた。舞本人が出た。

「あ、森島先生。どうしたんですか」休日に教師から電話がかかって、嬉しさと不審な気持ちがないまぜになった声だった。

「ちょっと相談があって。すぐに済むから、下まで来てくれないかな」

　すぐに行きます、と返事があってから、十分ほど待たされた。エレベーターから降りて来た舞の服装は、着替えたばかりに見えた。髪も綺麗にすいてあって、左右対称に綺麗にまとめてある。

「どうしたんですか」さっきとおなじことを聞いた。

「じつは、朝山のことで、ちょっとききたいことがあって」

「ヒナちゃんの？」

「ああ、せめて、卒業式くらいは出て欲しいと思ってね。ほら、おれも無関係なわけじゃないし、このままだと寝覚めが悪いし――」

「わたし、どうすればいいんですか」

「朝山が行きそうなお店とか塾とか、知らないかと思って。立ち話でもいいから、会話ができればと思うんだ」

　教頭たちに対する言い訳は、また、あとから考えよう。

「だったら、塾がいいと思います。ちょっとまってください」

ポケットから携帯をとりだした。素早く操作して、ボタンを押す。耳にあてて数秒待つと、相手が出たようだった。

「あ、ミーちゃん、ごめんね、いま、ちょっといい？——あのさ、ミーちゃんって三組のヒナちゃんと塾が一緒だったよね。——うん、うん」

その後、手際よく、雛子が授業を受けている時間帯を聞き出した。

「さすが、特進コースだって」

場所と時間帯を教えてもらい、メモした。

「ありがとう」

「先生、おかえしは？」けろりとした表情で聞く。

「おかえし——。そうだな、チーズケーキなんかどう？」

「やだ、あれだいっきらい」鼻の頭に皺《しわ》が寄った。

「じゃあ、リクエストしてくれよ。ただし、あんまり予算はない」

「後ろに乗せてください」

「は？」

「ドカなんとかの後ろ。まえからお願いしてるのに、いつも『こんど、またな』ばっかりだから」

「バイクか」

乗せることはかまわないが、時期的にまずいだろう。

「わかった、卒業したら、春休みに一度乗せてやるよ。細口や高井たちも一緒がいいだろ」

「だめー」あかんべえをした。「もちろん、安西先生も絶対にパス」両手でバッテンを作った。

「わかったよ」ため息をついた。「田上にはずいぶん世話になったから、最後にお望みのままにします」

「絶対に絶対？　ふたりだけだよ」

「絶対の絶対」

「やった！」団地中にひびきそうな、歓声があがった。

　教えられた塾の前で待っていた。

　マンモス予備校の小中学生向け塾だった。邪魔をしないよう、終わる時刻に合わせた。送迎の親たちが、ずらり路上に停めた車のなかで待っている。おかげで、森島がぶらぶら歩いていても、あまり目立たなかった。

　もしも、雛子の母が迎えに来ていたらどうしようと思ったが、みたところそれらしい車も人物もない。

　やがて、雛子が出て来た。出口の階段を降りたところで、友人と手を振って、左右に分かれた。学校で見かけるのと変わらない表情だ。そのまま歩いて行く。母親は、迎えに来ていないらしい。

「朝山」後ろから声をかける。

ふり返った雛子が、おどろいた表情で森島を見上げた。

すぐに済むからと、雛子を近くのドーナツ店に誘った。理由をたずねることもなく、だまってついてきた。

雛子にチョコのオールドファッションとコーラ、森島自身はホットコーヒーだけを注文してテーブルについた。さりげなく店内を見回したが、知った顔はなかった。

「いつかは、家まで来てくれてありがとう」

「いえ、こちらこそ」自宅で会ったときにも感じたが、ずいぶん大人びた口のききかただ。たしかに、だれも褒めてくれない、という理由で家出をしそうには思えない。

「最近、学校に来ていないらしいから、ちょっと気になって」

「心配してくれたんですか」ドーナツに視線を落としたまま、手をつけない。

「元気かなと思って。あ、食べなよ」なるべくなら、「いじめ」の三文字は出さずに会話がしたい。

「わたしは元気です」あげた顔には、意外にも笑みが浮かんでいた。

学校に行かなくなって、さばさばしたということだろうか。それとも、単なる強がりか。泣いているよりはいいが、違和感も抱く。

「そのことでお母さんは、なにか言ってる？」

「母ですか」

困惑の表情が浮いた。

「学校に行かないこととか」

「とくに気にしてないみたいです」

「ひたすら部屋を綺麗にしてる？」

「ふふ」ようやくかじりかけたドーナツを持ったまま笑った。

「でもさ、卒業式くらいは出た方がいいんじゃないかな」

「はい、卒業式は行きます」

迷うことなく、あっさりと答えた。あんな学校二度と行きません。そんな答えを想像していた。なんのトラブルもかかえていない児童と話しているような錯覚を抱く。別の疑問があたまをもたげる。

「なのに、授業は来ないのか」

「はい。来るなって言われたから」言ってしまってから、ああまずかったという表情を浮かべた。

「誰に？　三組の連中？」

だったら、もう心配はいらないし、そんなことは言わせない。

雛子が小さく顔を左右に振った。

「じゃあ、誰」

いやな予感がする。脈が速くなる。そこでやめておけ、自分の声がはっきり聞こえる。もう、かかわるのはやめようと決めたではないか。口出しもしない。波風も立てない。

雛子は言い出しかねているようだったが、深呼吸をして決心がついたらしい。

「赤松先生です」

「あ、赤松先生」想像したくなかった予感が、当たった。「赤松先生が、どうして来るなって言うんだ」

まわりの客がこちらを見ているのに気づいた。

「絶対、秘密にしてくださいね」雛子が声をひそめる。「わたしが言ったたって、言わないでくださいね」

わかった、と小さく答える。

「わたしが行くと、いじめられるじゃないですか」

「でもそれは、みんなでもうしないって決めたんだ。聞いただろう」

「ふふ」と笑う。「先生は素直な人なんですね。そんなにうまくいきませんよ」

小学生に素直といわれて、むきになった。

「たしかに、そんなにすんなり、いじめがゼロになるとは思えないよ。でも、味方になってくれる子もいるし、教師だって力になるし、やっぱり不当なこととは戦わないと。それを、来るななんて」

「クラス委員の若菜《わかな》ちゃんから聞きました。いま、〝学級崩壊〟でたいへんなんだって。半分くらいの先生が二年生と三年生の面倒を見ているって」

「うん。けっこうすごいことになっている」

「わたしがいじめられたのと、同じころにはじまったんですよね」

「まあ、だいたいそうかもしれない」

「だからじゃないですか」

　意味がわからなかった。雛子の目を見返す。顔立ちは地味だが、きらきらとした瞳《ひとみ》をしている。あまりせっぱつまった色をしていないことが救いだった。

「わるい、意味がわからない」

「ふたつ同時は無理だからですよ。いままで、あの学校には、そういう騒ぎがなかったじゃないですか。夏の宮永君の問題は、学校には責任がなかったし。それが、急にいじめと学級崩壊が同時におこって、先生もパニックになったんじゃないですか。どっちかひとつにしてくれよ、って。だったら、わたしが行かないのが一番なんです。そうすれば、片方は簡単に片づきますからね」

　面白そうに笑った。

「片づくって、そういう問題じゃないだろう」

「あと二週間くらいで卒業なのに、いじめが問題になったりしたら――、ええとオテン、そう汚点がつくじゃないですか。記録上は、内緒で出席扱いにするから、学校に来ないでくれ、って」

「そんな話があるのか。熱帯松が言ったんだな」

「怒らないでください。赤松先生も悔しそうでしたから」

「悔しそう？」

「はい」大人びた苦笑を浮かべた。「泣きそうな顔をしていました。きっと、教頭先生か坂巻先生にそう言えっていわれたんだと思います。先生も大変なんですね」

8

週が明けた。六年三組の授業に、まだ朝山雛子の姿はない。

「先生、歌のゲームやって」

いきなり叫んだ児童がいた。三年二組でやっていることを、どこかで聞いたのだろう。きょうも、朝からずっと斉藤のサブについていた。喉《のど》がかれ気味なのはそのせいだ。

「あれは、ちっちゃい子ども用のゲームだ。きみたちは、もうすぐ中学生だ」

「ええー」「つまんねえの」五、六人が鼻を鳴らした。

斉藤浜子教諭の発案ではじめてみたのが、ポイント制の授業だった。冒頭に十分間、森島が歌のクイズを出す。一番先に挙手して正解したものに十五点、ほとんど同時に手をあげたものにも十点、挙手は遅れたけれど気がついていたものには五点。この、最後の五点は自己申告なので、事実上全員がなんらかのポイントは貰《もら》える。ポイントは、そのまま継続して授業でも使う。一度も席を離れなかったら三十ポイント、質問に挙手したら二十ポイント、離席したりゲームを出したらマイナス十五ポイント、という具合に。これを模造紙に記録し、一日の最後に手製のメダルを授与する。メダルは私がつくります、と斉藤がはにかんだ。

——ぼくはいいですけど、そんなシステム、いつ考えたんですか？

森島が感心していると、斉藤が笑って答えた。

——森島先生が、クイズの最後に「サンキュッ」って叫んだ瞬間に浮かびました。

教頭たちが怒らないだろうかと森島は心配したが、わたしがお願いしたことにしますと斉藤が答えた。

ポイント制の授業は、子どもには受けがよかった。それでも、歩き回るものや、ついゲームを取り出すものも皆無ではないが、少なくとも、三年二組については授業が成立するようになった。直接言われてはいないが、教頭が森島のパフォーマンスを疑問視する発言を斉藤教諭にしたところ、斉藤が「ほかに手の打ちようがないかぎり続けます」と答えたそうだ。意気込みはメダルに表れていて、週末をつぶしてつくったという金ぴかのメダルは、子どもたちにものすごく受けていた。

つい思い出し笑いをしている自分に気づき、ひと呼吸おいてから六年三組の顔ぶれを見回した。

「きみたちが——高学年のきみたちが、低学年の子どもたちみたいに馬鹿騒ぎしないおかげで、どれだけ先生がたが助かっているかわからないよ。もう立派な中学生だな」

森島のことばに、ほとんど全員がぽかんとしている。やがて、褒められたのだと気づき、驚きの顔は、それぞれの照れた表情にかわった。

「いやあ、それほどでも」アニメの物まねをした男子の声に、爆笑がわいた。

森島は、かれらの〝小さな悪魔〟でない一面に触れてみたくなった。

「この前、二組が作った詞にこんなのがあった。『こころはいつも忙しい』って。みんなも、中学進学を控えて、そうとう忙しそうだね」クラス内を見回す。「そこで突然質問だけど、〝心〟っていうのは、どうしてあると思う?」

ええっ、とか、なになになどと反応するものが半分、のこりは口をひらいてぼんやり森島を見返したりしている。

「わっかりませーん」いじめの主犯のひとり神部憲吾《けんご》が、ほおづえをついたまま答えた。

「先生は、きみたちより少し年上の、中学生や高校生のころにそんなことをよく考えた。心はどうしてあるんだろうって」

「ないと困るから」男子のひとりが叫んだ。

「そうかな。困るかな。たとえば——、たとえばさ、狩りをして、火をおこして、野菜や穀物を育てて、家をつくり、街をつくり、文明をきずくのに、心は必要かな。探査宇宙船を打ち上げるのに、心は必要だろうか」

考え込んでしまった。数人は早くも考えることをやめて、教科書の隅に落書きをしている。

「そして、あるとき、先生は思った。それは音楽と一緒じゃないのか。生きていくのに、音楽は絶対に必要なものじゃない。もしも、あした世界中から音楽がなくなったって、音楽関係者が生活に困るのと、電車の中から騒音が消えるくらいのものだろう。べつに世界は破滅しない。だったら、音楽なんていらないんじゃないか。——ちょうど、そのころ毎日ピアノの練習がいやになっている時期だったから、やめちゃえやめちゃえ、と思った」

「どうしてやめなかったんですか」

「先生なりの答えが見つかったから」

「なになに？」「どんな答え？」数人が身を乗り出す。

「きみたちは、すぐにそうやって答えを聞こうとする。ゲームも先に攻略本を読むんじゃないのか。まあ、先生もひとのこと言えないけどさ」

「おまえだ。おまえ」「そっちじゃん」数人の男子がお互いを指差している。

「いちおう、答えはみつかった。だから、音楽をやめずに来た」

「だから、どんな答えですか」

「うん」自分に納得させるようにうなずく。「でも、それは先生の答えだ。きみたちは自分の答えを探して欲しい」

「ええーなにそれ」「質問しといて正解なしかよ」

「ごめん、ごめん。正解者を褒めるために出した問題じゃないんだ。この中の何人か、いやひとりでもいいから、将来そんなことを考えてくれたら嬉《うれ》しいと思っただけだ」

「先生がみつけた答えのヒント！」

「そうだなあ。ひとつヒントを言えば、世界はきっと、あってもなくてもいいようなものほど大切なんじゃないかな。問題は、いつどうやってそれに気づくか、だと思う」

「なんじゃそりゃ」「よけいわかんないし」

ぶう、ぶう、ほとんどの児童が不満な態度をあらわした。

「先生、それって……」女子の学級委員、細川若菜が手を挙げて発言した。「もしかしたら、ヒナちゃんのことと関係ありますか」

「あるかもしれない。だけど、はじめから関係あることなんて、きっとひとつもないんだよ。関係あるのかどうかは、それぞれの心の中で決めることだと思う」

ほとんどの児童が首をかしげているので、朝山君の話題が出たついでに、と続ける。

「もしも、だれかを悪者にしなければ、収まりがつかないなら、先生を悪者にして欲しい。——ごめん、そんな言い方はかっこつけすぎかも知れない。先生がこんなに未熟者じゃなかったら、だれも不愉快にならずにすんだんだよ。だから、まちがいなく先生のせいだ。それだけはお願いしておこうと思って」

ほとんどの児童が納得してない表情のまま、歌唱のカリキュラムに入った。

職員室にもどり、赤松の席に寄った。

「言うなと言われたんですけど、それでも言います」赤松がなにごとかと顔をあげた。

「朝山雛子から全部聞きました」声をひそめて、それだけを伝えた。

汗をふきながら、赤松がなにか答えようとしたが、聞かずに背中を向けた。

事務仕事をしている教頭の横顔に視線を向けた。そこに立ち止まったまま、睨《にら》み続けた。教頭は気づかずに、ぶつぶつつぶやきながら書類をめくっている。やがて、斜め前に座る坂巻が、森島の表情に気づいた。その視線をたどって、教頭に向けられていることに気づくと顔色をかえた。

すっとたちあがって、なにか森島に声をかけようとした。

森島は、ふっと笑って睨むのをやめた。

鼻歌を口ずさみながら、席に戻った。安西の机にへばりつくようにして話し込んでいた中村が、異国人を見るような視線を向けた。

その日のうちに、教頭がアルバイト教員を卒業式に出席させないと言っている、という噂を聞いた。

9

突然燃え広がった燎原《りょうげん》の火は、はじまりと同じように唐突に鎮火した。

卒業式まで一週間を残すところとなったころ、今日はこのクラス、明日はあのクラスというように、馬鹿騒ぎが急速に収まった。森島が手助けしていた手法は、対症療法であって根本的な解決にはならない。それが急に、森島が不在の授業でも騒ぎがおこらないようになった。

本当の原因はわからない。ちょうどそのころ、発火点だった野口雷汰が風邪で三日ほど休んだことがきっかけかもしれない。あるいは、教頭がいうように、地道な教員の努力と誠意が児童にも通じたのかもしれない。教頭がいうように、乱発しまくった『保護者通信』が奏功して、それぞれの家庭がしつけに目覚めたのかもしれない。それとも——森島は、これが一番当たっていそうな気がするが——単に騒ぐことに飽きただけかもしれない。

理由が分析できないままでは、いつの日か——来年か、来月か、来週か——同じことが繰り返される可能性はある。

三組クラス委員の細川若菜たちの説得が実って、雛子が登校したのも、卒業式までちょうど残り一週間となったときだった。

森島と、廊下ですれちがったときに、雛子がごく普通に頭を下げて挨拶《あいさつ》した。こちらから事情は聞かなかった。昼休みに音楽室でピアノを弾いていると、舞とその仲間たちが遊びに来た。雛子の話題になったとき、「あのね、内緒だよ」と教えてくれた。

雛子に登校するよう自宅まで説得に行ったのは、若菜ともう一人の三組の女子、それと仲川ゆかりだったそうだ。在校生に送る歌の練習もあるし、ぶっつけ本番の卒業式はきついかも、と説得した。「カンべたちも、もうやらないって言ってるし」「それに、突然登校してサカムケや熱帯松を驚かせてやんなよ」と。

どの説得に心動かされたのかしらないが、雛子は意外なほどすんなり応じたそうだ。

「ヒナちゃんとこ行くって言ってくれれば、もっといいネタ教えてあげたのに」舞が口を尖らす。細口香澄と高井さやかも含めて、ほんとほんと、とうなずき合う。「ねえー」

「いいネタ？」

「幼稚園のとき、カンベが女の子に泣かされてたことばらすぞ、って脅せばよかったんだよ」

「それは、機密情報だな」みなで笑った。

「ところで、サカムケってだれだ？」

「知らないの？　坂巻先生のこと」

「なんだ、そっちの機密情報こそ、もっと早く教えてくれよ。使わせてもらったのに」

さらに大きな笑いが音楽室に響いた。

説教部屋。ノックをして入ると、校長がひとりでいた。

「お呼びですか」

「明日は卒業式ですので、よろしくお願いしますよ」にこやかだが、本心から機嫌がいいのかどうかはわからない。

「はい」素直に頭を下げた。

「一部に、出席不要という意見もありましたが、まがりなりにも一年つきあいがあったのですから、先生もお別れがしたいだろうと」

「ありがとうございます」

「これは個人的な好奇心ですが、もう教師には戻らないんですか」

「……」

「惜しい気はしますが、もしも森島さんが本職の教師になったら苦労することは間違いないでしょうね」

「たとえば、どのあたりが」素直な気持ちで聞いた。自分のどこが教師として向かなかったのか。最後にいつも冷静な校長の口から聞いてみたかった。

「耳障りなことを聞きたいですか」

「ぜひ、お願いします」

「それじゃあ、餞別代《せんべつ》わりに、気づいたことをいくつか」

立ち上がって窓際に行き、曇ったガラスをティッシュでぬぐった。満開の梅がよく見えるようになった。

「たとえば、自分の家族のことを話しすぎです」

「家族のこと？」

「父親はロックミュージシャンを目指していて、かっこよかった。母親はクラシックピアノの先生。一戸建ての家にふたりで優雅に住んでる。よく授業でそういっているらしいですね」

森島は首をかしげた。両親のことはともかく、家の話までしただろうか。まして、優雅に、というのは絶対にどこかで尾ひれがついた。

「多少脚色されてる気がしますけど」

「あなたには言いませんでしたが、苦情の手紙が来たことがあります」後ろ手を組んだまま振り返った。「差出人が特定されるので、お見せしませんでしたけどね。内容はこうです。『森島先生は、ご自慢なさっているのでしょうか？　世の中の母子家庭がみんなそんな優雅に暮らしているわけではないのです。子どもに、どうしてうちにはピアノがないのと聞かれて困ります』」

「べつに、優雅に暮らしているわけでもないですけど」

親戚《しんせき》ならご存じなのでは、と切り返してみたかった。

「教師は、まず勉強を教えればいいのです。それが第一義です。森島さんは音楽の先生ですね。だったら、もっと本業に本腰を入れるべきだったでしょう。この一年で、少しでも歌がうまくなった子どもが何人いましたか」

静かに流れていた血が、わずかに速くなる。

「歌を上達させるばかりが、小学校の教育でしょうか」

校長が見透かしたような笑みを浮かべた。

「ほら、そこです。あなたは、まだ一年も経たないうちに、どこから持ち出してきたのか、独自の教育理論で武装し、どの先輩の意見も聞こうとしない。朝山さんのことも、それが原因で起きたとは考えられませんか？　美人のお母さんに頼られて、いい気分になっていなかったと断言できますか？　担任の悪口をきかされて、溜飲《りゅういん》をさげた気分になりませんでしたか？

たとえきらわれようと憎まれようと、教師には守るべき義務があるんです。たしかに、この学校に来て、問題のある教師の姿を見たかもしれない。彼らを批判したり幻滅を感じたりするならそれでもいい。しかし、あなたが腰掛け気分だったことも、否定はできないでしょう。教師というのは、どこまでも地道でつらい仕事なんです」

悔しいが、指摘されたことは、ほとんど当たっていた。一年が過ぎて思い返せば、自分が未熟者だったことは、間違いない。手伝いに来たのか、騒動を巻き起こしに来たのか、と問われれば、ことばに詰まる。

「みなさんには、大変ご迷惑をおかけしました」素直に詫《わ》びた。

ただ、いまさらとは思うが、第二第三の雛子のために、言い残したいことがあった。

「でも、いじめ問題が表面化しないように、いじめられた側の児童に『卒業式まで学校に来るな』というのが、正しい教育理論とは、どうしても思えません」

校長の顔にほとんど変化はなかった。おそらく、具体的に指示はしていないが知ってはいただろう。

たとえ、辞めると言い出さなくとも、これで更新はなかっただろうなと思うと、さばさばとした気分だった。

卒業式――。

どちらでもいいと冷たく言われたが、顔を出すことにした。

壇上では、校長によるおきまりのことば、来賓のたいくつな挨拶、在校生送辞、卒業生答辞、淡々と過ぎていく。式次第も終わりに近づき、合唱が始まった。

白瀬の指揮で、在校生が卒業生に贈る歌を熱唱した。続けて、六年生が在校生へ感謝の歌を残す。

森島の出番はない。合唱会の一件があるし、年明けの不祥事も記憶に新しい。児童だけの参加ならともかく、保護者や来賓のある卒業式で森島を使う必然性はない。

いや、もともと出番はないか。なにしろアルバイトだしな――。

一年間自分が教えた児童たちの歌声を聞きながら、そんなことを思った。

今日は妙なパフォーマンスをしなければいいなと思っていた。特に二組が心配だ。安西を通して釘《くぎ》はさしてもらったが――。白瀬と森島の確執はほとんど知れていて、反抗心旺盛《おうせい》な十二歳たちがどんなスタンドプレーをするかわからない。

しかし、森島の不安は当たらなかった。ごく普通に卒業式はすぎていった。教頭が閉式を宣言し、その指示で六年生が体育館から列をつくって整然と出て行く。続いて在校生も。十分あまりでがらんとした体育館にパイプ椅子だけが残った。教職員が手分けをして後始末にとりかかる。花山や塚田といった〝体育会系〟教師たちがイニシアチブをとり、手際よく片づけていく。あっというまに、もとの寒々とした体育館に戻った。

表に出た。いつもよりお洒落《しゃれ》にきめた卒業生たちが、そこここに集まっては写真を撮っている。六年の担任で児童に囲まれているのは、安西久野だけだった。

担任を持たない森島はやることがない。終了式まで、まだ一週間も授業は残っている。自分自身のお別れの挨拶はそのときでいいだろう。軽く会釈して通り過ぎようとした。田上舞たちが寄ってきて、何枚か一緒に写真を撮った。

「先生、約束だからね」

舞が、歯を見せて笑い、右手首を軽く握って、バイクのアクセルを吹かすしぐさをしてみせた。森島が答える前に、別のターゲットを見つけて、きゃあきゃあ叫びながら散っていった。おまつり騒ぎだ。

「森島先生」子どもに手を引かれた安西が声をかけた。「まだ終了式まで間がありますから、ご挨拶はあらためて」そのまま校庭のほうへ、引っぱっていかれた。

風にうながされて伸びをした。すでに春の香りがする空に、白い雲が浮いていた。

晴れた日は、やっぱりガンズ・アンド・ローゼズがいい。

たとえ少し肌寒くとも、そしてたとえひとりぼっちでも。

耳に差したｉＰｏｄのイヤホンから、お気に入りの『Welcome to the Jungle』が流れはじめた。ボリュームをあげる。やはり、頭の中で反芻《はんすう》するよりは、実際に聞くほうが心地いい。

これはもともと好きな曲だったが、この小学校に通いはじめたころ、すばしこいリスザルや老獪《ろうかい》なヒヒたちの棲息《せいそく》する職場を、〝ジャングル〟になぞらえて、ひそかに悦に入ったこともあった。思い出せば苦笑が浮かぶ。

いまは、そんなに単純な構造ではないことを知っている。弱肉強食のシンプルなルールが支配する透明で残酷なジャングルとは本質的に違う。

今日は、どうしてもバイクで来たかった。一回だけ自粛の禁を破った。バイクでも磨いているか。それとも、もう帰ろうか。

この学校に赴任してきたときの、唯一の相棒だったドゥカティ900SSに向かって歩き始めた。


安西は、終了式まではまだ時間があるといっていたが、それはあっというまに過ぎた。安西が忙しそうだったこともあるし、なんとなく森島が、あるいはひょっとすると安西のほうでもふたりきりになる機会を避けて、さらには中村教諭の邪魔も重なって、仕事以外の会話をすることもなく、三学期は終わった。

このまま時が経ち、柳沼成美のとき以上に短い時間で、なにもなかったことになるだろう。成美のときの何倍もそれではいやだという思いが強い。しかし、ぎくしゃくしてしまった関係は、同僚ですらなくなってしまったいま、どう修復したらいいのだろう。素直に、会って話しませんかと申し込めば、いやとはいわないだろう。だが、その先はどうなる。世間話をして、中学生のデートのように、じゃあまたね、で終わるだけではないか。それとも小学校の教育論でも戦わせるか。

終了式の翌日、天気も良かったので、奥多摩へひとりツーリングに出かけた。ドカのご機嫌も上々で、ミスファイアもおこさない。いよいよ峠越えというあたりで、胸の携帯が震えた。メールが届いたらしい。小さな展望台にバイクをとめ、グローブをはずす。ヘルメットのシールドを上げた。

メールは安西久野からだった。短く型どおりの、ゆっくり挨拶《あいさつ》できませんでしたがお世話になりました、という挨拶のあとに、本題が書いてあった。

《森島先生は、私が不機嫌そうだと指摘されましたが、あれはあたっていたかもしれません。

べつに、森島さんがどんな職業につこうと、どうこう言うつもりはありませんし、そもそもそんな立場にないと思います。でも、わたしから見ると、最近の森島さんは、なんだかまわりに流されている印象が強かったです。あの夏休みに、わたしがぎりぎりの崖《がけ》っぷちにいたときに、颯爽《さっそう》と現れて救いの手をさしのべてくれた森島巧さんは、どこにいったのかと思って。

それが残念で、傍目《はため》には不機嫌そうに見えたのかもしれません。不愉快にさせたのでしたらごめんなさい。

新しいお仕事がんばってください。》

最後に添えられた、音符の絵文字が踊っていた。

ヘルメットを脱いだ。三月の峠を吹く風はまだ冷たい。やや汗ばんだ髪が冷えていく。

「はあ」ため息をついて、髪の毛をくしゃくしゃにした。「また、ふられちまったみたいです」

　まだ緑の浅い、春の山に語りかけた。

10

「森島さん、ちょっとピアノを見ていただきたいんですけど」

　また、Mさんだよ、というささやきが聞こえた。

　立花音楽院の管理事務室。四月一日から、森島の机もこの部屋にある。手間のかかる講師を、職員たちはイニシャルで呼ぶ習慣がある。彼女は『Mさん』こと武藤《むとう》沙那美《さなみ》。音大の講師で、ピアノの授業を週に三回受け持っている。しょっちゅうピアノの調律がおかしい、と言うので有名だった。

「森島さん、呼んでますよ」

　安部《あべ》という女性職員が楽しそうに声をかけた。森島よりひとつ年下だが一年先輩にあたる。

「はい」どちらへともなく返事をし、立ち上がった。

「先週、調律師にお願いしたばかりですけど」

「だったら、だれか乱暴に弾いている方がいらっしゃるんじゃないの」武藤沙那美がふちなしのめがねをずりあげて、森島に疑わしい視線を向けた。「とにかく、いますぐ見ていただけないかしら」

「はい、わかりました」椅子を机の下に押し込みながら答える。

「あなた、ピアノの音わかる？」

「先々週も同じことを聞かれました」

「あら、そうだったかしら」

武藤のあとについて、3B音楽教室へ向かう。通路の窓から見える空は、すっかり真夏の気配だ。

やつら、どんな中学生活を送っているだろうか。宮永洸一は新しい友人が出来たか。大柴賢太は、そして朝山雛子は、私立中学で勉強についていけているだろうか。田上舞や仲川ゆかりは、相変わらず仕切っているか。鈴木捷は声変わりが始まったか。坂口美帆は、今日もすまし顔をしているか。菊池紗江は、施設で寂しい思いをしていないか。

角を曲がるまでの短い時間に、そんなことを考えた。三階にあがると、綺麗《きれい》な歌声が聞こえてきた。小学生歌唱の部の教室だ。わざわざ月謝を払って習いにくるだけあって、みな上手《うま》い。どうしても、上谷東小学校の授業を思い出してしまう。

ひどいのもいたよな——。

ついに、調子っぱずれが直らなかった児童達の顔が懐かしく浮かぶ。

——あなたの指導で、歌のうまくなった児童が何人いますか？

校長の口まねをしてみる。反省は反省として、やっぱり腹は立つ。

「うるせえ、じじい」

「森島さん、どうしたんですか」武藤女史が眉《まゆ》をひそめている。

「あ、すみません」またやってしまった。「ちょっと考え事をしていて」

「うるせえ、とか言ってませんでした？」目つきがきつい。

「とんでもない、ぜんぜん言ってません」

「それならいいんですけど」

武藤に続いて誰もいない教室に入った。

「さっきはお疲れだったな。『Mさん』のお相手」

午後四時すぎ、坪井にさそわれて休憩室で自販機のコーヒーを飲んだ。

「まあ、保護者のクレームや教頭の嫌味に比べれば、可愛いもんだよ」

坪井は、危うくコーヒーを噴きだしかけた。

「そりゃよかったな」嫌味ではない笑みを浮かべた。紙のカップからコーヒーをすすりながら、人工の中庭を見る。

「坪井には、ずいぶん借りができたな」

「なんだよ、いきなり。年寄りみたいなこと言って」

「あれこれわがままを言ったのに、結局聞いてくれたよな」

「いまさら、なにいってんだ」空になった紙コップで森島の頭を叩《たた》く真似をした。「それより、オケの試験、あさってだな」

「ああ」

早いものだ。もう目標の七月になった。

「がんばれよ」

「ああ」

「合格しても、来年の三月までは、うちでバイトだからな」

「ああ」

「気合い、入れろよ」

坪井が、尻《しり》を思い切りたたいた。

「また、同じこと聞きますけど、いつどこで目標を変えたんですか?」

「なんとなく、じゃだめですか」

「いつも、あやふやなんですよね」安西久野がやわらかく睨《にら》む。

「きついなあ」頭を掻く。「そこまで言われたら、正直にいいます」

安西は、両手の指をテーブルの上で組み合わせて、じっと森島を見ている。

「ある日」やや低いトーンで切り出した。「ある夜、枕元に死んだ親父の霊が立って、叡智《えいち》の言葉を授けてくれたんです。息子よ、あるがままに、と」

「またあ」笑った拍子にたれた前髪をかきあげた。「真剣に聞いちゃったじゃないですか。それ、『Let it be』でしょ。——まあ、いやなら、無理には聞きませんけど」

ちょうどそこにデザートがとどき、安西の関心はそちらに移ったようだった。

今日、小学校教員採用試験を受けた。坪井に勧められていた楽団の試験は受けずに、教員の途《みち》一本に絞った。合格したなら、来春、一からのスタートになる。迷ったあげく、安西にそのことを報告した。彼女は、当然のことであるかのように、今夜の〝慰労会〟を開いてくれた。ふたりきりで。

きっかけか——。

「安西先生への、自分の気持ちに気づいたからです」

目を輝かせケーキにフォークを差しこむ安西に、胸の中でそっと言った。しかし、なかなかきりだせずにいる。もしも口に出したとしたら、安西のことだ、少しだけ照れたあとで、冷静に質問するだろう。

「だったら、どうして上谷東小に残らなかったんですか」と。

もちろん、はっきり自分の気持ちに気づいたときには、辞める選択が後戻りできないところまで来ていたこともある。しかし、取り消しが可能だったとしても辞めただろう。安西と一緒にいたいから、同じ職場にいたいから、教員採用試験を受けようと思ったのではない。仮に、安西が「教員を辞める」と言い出しても、もう受験の決心は変わらなかったと思っている。

すでに終了式も終わり、自分も卒業したような気分になって、連日ぼんやり公園のベンチで早咲きの桜を見ていた。一日中ロックを聴き、ピアノを何時間弾いてみても消えない喪失感が、ふたつあることに気づいていた。そのうちのひとつは、安西久野とこのまま終わるのだろうかという思いだった。

やはり自分は彼女が好きなんだと気づいた。そしてそのことは、きちんと伝えておくべきだと思った。しかし、気がかりなことがある。かりに森島が告白したら、安西は、笑ってあしらったり、即答で拒絶したりはしないだろう。ただ、じっと瞳《ひとみ》をみつめてこう聞くかもしれない。

「いつからですか」と。

いつから？　おそらく、出勤初日に隣の席に座った彼女が、「安西です」と、ぶっきらぼうに名乗った瞬間から。理由はわからない。気がついたときには、いつも彼女の視線を気にしていた。後ろ姿を追っていた。笑顔を欲していた。時間を共有したいと思った。しかし、自分の置かれた立場が、その気持ちの足を引っぱっていた。

そう正直に答えよう。子どもたちにも、偉そうに言ったではないか。心はなんのためにある。

ひとけのない公園でそう決心したとたん、もうひとつの喪失感——教職から離れる途を選んだ事実とも、正面から向き合うことができた。やっぱり、あの仕事を続けてみたい。

未練があると素直に認めてしまえば、もう正当化するための理屈はいらなかった。

いまさら採用試験に合格し年下世代の後輩になることも、一般教員免許ではなく専任免許しか挑戦できないことも、熟したまま干からびた果実のような年配教員の説教を聴かされることも、怪物たちからいわれなきクレームにさらされることも、どんなに腹が立とうとクソガキどもを張り倒せないことも、同窓生たちが教員という仕事の音楽性を低く見ているらしいことも、うずたかく積まれていたあらゆるこだわりが、真夏のアスファルトに落としたアイスのように、みるみる溶けていった。

《好きなら、それでいいじゃないか》

使命感だの公共性だの国家百年の計だの、そんなものは関係ない。ただ、あいつらに教えることが好きになった。

乾いたスポンジのように、あらゆることを貪欲《どんよく》に吸収しようとするかれらに、音楽の楽しみを教えたい。だから——。

「なんだか、感傷にひたってませんか」

すでに、デザートを食べ終えた安西が、ブラックコーヒーをこくりと流し込んだ。相変わらず冷静な指摘だ。

どう答えようかと言葉に詰まったとき、例の父の口癖が耳元に蘇《よみがえ》った。

――だから、いつも言ってるだろう。明日《あした》の雨は、明日にならなきゃ降らないぜ。

たしかに、人生はそうかもしれない。

だけど、降らないさ――。

教室には雨なんて降らない。毎日、自分自身はどしゃ降りのずぶ濡《ぬ》れになっても、教室はきっと晴れているはずだ。

「安西先生――」

やや硬い声の呼びかけに、安西が無言で見返した。短い時間、見つめ合った。口をついて出たのは、自分でも予想していないことばだった。

「ところで、中村先生はどうしてます」

「なんだ、気にしてたんですか」

安西が、手の甲を口もとにあてて、思い出し笑いをした。まだ、例の折れ曲がった釘《くぎ》のようなお辞儀をしているのだろうか。

「頑張ってますよ」

「どっちの意味で？」

「最近じゃ、明石先生にご執心みたい。年上が好みなのかも。でも、明石さんて、ガードが甘そうで、がっちがちにきついんだから」

「安西先生と、どっちがガチガチですか」

「そうねえ、……あそうだ」こんどは安西が話題を変えた。

「こんなものが届きました」

そう言ってバッグからとりだしたのは、一枚のはがきだった。

テーブルごしに受け取る。宛先《あてさき》は安西久野先生。差出人は、田上舞だった。裏を返す。

《先生お元気ですか？》

プリクラの飾り文字のような一行がやけに目立つ。

その下に、わりと上手なイラストが描いてある。バイクを運転している男性に、くるりと矢印が伸びて《ウソツキ先生》の文字。バイクに乗せる約束を、いまだに果たしていないことをいっているのだ。後ろの席に座っている女性の頭には旗が立っていて《安》の一文字。これは、安西か。お世辞のつもりだろう、ずいぶん美人に描いてある。

そして、どちらも楽しそうに笑っている。

手前には、その二人乗りを見ているらしい二人連れ。ひとりは女子で、顔をこちらに向け、ピースサインをつくっている。背中に《ｍａｉ》の文字、つまり舞本人。その隣には、サッカーのユニフォーム姿の男子が立っている。背番号は10。名前はない。四人の中でひとりだけ、オーラが描き込んである。舞のこぼれるような笑顔をみれば、彼がどういう存在であるか想像がついた。

「また、ふられたみたいです」

悲しそうに肩をすくめると、安西久野があやうくコーヒーを噴き出しかけた。

解説

北上次郎

本書が刊行されたときの新刊評で、私は次のように書いた。それを引くところからこの解説を始めたい。

「これは臨時音楽講師として小学校で教える森島巧を主人公にした連作集だが、びっくりするほどうまい。2005年に『いつか、虹の向こうへ』で横溝正史ミステリ大賞とテレビ東京賞をダブル受賞してデビューした作家だが、恥ずかしいことに私、この著者の本を読むのは初めて。こんな素晴らしい小説を書く作家だとは知らなかった」

「学園で起こる小さな謎を、この23歳の若き教師が解いていく連作集で、謎の奥にもう一つ謎があるという構成の見事さ、人物造形の秀逸さ、さらには全編を貫くセンスの良さと文句のつけようがない。2010年12月現在、これで4作目のようだ。残り3作を急いで読みたい」

このように、どうしてこんなに素晴らしい作家の作品をおれは読んでこなかったのだ、と激しく後悔することがたまにある。私の場合、珍しいことではない。そういうときはあわてて、その作家の作品を遡《さかのぼ》って読むことになるが、それにも限度があり、私の経験では「遡れるのは七作まで」ということになっている。それ以上になると実質的に不可能だということだが（無限に時間があるなら可能だが、そういうわけにもいかないので、現実的には三日間で読める量であるのが限度）、伊岡瞬の場合は四作目で気がついたのだから楽勝だ。遡ってもたったの三作だ。で、書店に買いに行ったら、入手できたのがデビュー作の『いつか、虹の向こうへ』。そのときはもう文庫になっていたが、買って帰ってきてから念のためにパソコンのハードディスクに入っている「過去原稿」を調べてみた。すると、その『いつか、虹の向こうへ』の新刊評が出てきたからびっくり。私のパソコンに入っているということは、もちろんその新刊評を書いたのが私であるということだ。読んでいたのかよ。産経新聞に書いたその新刊評を引く。

「これは定型通りのハードボイルドだ。奇妙な共同生活を営んでいる四人がいる。それぞれの事情はゆっくりと語られる。世帯主の男は元刑事。彼が警察をやめた理由はおいおい語られる。そこに若い娘が転がり込んでくるのがこの物語の発端だ。暴力団組長の甥《おい》が殺され、その若い娘が警察に捕まるのが次の展開。しかしどうも犯人とは思えない。というわけで、主人公が組長に呼び出され、真犯人を探し出せと脅される展開になる」

「つまり、何から何まで常套といっていい。ところが細部がよく、人物造形がよく、筋運びも秀逸なので、どんどん惹きこまれていく。常套ではあっても、丁寧に書き込むことで定型を超えていくのだ。それに、良質のセンチメンタリズムともいうべきものが、物語に情感と余韻を与えているのも見逃せない。問題は、ここはスタートにすぎないということで、次作が勝負だろう」

いやはや、驚いた。結論としては留保をつけたかたちになっているが、「細部がよく、人物造形がよく、筋運びも秀逸」とはすごい賛辞だ。自分の書いた原稿であるから、だいたいの推測はできる。こういう紹介の仕方をするということは、それが私好みの小説であるということだ。やや、物語力に欠けるだけで、それ以外は本質的に私好みなのである。デビュー作から、「細部がよく、人物造形がよく、筋運びも秀逸」な作家などそういるものではない。物語などはあとからついてくるのだ。そんなものは気にする必要はない。しかしのちに私はもっとびっくりする。というのは、こういう原稿が出てきたからだ。それを引く。

「伊岡瞬『145gの孤独』もあげておきたい。こちらは連作ミステリー。元プロ野球選手の倉沢修介が主人公となって便利屋を営む話だが、その冒頭の一編「帽子」には家族の団欒を失いかけた少年の比類ない哀しみが浮き彫りにされている。息子のサッカーの付き添いに母親はなぜ四万円も払うのかという謎から始まって（けっして裕福な母子ではない）、倉沢修介は徐々にその哀しみに接近していくのである。ありがと、という優介少年のラストの言葉に目頭が熱くなるのは、私の涙腺が弱いせいもあるけれど、遠い昔のことを思い出すからだ」

２００６年７月に書いた原稿だ。この『１４５gの孤独』が角川書店から単行本として刊行されたのは２００６年５月であるから、刊行直後に読んでいたことになる。なんと私は、伊岡瞬のデビュー作にとどまらず、第二作も読んでいたのである。しかもこちらは「少年の比類ない哀しみが浮き彫りにされている」のだ。これもすごい賛辞といっていい。これは新刊評ではなく、あるエッセイの中でこの新刊を紹介している。書評として書いた原稿ではないので、気がつくまで時間がかかってしまったということだ。つまり、本書を読んだときに未読であったのは、第三作の『七月のクリスマスカード』（文庫化のときに『瑠璃の雫』と改題）だけであったということになる。にもかかわらず、「恥ずかしいことに私、この著者の本を読むのは初めて。こんな素晴らしい小説を書く作家だとは知らなかった」とは、ホントに恥ずかしい。

忘れてしまうくらいだから、ホントは感心しなかったのだろうと誤解されかねないので急いで書いておく。私、びっくりするほど忘れるのである。年を取ったから、ではない。若いころからずっとそうなのである。本を読み終えますね、ぱたんと本を閉じた瞬間に、はて何を読んだのだろうと思うことすらあるのだ。それは冗談ではなく、真実である。もちろんすべての本を忘れるわけではないが、十冊に一冊くらい、そういう本がある。だから、伊岡瞬の第一作『いつか、虹の向こうへ』と、第二作『145gの孤独』を読んでいたにもかかわらず、第四作『明日の雨は。』（今回の文庫化とともに『教室に雨は降らない』と改題）の新刊評で、「この著者の本を読むのは初めて」と書いてしまったのは、伊岡瞬の罪ではなく、私の問題である。

そういえば、2005年に刊行された池上永一『シャングリ・ラ』について絶賛したあと、この作家の作品を読むのは初めてだとある対談で発言したら、いやいや以前に読んでますよと読者から教えられたことがある。本当かよと思いながら、「本の雑誌」2002年12月号を開いたら、池上永一の『夏化粧』という作品を褒めていた。読んでいたんだオレと驚いたものだが、ね、いつもこうなのである。

話がなかなか前に進まないが、唯一未読であった第三作『瑠璃の雫』について先に触れておきたい。これもいい作品だ。父親が出奔した家庭で育った美緒がいる。母親が飲んだくれなので、頼りにならない。辛《つら》く、哀しく、生きづらい少女の日々が静かに語られていく。それが第一部だ。第二部は、永瀬丈太郎の回想。誘拐された娘を取り戻そうとする彼の検事時代が、ここでは語られていく。第三部は大人になった美緒の謎解きだ。もっと詳しく紹介したいが、もう紙枚もないのでぐっと我慢。複雑なストーリーに見えるものの、話はシンプルで、この巧みな構成こそ、伊岡瞬の真骨頂だろう。そしていつも物語の底から強い感情を立ち上がらせる。それはどれほど辛いことがあっても、未来を信じようという力だ。伊岡瞬の作品を読むたびにその力に触れることが出来るので、私たちもまた元気になる。伊岡瞬が紡ぎだす物語が強い印象を残すのはそのためにほかならない。『瑠璃の雫』はその好例といっていいが、本書もまたそうした一冊である。

冒頭に書いたように、これは連作ミステリーだ。主人公は森島巧。音楽を担当していた女性教諭が産休に入ったために雇われた小学校の臨時音楽講師である。声をかけてくれたのは、遠縁にあたる校長だ。音楽大学を出たものの思うような就職先がなく、ジャズバーでアルバイトを続けようかと思っていた矢先だった。つまり、教師になりたくてなったわけではない。教員免許を取得したのも、教員をめざしたわけではなく、学生時代に付き合っていた女の子に、「なにかの時に役に立つかもしれないでしょ。おなじ学校の先生になったりしたら楽しいじゃん」と言われたからだ。その彼女はオーケストラのバイオリン奏者として雇われ、そのまま疎遠になって自然消滅。かくて、腰掛け臨時講師が誕生したというわけ。まだ二十三歳。

放火したのは誰か。自然公園から亀を盗んだのは誰か。生徒がわざと下手に歌うのはなぜか。同僚教師が別れた妻を見張っているのはなぜか。腰掛け講師森島ははたして教師をやめてしまうのか――小さな謎を幾つも積み重ね、その向こうに人間のさまざまな感情を隠して秀逸なドラマを立ち上げる伊岡瞬のいつもの手法がここにもある。主人公の森島巧はもちろんのこと、一年先輩だがまだ大学生のような教師仲間安西久野、これが本当に小学生かと思うくらいませている六年二組の田上舞などなど、人物造形が群を抜いているのが第一。謎の一枚下にもう一つ謎が隠されているという構成のうまさが第二。そして最後は、これこそが伊岡瞬の最大の美点だと思うが、全編を貫くセンスの良さだ。ようするに、ひらたく言えば、洒落《しゃれ》ているのだ。

その美点を最大限に生かすために、ミステリーを離れて、たとえば家族小説、あるいは青春小説などの一般小説も、時には書いていただきたいと個人的には考えているのだが、はたしてどうか。

本書は二〇一〇年十月に小社より刊行された単行本『明日の雨は。』を改題し、文庫化したものです。

教室《きょうしつ》に雨《あめ》は降《ふ》らない

伊《い》岡《おか》 瞬《しゆん》

角川文庫 17583

平成二十四年九月二十五日　初版発行
平成二十五年三月二十五日　三版発行

発行者―井上伸一郎
発行所―株式会社角川書店
東京都千代田区富士見二―十三―三
電話・編集（〇三）三二三八―八五五五
〒一〇二―八〇七八
発売元―株式会社角川グループパブリッシング
東京都千代田区富士見二―十三―三
電話・営業（〇三）三二三八―八五二一
〒一〇二―八一七七
http://www.kadokawa.co.jp

印刷所―旭印刷　製本所―本間製本

装幀者―杉浦康平

定価はカバーに明記してあります。

い 64-4　ISBN978-4-04-100486-9　C0193

角川文庫発刊に際して

角川源義

第二次世界大戦の敗北は、軍事力の敗北であった以上に、私たちの若い文化力の敗退であった。私たちの文化が戦争に対して如何に無力であり、単なるあだ花に過ぎなかったかを、私たちは身を以て体験し痛感した。西洋近代文化の摂取にとって、明治以後八十年の歳月は決して短かすぎたとは言えない。にもかかわらず、近代文化の伝統を確立し、自由な批判と柔軟な良識に富む文化層として自らを形成することに私たちは失敗して来た。そしてこれは、各層への文化の普及滲透を任務とする出版人の責任でもあった。

一九四五年以来、私たちは再び振出しに戻り、第一歩から踏み出すことを余儀なくされた。これは大きな不幸ではあるが、反面、これまでの混沌・未熟・歪曲の中にあった我が国の文化に秩序と確たる基礎を齎らすためには絶好の機会でもある。角川書店は、このような祖国の文化的危機にあたり、微力をも顧みず再建の礎石たるべき抱負と決意とをもって出発したが、ここに創立以来の念願を果すべく角川文庫を発刊する。これまで刊行されたあらゆる全集叢書文庫類の長所と短所とを検討し、古今東西の不朽の典籍を、良心的編集のもとに、廉価に、そして書架にふさわしい美本として、多くのひとびとに提供しようとする。しかし私たちは徒らに百科全書的な知識のジレッタントを作ることを目的とせず、あくまで祖国の文化に秩序と再建への道を示し、この文庫を角川書店の栄ある事業として、今後永久に継続発展せしめ、学芸と教養との殿堂として大成せんことを期したい。多くの読書子の愛情ある忠言と支持とによって、この希望と抱負とを完遂せしめられんことを願う。

一九四九年五月三日

角川文庫ベストセラー

グラスホッパー　伊坂幸太郎

妻の復讐を目論む元教師「鈴木」。自殺専門の殺し屋「鯨」。ナイフ使いの天才「蝉」。3人の思いが交錯するとき、物語は唸りをあげて動き出す。疾走感溢れる筆致で綴られた、分類不能の「殺し屋」小説！

約束　石田衣良

池田小学校事件の衝撃から一気呵成に書き上げた表題作はじめ、ささやかで力強い回復・再生の物語を描いた必涙の短編集。人生の道程は時としてあまりにもハードだけど、もういちど歩きだす勇気を、この一冊で。

美丘　石田衣良

美丘、きみは流れ星のように自分を削り輝き続けた……平凡な大学生活を送っていた太一の前に現れた問題児。障害を越え結ばれたとき、太一は衝撃の事実を知る。著者渾身の涙のラブ・ストーリー。

5年3組リョウタ組　石田衣良

茶髪にネックレス、涙もろくてまっすぐな、教師生活4年目のリョウタ先生。ちょっと古風な25歳の熱血教師の一年間をみずみずしく描く、新たな青春・教育小説！

いつか、虹の向こうへ　伊岡　瞬

尾木遼平、46歳、元刑事。職も家族も失った彼に残されたのは、3人の居候との奇妙な同居生活だけだ。家出中の少女と出会ったことがきっかけで、殺人事件に巻き込まれ……第25回横溝正史ミステリ大賞受賞作。

角川文庫ベストセラー

145gの孤独　伊岡　瞬

プロ野球投手の倉沢は、試合中の死球事故が原因で現役を引退した。その後彼が始めた仕事「付き添い屋」には、奇妙な依頼客が次々と訪れて……情感豊かな筆致で綴り上げた、ハートウォーミング・ミステリ。

瑠璃の雫　伊岡　瞬

深い喪失感を抱える少女・美緒。謎めいた過去を持つ老人・丈太郎。世代を超えた二人は互いに何かを見いだそうとした……家族とは何か。赦しとは何か。感涙必至のミステリ巨編。

顔のない刑事　太田蘭三

複雑にからみあう連続殺人事件。奥多摩の殺人事件の被疑者となった香月功は、警察手帳を返上し、単独捜査を開始した！　著者の代表作にして警察小説の金字塔が、いま甦る！

尾瀬の墓標《ケルン》　顔のない刑事・単独行　太田蘭三

尾瀬で発見された男女の死体。これは心中か？　それとも……捜査一課長の特命を受けた香月功は、尾瀬へ向かった。秘境・檜枝岐、北アルプス穂高屏風岩へとつづく単独行。シリーズ第2弾！

赤い渓谷　顔のない刑事・追跡行　太田蘭三

盛夏の奥秩父で男女の死体が発見された。地元警察は豪雨による遭難死と判断したが、発見者である特捜刑事・香月功は不審を抱き、捜査を開始した。警察小説の白眉「顔のない刑事」シリーズ第3弾！

角川文庫ベストセラー

らんぼう　大沢在昌

事件をすべて腕力で解決する、とんでもない凸凹刑事コンビがいた！　柔道部出身の巨漢「ウラ」と、小柄だが空手の達人「イケ」。〝最も狂暴なコンビ〟が巻き起こす、爆笑あり、感涙ありの痛快連作小説！

秋に墓標を（上）（下）　大沢在昌

都会のしがらみから離れ、海辺の街で愛犬と静かな生活を送っていた松原龍。ある日、龍は浜辺で一人の見知らぬ女と出会う。しかしこの出会いが、龍の静かな生活を激変させた……！

魔物（上）（下）　大沢在昌

麻薬取締官・大塚はロシアマフィアと地元やくざとの麻薬取引の現場を押さえるが、運び屋のロシア人は重傷を負いながらも警官数名を素手で殺害し逃走。その超人的な力にはどんな秘密が隠されているのか？

ブルース　花村萬月

巨大タンカーの中で、ギタリスト村上の友人、崔は死んだ。崔を死に至らしめたのは監視役の徳山のいたぶりだった。それは、同性愛者の徳山の崔への嫉妬であり、村上への愛の形だった。濃密で過剰な物語。

イグナシオ　花村萬月

施設で育った美少年イグナシオは、友人を事故に見せかけ殺害した。現場を目撃した施設の修道女・文子は彼の将来を考え口を噤んだ。その後、徐々に文子に惹かれてゆくイグナシオ。だが文子とも訣別の時が……。

角川文庫ベストセラー

ジャンゴ　花村萬月

天才ギタリスト、ジャンゴ・ラインハルトに魅せられた沢村は、表現豊かなピッキングでコアなファンに支持されていた。やくざの愛人から誘われるままに薬に手を出した沢村は、激しい快楽に身をゆだねるが……。

夜を撃つ　花村萬月

底知れぬ孤独を抱え、残虐な行為にのめりこむ悪魔の様な美少年・情。彼は深夜の暴走、冷徹な殺人と犯罪をエスカレートさせる。命がけの速度ですべてを超越する瞬間に向けてバイクを走らせる情の思いは……。

ワルツ（上）（中）（下）　花村萬月

終戦直後の新宿。死に場所を探す特攻崩れの城山。任侠に憧れ、頭脳でのし上がろうとする朝鮮人・林。東京へ流れてきた天涯孤独の生娘・百合子。三人が出会う時、底知れぬ恋情、壮絶な運命の物語が開幕する。

鳥人計画　東野圭吾

日本ジャンプ界期待のホープが殺された。ほどなく犯人は彼のコーチであることが判明。一体、彼がどうして？　一見単純に見えた殺人事件の背後に隠された、驚くべき「計画」とは⁉

探偵倶楽部　東野圭吾

「我々は無駄なことはしない主義なのです」――冷静かつ迅速。そして捜査は完璧。セレブ御用達の調査機関〈探偵倶楽部〉が、不可解な難事件を鮮やかに解き明かす！　東野ミステリの隠れた傑作登場‼

角川文庫ベストセラー

殺人の門　東野圭吾

あいつを殺したい。奴のせいで、私の人生はいつも狂わされてきた。でも、私には殺すことができない。殺人者になるために、私には一体何が欠けているのだろうか。心の闇に潜む殺人願望を描く、衝撃の問題作！

さまよう刃　東野圭吾

長峰重樹の娘、絵摩の死体が荒川の下流で発見される。犯人を告げる一本の密告電話が長峰の元に入った。それを聞いた長峰は半信半疑のまま、娘の復讐に動き出す――。遺族の復讐と少年犯罪をテーマにした問題作。

使命と魂のリミット　東野圭吾

あの日なくしたものを取り戻すため、私は命を賭ける――。心臓外科医を目指す夕紀は、誰にも言えないある目的を胸に秘めていた。それを果たすべき日に、手術室を前代未聞の危機が襲う。大傑作長編サスペンス。

夜明けの街で　東野圭吾

不倫する奴なんてバカだと思っていた。でもどうしようもない時もある――。建設会社に勤める渡部は、派遣社員の秋葉と不倫の恋に墜ちる。しかし、秋葉は誰にも明かせない事情を抱えていた……。

今夜は眠れない　宮部みゆき

中学一年でサッカー部の僕、両親は結婚15年目、ごく普通の平和な我が家に、謎の人物が5億もの財産を母さんに遺贈したことで、生活が一変。家族の絆を取り戻すため、僕は親友の島崎と、真相究明に乗り出す。